Partaker

Pamphlet

PARTAKER

† 관여자 †

이문기 지음

좋은땅

작가의 말

    준비된 사람들은 그날의 주인공이 되어 축하를 받는다. 그 자리에 서지 못한 한 사람은 이방인처럼 소외감을 느낀다. 그리고 자신이 왜 은혜의 자리에서 배제된 것인가에 의구심을 갖는다. 심정이 여러 날째 착잡할 때였다. "내가 너와 함께하는데 그게 필요하냐?" 뜻밖의 음성에 화들짝 깨어났다. 아니요, 아니요를 되뇌며 펄쩍 뛰었다. 내가 너와 함께하는데 그것이 필요하면 주었을 거라는 뜻이 내포돼 있었다.

    하나님은 정녕 그랬다. 있는 그대로의 한 존재를 보시며 심령이 가난한 자를 살피신 것이었다. 방종과 방황을 일삼으며 그것이 자유분방이라고 시건방을 떨던 무지한 시절에 하나님은 절대자로서 찾아오셨다. 자존심 강하고 콧대 높던 당시에 그것은 원하지 않는 관여자의 개입이었다.

2024. 8. 폭염 속에서

목차

1.

관여자

눈부신 햇살이 차창에 부서져 내렸다. 아침햇살을 받고 부서져 내리는 낙하는 무수한 은 백의 투명한 난무였다. 동해의 해신(海神)이 한 바가지 물비늘을 대기에다 흩뿌려 놓는 것처럼.

약속이나 한 듯 둘은 말을 앓고 대기 속으로 망연히 빠져들었다. 멀리서 동해의 검푸른 너울이 상제 옷을 두르고 산발적으로 부서져 내렸다. 큰길 너머에서도 하얀 파도가 요동을 부리며 그들을 손짓해 불렀다. 대로에 이르자 강릉 방향으로 차를 몰았다. 훨씬 가까워진 파도가 여전히 따라붙으며 유혹의 손길을 뻗쳐 왔다. 그들은 옛날을 생각하고 잠시 흔들렸으나 차를 세우지 않았다. 얼마쯤 달려가자 확장 공사 구간이 나왔다. 어제 내린 비로 도로는 매우 질펀거렸고 물웅덩이가 팬 곳이 많았다. 교차하던 버스에 의해 흙탕물 세례를 받은 바로 그 지점이었다.

강릉 시내에 들러 세차부터 맡기고 근처 식당을 들어가 아침밥을 주문했다. 시장기는 들지 않았지만 세차를 하는 동안 달리 있을 곳도 없었다. 길가의 허름하고 낡은 간판이 소박한 식당, 할머니 뼈해장국, 맛이나 청결은 그다지 좋지 않았다. 식당을 나와 세차장으로 가니 두 사람이 달라붙어 마지막 손질을 하고 있었다. 직원에게 물어 동해 방면으로 행선지를 잡았다. 빠르게 가는 것보다 해안선을 따라 국도를 타는 것이 여러 모로 좋을 것 같아서였다. 깎아지른 절벽 아래 기암괴석과 검푸른 대해를 감상하고, 애증의 어떤 편력도 공유해 볼까 해서였다.

일러서 그런지 7번 국도는 한산하고 인적이 없었다. 이따금 화물 트럭이 심한 요동을 치며 곁을 지날 뿐이었다. 트럭이나 다른 차가 백미

러에 보이면 얼른 가장자리로 비껴 길을 열어 주었다. 환상적인 경관을 감상하기 위해 저속 운전을 해야 했기 때문이었다. 절벽 아래 펼쳐지는 광대하고 요동 없는 망망대해. 기암괴석의 수려하고 깎아지른 지형의 아찔하고 신비로운 절경. 돌고 돌아가는 도로와 경사가 급한 언덕길을 수도 없이 오르내리며 자연경관에 심취하여 감상에 젖어 갔다. 어쩌다 만나는 간이휴게소는 꼭 들러야 하는 명승지 같은 코스였다. 다른 여행객들과 섞여 난간에서 망망대해를 바라보는 것은 더할 나위 없는 자유의 만끽이었다.

검푸르고 요동 없는 대해! 굽이굽이 돌아가는 산길의 초자연적이고 환상적인 경관! 그것은 감탄을 넘어 또 다른 이면의 어떤 슬픔보다 진한 애련함을 느끼게 했다. 산천은 말이 없으나 어떤 말을 하고 있다는 느낌……. 그런데 차를 세우고 다가가보면 어느 것 하나 온전한 이파리는 찾아보기 어려웠다. 부분 부분이 헤지고 낡아 벌레가 먹고 병이 들어 있었다. 가을 산천이 불타는 절경으로 아름답게 들어오지만 실상은 공해와 매연에 시달리며 퇴색해 가는 가을 정취였다. 몸에서 영양분을 공급받지 못하는 이파리가 시들고 말라 단풍이 드는 현상. 열꽃을 몸 밖으로 분출해 내는 달뜬 현상 같은 것.

"만물의 영장이라고 하는 인간이면 뭘해! 지구상에 온난화를 불러온 장본인들이 저들의 하소연도 듣지 못하면서!"

옆에서 뭐라고 윤성이 대꾸했지만 정민은 혼자 머쓱해져서 얼른 카스테레오 버튼을 눌렀다. 불쑥 튀어나온 말에 자기가 더 놀라면서.

"자기는 이 노래 어때? 난 얘 목소리는 앙칼지고 까칠한 데가 있어 마음에 들더라."

"……. 별로."

윤성은 별로라고 대답했지만 그도 가을 산이 발산하는 화려함에 취해 노래를 따라 부르기 시작했다. 정민이 운전하는 흰색 마이스토는 완만한 곡선을 오르고 산허리를 돌아 여유롭게 직선 코스에 돌입하고 있었다. 그때 맞은편에서 군용 지프 한 대가 어슬렁거리며 정민의 시야로 들어왔다. 휘청하는 전율이 온몸을 휘감은 것은 군용 지프를 인식한 바로 그다음이었다. 원덕이라는 이정표를 보고 얼마 안 간 그 지점은 산새가 음산하고 요상한 데다 지형도 두루뭉술했다. 무심코 군용 지프 너머로 거북이 등짝 같은 산허리를 바라본 순간이었다. 일순 아름다운 강산, 고취된 감성, 느림보 군용 지프도 온데간데없었다. 눈앞이 흔들리고 아무것도 보이지 않았다. 갑자기 요동치는 차가 왜 그러는지 알아낼 재간이 없었다. 예고 없이 들이닥친 돌발 상황 앞에 그들은 혼비백산했다. 마치 거대한 손이 장난감을 휘두르듯 하는 것 같았다. 급기야 절체절명에 놓인 두 남녀가 혼절할 공간에서 황망히 부르짖었다.

"어머, 차가— 왜 이래, 왜 이래?"

"브레이크 밟아! 어서 브레이크!"

성난 목소리가 고막을 찢었다. 실내에 가득한 독기 가득한 목소리가 여자의 운전 행위를 심하게 질타하고 나무랐다. 그러나 여자는 발밑의 제동장치를 밟지 못했다. 뻣뻣해진 다리가 거추장스러운 막대기 같았으니까. 비굴과 궁색함 너머로 의식을 강하게 짓누른 것은 이렇게 우리는 죽어 간다는 것과 도로 위에서 갈팡대는 시간이 오래 걸린다는 것이었다. 그리고 집에 두고 온 아이들의 해맑은 얼굴이 잡힐 듯 떠오르는 것이었다. 학교에 다녀오겠다고 가방을 메고 나가던 아이! 수화기 너머에서 언제 올 거냐고 암팡지게 물어 대던 작은아이의 목소리가 가슴 팍을 움켜쥐었다. 어서 제발 어서 어떻게든 이 위기가 멈추어 주길 바라며 그녀는 절박해서 울부짖었다. 흔들리는 상황이 지속되자 이번에는 제자리를 이탈한 오장이 걷잡을 수 없이 메스꺼움을 유발했다. 고통스럽고 절박한 상황 어느 끄트머리에서 파란 하늘이 아득히 들어오는가 싶더니 등받이에 밀착된 두 몸이 어디론가 한없이 떨어져 내렸다.

*

처덕처덕 비가 내리던 어제였다. 아침에 일어나니 창밖에는 비가 내리고 있었다. 출발 직전부터 비가 오는 것이 조짐이 좋지 않았다. 장거리 여행을 앞두고 비가 온다는 것은 왠지 마음을 착잡하게 했다. 그렇지만 궂은 날씨가 도리어 큰맘 먹고 떠나는 여행길에 축복이 될 수도 있지 않겠는가. 바람 불고 사나운 날 을씨년스런 비가 아늑한 실내를 만들어 주는 것처럼 말이다. 또한 당일로 설악산까지만 가면 되어서 급하게 서두를 필요도 없었다. 팔당과 양수리, 양평과 홍천, 인제원통(지금은 양양고속도로가 뚫렸다.)을 지나 어느 군부대 앞의 한식당에 들어가 늦은 점심을 먹고 한계령으로 넘어오는 코스였다. 그런데 진입로에 들어서자 더욱 세차게 비는 퍼부었다. 우중의 산속에서 그것도 초행길에 계속되는 긴장 운전과 뿌연 연무 속에 위험으로 뒤덮인 산하, 칠흑같이 어두운 산속, 도로는 협소하고 산새는 매우 높았다. 거기다가 끊임없이 퍼붓는 장대비를 헤집고 장시간 운전을 하는 것은 몇 배로 긴장감을 더해 주었다. 도무지 한 치 앞을 분간할 수 없는 한계령의 어느 내리막에서 유령처럼 서 있는 시커먼 사람들을 보게 되었다. 길섶에는 택시와 승용차도 세워져 있었다. 팔짱을 낀 사람들은 흡사 유령인가 싶을 정도로 후줄근히 비를 맞고 산 아래쪽을 보고 있었다. 아마도 빗길에 차가 구른 모양인가 싶었다. 사고가 났다는 생각이 퍼뜩 뇌리에 스치자 두 다리가 후들거리고 오금이 저렸다.

"모르긴 해도 이렇게 깊은 산중에서 사고가 나면 아마 찾기도 힘들 거야, 그치?"

"……."

꼭 어젯밤 꿈에서 본 듯 그 일이 황망 중에 떠올랐다. 정신이 들고 차가 떨어진 사태를 파악하자 망연자실했다. 카스테레오에서는 꿀릴 것 없는 여자의 다부진 목청이 비아냥거리듯 신명나게 울려 퍼졌다. "나머지도 나의 것은 아니죠. 오오~ 오오~"

빌어먹을!

정민은 모멸감을 느끼며 얼른 다이얼을 돌려 꺼 버렸다. 발랄해서 좋던 노래가 그렇게 방정맞게 들릴 수가 없었다. 사람을 조롱하고 비난하다니……. 떨어진 차의 엔진은 멈추지 않고 계속 돌아가고 있었다.

그때 급격한 경사면을 타고 군인 둘이 엉거주춤 비탈을 내려오는 게 보였다. 그들은 내려오면서 연신 괜찮아요? 다친 데 없어요? 하면서 물어왔다. 정말이지 쥐구멍이라도 있으면 대가리를 처박고 싶은 심정이었다. 군인들은 내려와 차안을 들여다보더니 화가 치미는지 멀쩡히 앉아 있는 그들을 보고 야단을 쳤다.

"그렇게 계시면 어떡합니까? 차가 가라앉고 있는데!"

정민은 그제야 위급한 사태를 절감하고 굴욕감을 느끼며 동시에 차문을 열었다. 가을걷이가 끝난 논바닥에 물이 흥건히 고여 있었다. 구두가 젖을 것을 염려해 미적거리자 그들은 한심하다는 듯 쳐다보다 마지못해 손을 내밀어 주었다. 정민은 내키지 않았지만 그 손에 의지해 둔덕으로 뛰어오르며 들녘 사방을 둘러보았다. 저만치 앞에 개천이 보였고 개천 너머로 동네가 평화롭게 들어왔다. 연장을 든 사람들이 사고 난 것을 목격하고 교량 위를 건너오고 있었다. 다시 황망 중에 차가 떨어진 언덕을 올려다보았다. 어림짐작해도 20미터는 족히 돼 보이는 가파른 경사면이었다. 언덕 중턱에는 이년생 같은 아카시아 한 그루가 허물이 벗겨진 채로 비스듬히 서 있었다. 연두색 속살을 드러내며 쓰러졌다가 다시 일어난 모양새로 보아 저 나무가 차의 속도를 잡아 준 것 같았다. 올라가기도 가파른 경사에서 어떻게 차가 구르지 않고 떨어졌는지 신기할 정도였다.

하얀 마이스토는 험한 꼴을 당하고 언덕 밑에 얌전히 안착돼 있었다. 중앙선을 넘어 반대 차선을 타고 뒤로부터 떨어졌나 보았다. 그러니까 불과 몇 시간 전의 일이었다. 이런 일이 있을 것을 미리 알고 잠재의식이 그렇게 떠나기를 만류했던 것일까.

*

 그만 자고 일어나라는 채근에 선잠을 자다 말고 눈을 떴다. 어리둥절해서 둘러보니 벌써 날은 밝고 눈은 뻑뻑했다. 그대로 자고 싶은 심정이 무거운 눈꺼풀에 달려 있었다. 게슴츠레한 눈으로 보니 윤성은 벌써 단정한 차림새로 소파에 앉아 있었다. 말끔한 행색에는 해가 중천에 떴는데 무슨 잠을 그렇게 자니, 하는 핀잔이 역력히 배어 있었다.

 하는 수 없이 천근의 몸을 일으키며 일어나는데 그만 발끝에 걸린 시트 자락이 정강이를 낚아챘다. 고꾸라지기 일보 직전 겨우 중심을 잡으면서 화장실로 들어갔다. 집을 떠나서까지 부지런을 떠는 그가 이럴 때는 정말 밉살스럽고 야속했다. 좀 더 자고 일어나도 될 텐데 꼭 이렇게 일찍 깨워야 하는 그 속내를 이해하기 어려웠다.

 연신 하품을 해 대면서 정민은 창가로 다가갔다. 도대체 몇 신데 그래? 하면서 커튼을 열어젖혔다. 강렬한 햇빛이 순간 눈에 들어와 아찔한 현기증을 느꼈다. 빛의 침투를 허용하지 않는 두꺼운 커튼을 열어젖히자 바깥에 머무르던 햇살이 일시에 눈에 들어온 때문이었다. 잠시 안정을 취하고 눈을 비비며 다시 보니 설악산의 온 일대가 휘황찬란하게 눈에 들어오는 것이었다. 햇살을 받은 온 천지가 그야말로 장관을 이루는 불바다였다. 화려한 가을 산의 정취가 눈앞에서 불타고 있는 정경이었다. 창문 바로 너머에도 늘어진 나뭇가지에 매달린 물방울들이 아침햇살에 영롱히 빛나고 있었다. 그것은 상상을 초월하는 정열의 무서운 불붙음과도 같았다. 밤새 그렇게 퍼붓던 비는 다 어디로 갔을까? 대기는 온통 화창하고 눈이 부셔서 말문이 막힐 지경이었다.

아름답다 못해 경이롭기까지 하는 불타는 전경을 보고 정민은 마음이 흔들렸다. 이렇게 아름다운 경치를 두고 어디를 간단 말인가! 황홀하고 찬란하여 눈을 뗄 수가 없었다.

"자기야, 바깥 좀 봐 봐! 세상에, 무슨 단풍이 저렇게 화려하고 웅장할 수가 있어, 응?"

날이 샐 무렵부터 일찌감치 일어나 바깥을 내다본 사람한테 적이 호들갑을 피우며 반응을 살폈다. 즉흥적이 아닌 전심으로 자기가 원한다는 것을 그가 알아주었으면 해서였다. 더욱이 어제의 피로도 그대로 누적돼 있고 부득불 오늘 꼭 가야 할 일도 없는 터라 이렇게 좋은 곳에서 하루만 더 있다 간다면 피로도 풀릴 겸 금상첨화일 것 같았다. 그렇게 되기를 간절히 원하면서 어떻게 하면 반감 없이 저이가 받아 줄까를 고심했다.

윤성은 침대에 올라와 있고 그녀는 화장대 앞에서 화장을 했다. 거울 속으로 들어오는 윤성의 표정 변화를 살피며 조심스럽게 말을 꺼냈다.

"우리 여기서 하루만 더 있다 가면 안 될까?"

꿍꿍이를 이미 알아채기라도 한 듯 윤성은 얼굴을 일그러트렸다.

"안 돼!"

"왜 안 돼?"

"이미 합의된 사항이잖아! 여기서는 잠만 자기로 했고. 해안에 경주까지 내려가려면 어서 서둘러야 해!"

"……."

행선지까지 들먹이며 여지를 보이지 않는 단호한 태도가 못마땅하고 답답했다. 일정은 경우에 따라서 바뀔 수도 있는 것이고 경주에다 방을 잡아 놓은 것도 아니어서 마음만 바꾼다면 불가능한 일도 아니었다.

요지부동한 원칙과 갑작스런 제안이 팽팽히 맞서는 가운데 그들은 방안에서 옥신각신했다. 그러나 감정만 상할 뿐 이견을 좁히지는 못했다. 우두커니 있어 봐야 달라질 게 없다고 판단한 윤성이 먼저 가방을 들고 훌쩍 방을 나가 버렸다. 침통한 그의 얼굴에는 매사가 자기중심적이고 제멋대로인 것에 대한 불만이 역력했다. 일정은 혼자 다 짜 놓고 또 그것을 일방적으로 바꾸려는 태도가 도무지 못마땅한 것이었다.

어쩔 수 없이 따라 나갈 도리밖에 없었다. 그녀는 어떻게 해서든지 윤성의 요지부동한 원칙을 깨트리고 싶었다. 이렇게 좋은 곳을 두고 어디에 가 본들 행복할 것 같지가 않았다. 그리고 이런 경치를 보고도 마음이 동하지 않는 그의 메마른 정서를 이번 기회에 꼭 바꿔 주고 싶었다. 계단을 내려와 둘러보니 로비에도 윤성은 보이지 않았다. 프런트 직원이 눈으로 현관을 가리켰다. 윤성은 벌써 주차장을 향해 저 아래쪽을 내려가고 있었다. 정민은 충계로 이어진 마당을 걸어가며 밉살스러운 그의 뒤통수를 향해 대갈일성을 날렸다.

"일정? 그까짓 게 뭐가 그렇게 중요해! 다시 짜면 되는 거지!"

윤성은 돌아보지 않았다. 자신의 큰소리만 허공을 돌다가 다시 돌아올 뿐이었다. 허탈한 심정으로 층계 언덕에 선 그녀는 조경이 잘된 동산 주변을 둘러보았다. 쌀쌀하고 조용한 아침 정경이었다. 잡목과 수풀 사이로 스며드는 아침햇살이 동산 주변에 따스한 온기를 퍼트렸다. 나직이 퍼져 가는 따사로움을 받으며 시선을 따라가니 뿌연 대기 너머로 가을 산의 찬연한 정취가 온 일대를 뒤덮고 있었다. 산천초목이 모두 자기를 위시하고 있는 것 같았다. 그 순간 희한하게도 언짢았던 감정이 스르르 녹으면서 마음이 평온해지기 시작했다. 상큼하고 공해 없는 이런 환경에서 살면 몸도 마음도 찌들지 않고 얼굴 붉힐 일도 없을 텐데 하고 생각했다.

단아한 숲속의 아침 풍경, 정렬된 층계가 있는 나무들, 안온한 자작나무 잎사귀들이 산소를 뿜어내며 침울한 감정을 조금씩 전환해 주었다. 돌층계를 힘주어 내려가며 문득 언제나 지금처럼 하루를 맞게 된다면…… 하고 떠나온 성산 마루를 떠올렸다. 아파트 단지가 보였고 사동 앞이 들어왔다. 칠층 복도에서 손을 흔들며 할머니 품에 안겨 있는 작은아이 얼굴이 또렷이 보였다.

"어때. 잘 생각해 봐! 이 아름다운 경치를 두고 그냥 가는 건 너무 무례하지 않아? 그건 설악산에 대한 모독이라고!"

한심한 듯 윤성은 팔짱을 끼고 트렁크에 몸을 기댄 채로 그녀를 올려다보았다.

"이보세요, 아줌마! 다른 데 가면 얼마든지 좋은 곳이 많아요!"

*

동네 사람들은 능숙한 솜씨로 작업을 해 나갔다. 차가 빠져나갈 수 있게끔 논둑을 까뭉개고 절반이나 빠진 차체를 구령에 맞춰 들어 올려 방향을 틀어 주었다. 그렇지만 계단식으로 이어진 논이 많은 데다가 물도 흥건하게 고여 바깥으로 나가는 데는 무수한 난관이 산재했다. 각고 끝에 논을 내려오면 또 논이 있었고 또 논이었다. 무슨 개천 앞에 서는 해내지 않으면 안 된다는 비장한 결심까지 해 가면서 액셀을 밟아 대었다. 개천 너머에는 대각선으로 올라야 할 제방이 갈대와 수풀로 덮여 아직도 나갈 길이 멀었음을 보여 주었다. 그나마 다행인 것은 완만한 경사여서 조향 장치를 잘만 조작하면 오를 수 있을 것 같았다. 부들부들 떨며 개천을 건너왔을 때는 무슨 증기기관차처럼 보닛 안에서 흰 연기가 뿜어져 나왔다. 후진과 전진을 무수히 거듭하고 동네 사람들이 수고한 덕분에 오욕의 늪에서 마침내 빠져나올 수 있었다.

학교 운동장에서 윤성은 물을 퍼 왔다. 흙투성이가 된 차를 닦으라고 누군가 허드레 물통을 갖다주었다. 갈댓잎과 진흙으로 뒤덮인 사나운 꼴을 대충 닦아 내고 차체를 살피니 흠집은 한 군데도 나 있지 않았다. 딱히 부닥트린 데도 없고 긁힌 자국도 눈에 띠지 않았다. 그러나 험난한 코스를 빠져나오느라 무리하게 장시간 돌아간 엔진이 사람 못지않게 고생을 하고 진이 다 빠진 것 같았다.

차가 떨어진 건너편 언덕을 넋을 잃고 멀거니 바라보았다. 언덕에서 승용차가 떨어져 내리는 장면, 선 자세로 하얗게 떨어지다 논바닥에 처박히는 승용차! 동네 입구에서 보니 너무도 선명히 보였다. 마침 어른들이 이곳에 나와 있다가 사고가 나는 것을 보고 곧바로 달려온 것이었다.

어른들은 하얗게 질린 핏기 없는 몰골을 보면서 나름대로 한마디씩 했다. 또 그 자리네! 어디서들 왔수? 둘은 부부유? 얼마 전에도 사고가 나더니만…….

민망한 현장을 빨리 벗어나야 한다며 윤성은 먼저 차를 타라고 했다. 어깨너머로 보니 약소한 것으로 고마움을 표시하는 것 같았다. 동네 이름이라도 알아 두고 싶어 차문을 열다 말고 여기가 어디냐고 물었다.

"호산이란 뎁니다, 호산!"

강원도 억양의 한 어르신은 말했다.

"호산…… 요?"

어디서 들어 본 이름 같기도 했다. 왠지 낯설지 않은 이름이었다. 한 분 한 분 인사를 드리고 마을 앞길을 나오는데 착잡한 심정을 금할 길 없었다. 할 말은 부지기수 많은데 무슨 말도 할 수가 없는 것이었다. 너무 엄청나고 큰일을 겪어 섣불리 말하기가 두려워서였다. 그러게 내 말을 들었으면 이런 일은 없었을 거 아니냐고 목구멍까지 올라온 말을 하지 못했다. 중요한 것은 지금 살아 있는 것이고, 살아서 생명을 연장할 수 있게 된 사실이었다. 차도 망가진 데가 없어 처음 목적한 대로 여행을 다시 시작할 수 있었다.

기력을 소진하고 국도를 서행하는데 해가 어느새 설핏해 있었다. 조수석에 앉은 윤성은 이렇다 할 말이 없고 표정이 기묘했다. 우연히 맞아떨어진 자기 아내의 영적 발현에 신기해하는 것일까. 동료들과 후배, 일과 상사가 있는 신문사로 돌아갈 수 있게 된 다행함에 기대가 부푼 것일까. 네 시간 만에 끊어졌던 국도를 다시 이어 달리며 만감이 교차했다. 뜻하지 않은 사고로 의식은 만신창이가 되었고 종잇장처럼 구겨져 있었다. 죽음 직전에서 아무것도 할 수 없는 인간의 초라함을 생각하는데 갑자기 군인들이 떠올랐다. 군인들은 돕는 손길이 많아지자 중도에 그만 가 봐야 한다면서 현장을 먼저 떠났다. 그런데 비탈을 오르던 한 군인이 다시 내려와 묻는 말은 돌연 엉뚱하고 대답하기 난감한 질문을 던졌다. 빈정대는 투로 정곡을 찔렀기 때문이었다.

"아니, 왜 잘 오다가 갑자기 비틀거렸어요?"

"……."

2.

궤변

지금과는 가치관이 많이 다른 그해 봄이었다. 볼링 붐이 서울에는 훈풍처럼 일고 있었다. 무료했던 여자들이 봄의 향연을 타고 제도와 질서를 뛰쳐나와 유쾌한 공간으로 이동했던 것.

그것은 다양한 레저문화 중에서도 품격이 있으며 잠재된 끼를 발산할 수 있는 건전한 문화였다. 묵직한 공을 굴려 20m 전방에 있는 핀을 쓰러트리는 것은 뭔가 단순해 보이면서도 한 치의 오차도 허용하지 않는 유쾌한 경기였다. 민첩성과 예민성은 물론이고 자기만의 노하우도 갖춰야 하는 흥미로운 경기였으니까. 그런 신선한 경기에 흠뻑 빠진 아마추어들로 볼링장은 어딜 가나 초만원이었고, 건전한 레저문화를 즐기고자 하는 마니아들로 북새통을 이루었다. 오랜만에 적성에 맞는 운동을 찾은 그녀도 아쉬움과 쾌재의 그런 현장이 좋아 볼링장을 자주 드나들었다. 레인 위에서 멋들어진 자세로 공을 던지는 모습은 흡사 가뿐한 날개를 달고 힘차게 도약하는 새를 연상시키곤 했으니까.

정기전이 있는 날이면 볼링장은 파이팅 만점이었다. 일찍부터 나온 동호회원들과 서로 의기를 투합하고, 연습 게임을 해 보고, 대오를 점검하고 등등 고무된 열두 레인은 기운 넘치는 마니아들의 점령으로 후끈 달아올랐다. 그 절정의 뜨거운 순간에서 갑작스럽게 나타난 복병이 반가울 리 없었다. 초미니스커트를 입고 포문을 열던 그때에 대열에서 그를 당혹스럽게 한 것은 문득 감지된 허리의 뜨끈함이었다. 볼링의 재미를 이제 막 알고 실력도 늘어 가는 와중이었다. 적성에 맞는 운동을 찾아 모처럼 팀워크를 짜 유쾌하게 즐기려는 찰나였으니까.

경기 초반에 나타난 그것은 참으로 유감한 일이 아닐 수 없었다. 당혹감을 감추고 잘해 보려고 해도 이상하게 공은 엉뚱한 방향으로 굴러 갔다. 스트라이크는 고사하고 스페어 처리도 못 하는 지경에 팀의 빈 축을 사기 일쑤였다. 그렇게 빈번해진 실수는 결국 팀에 치명상을 입 혀 대타가 기용되는 수모를 겪어야 했다. 그녀는 치료를 신속히 받고 다시 서면 될 거라고 자신을 위로하고, 훗날을 기약하고 레인을 내려올 수밖에 없었다. 사람의 몸은 이상 증상이 생기면 원래로 돌아가려는 습성을 가지고 있다고 들은 적이 있었다. 그녀는 확고한 신념을 가지 고 빠른 시일 내에 돌아오리라 마음먹었다.

그런데 치료를 받아도 잘 낫지 않는 데 문제가 있었다. 정신은 볼링 장에다 그대로 놔두고 왔는데 하루 이틀 지체돼 가는 시간을 무엇으로 도 메울 방법이 없었다. 병원과 수영장, 한의원을 찾아가는 고달픈 일 상이 어느덧 6개월째 접어들었다. 그런 재미없는 반복과의 씨름은 몸 이 전연 반응을 보이지 않는 데서 맥이 풀렸다.

다시 그곳으로 돌아가고 싶은 열망은 농익은 가을이 절정에 달할 때 견디기가 힘이 들었다. 낙오된 자의 설움과 고독을 쓸어안고 긴 여름 을 거쳐 오는 동안 가슴에 얼룩진 것은 오직 마음대로 안 되는 몸과 속 절없이 지나가는 세월이었다. 온갖 정성을 쏟아붓는데도 얄궂은 몸뚱 이는 왜 부응을 못 해 주는 것일까. 볼일을 보러 바깥을 나갔다가도 문 득 생각이 나면 차를 몰고 무심결에 볼링장을 찾아가 보곤 했다. 돌아 오지 못하는 사람의 하릴없음을 그곳에서 확인하듯 여전히 볼링장은 유쾌한 공간이었다. 지하 층계를 내려서면서부터 들려오는 경쾌한 스 트라이크 소리! 디글디글 공 굴러가는 정겨운 함성은 친숙한 현장 분위기를 그대로 보여 주었다. 여전히 건재한 사람들은 거기서 놀았고, 낙오된 자의 비참함만 씁쓸히 확인하고 나올 뿐이었다. 아직도 안 나았어요? 어디 가면 잘 고친다는데……. 누구는 거기 가서 침 맞고 금방 나았대요.

*

　마음먹은 대로 되지 않는 것이 세상사라지만 밥을 먹고 의식이 있는 한 희망을 포기할 수는 없었다. 볼링을 할 수 없을 뿐이지 다른 것에는 아무 장애가 없었다. 한 지인의 소개를 받아 어느 용하다는 한의원을 별 기대감 없이 또 찾아 나섰다. 일산의 한 주택가 안쪽에 있는 2층짜리 아담한 양옥이었다. 한의사는 대뜸 이렇게 말했다.
　"이런 말 한다고 기분 상하진 마십시오!"
　민망할 정도로 뚫어져라 보는 의사의 시선이 눈에 거슬렸다. 기분 상하지 말라는 말이 무슨 뜻인지를 몰라 잠시 주위를 살피며 눈을 말똥거렸다. 그러나 뭔가를 미리 받아 두려는 언질이란 것은 알 수 있었다. 범위가 넓고 애매하지만 내심 속에 있는 무엇이 발각된 것처럼 신경이 쓰이며 기분이 찜찜했다. 왜냐하면 여러 병원을 두루 다닌 것이 무슨 범죄 행각처럼 느껴졌기 때문이었다. 또 의사의 언질에는 은근히 환자를 낮게 보는 기색도 있는 것 같아 불쾌감도 들었다. 많은 병원을 두루 다녀 보았지만 이렇듯 뜻 모를 의사의 표정하며 태도는 처음이었다. 뭐랄까, 어떤 희귀 동물을 앞에 놓고 찬찬히 뜯어보며 관찰하는 것 같은.

불미한 선입견들은 다 저들로부터 온 것이었다. 소용되지 않는 치료로 인해 신뢰감이 무너진 탓이었다. 왜 하나같이 저들은 하는 말이 한결같은지 몰랐다. 약물과 물리치료를 병행해 6주간을 꾸준히 받아 보세요, 그러면 좋아질 겁니다, 라는 처방에 확실한 기대감을 갖고 6주간을 열심히 받아 봤지만 차도가 없었다. 별로 좋아진 것이 없다고 말하면 저들은 의심하는 눈초리로 환자를 쳐다보며 중간에 거르지는 않았느냐고 반문하는 것이었다. 병원마다 순서의 차이는 있을지 몰라도 그 범위를 크게 벗어나지는 못했다. 저들은 또 확실하게 알아본다고 하면서 CT를 거쳐 MRI를 권유해서 찍고 4번과 5번 사이의 튀어나온 연골을 지적하면서 이미 꽁지 뼈에도 이상이 왔음을 알려 주는 것이었다. 여기 이 튀어나온 부분이 신경을 눌러서 다리가 당기고 저리고 쑤시고 여러 증상들이 나타나는 것이라는 말이었다. 수술은 또 쉽게 결정하지 말라는 것. 충분히 고려해 본 다음에 결정하라는 것. 가능하면 물리치료를 꾸준히 받아 보는 것이 더 좋다는 저들의 통상적인 처방에 이골이 난 지도 오래였다. 저들은 하나같이 신뢰감을 주지 못했고 일괄된 염증만을 느끼게 했다. 신뢰를 갖고 따랐지만 번번이 거짓말에 지나지 않는 시간의 도둑질과 상술일 뿐이었다.

"평소에 남자 같다는 말 들어 본 적 있어요?"

의사는 관찰이 끝났는지 또 알 수 없는 질문을 던졌다.

"환자 분은 생식기(生殖器)만 여성으로 되어 있지 모든 기관이 남성과 거의 같아요. 남성도 여성도 아닌 그 중간쯤이라고 할까요?"

"……."

마치 외설스러운 말을 듣는 것처럼 거북함을 느꼈다. 그의 말이 구체적으로 무엇을 의미하는지 점점 아리송하고 혼란도 일었다. 이 무슨 망측하고 해괴한 소린가. 생식기만 여자라니 무슨 뜻인가. 다른 기관은 남자와 동일? 그렇다면 나를 무슨 성전환 수술을 받은 트랜스젠더쯤으로 보는 것인가.

뒤통수를 한 대 쾅 하고 얻어맞은 기분이었다. 그 말을 이성으로부터 들었다면 한갓 우스갯소리로 넘겨 버렸을 것이었다. 그렇지만 의사는 젊은 남자였고 신체를 다루는 사람이었다. 어이없는 표정으로 고개를 들어 그의 면상을 보니 어떤 능글맞은 한 짐승이 하얀 가운을 걸치고 자신을 보고 있는 것 같았다. 무엇보다도 그 생식기라는 용어가 도대체 마음에 들지가 않았다. 생식기란 생리작용에 의해 배설만을 하는 기관이 아니라, 여성의 상징이자 인류에 지대한 공헌을 끼치는 어머니의 거룩한 상징이 아니던가! 물론 한 개인에 국한된 얘기였지만 포괄적으로 본다면 그것은 엄연히 여성에 대한 모독이었고 성추행이었다.

"인간의 몸은 200개 이상의 크고 작은 뼈들로 구성되어 있는데, 그 뼈의 골격이나 곡선 등 생식기를 제외한 모든 기관은 그 생식기를 하나의 주체로 보았을 때 보완작용을 하게 되어 있습니다. 의학 용어로 그것을 신체의 영위라고 하는데, 이것은 모든 여성의 승화된 신체 개념입니다. 건강한 신체는 정신의 안정을 가져오고 그 안정된 토대 위에서 정신이 추구하는 목적들을 도와 가는 것이지요. 환자의 경우 불행하게도 순리적인 신체리듬이 원활하지를 못합니다. 그것은 인체 기관의 모든 생리리듬을 저해하고 원활한 소통을 방해하는 요소들이 되지요. 즉 인체의 부조화적 요소라고 할 수 있습니다. 내가 환자분에게 남성도 여성도 아니라고 말한 것은 이러한 현상 때문입니다. 인체의 것(外)과 속(內)이 서로를 밀어내고 자기가 앞서려는 데서 빚어지는 양상들이지요. 환자를 처음 보았을 때 신체의 부조화적 요소로 발생되는 여러 안 좋은 요인들을 볼 수 있었습니다. 뿐만 아니라 위장 기능도 매우 약한 편이라서 환자 분의 경우 음식물을 섭취해도 신체가 제대로 영양분을 공급받지 못합니다. 그에 반해 골격은 비교적 튼튼하게 형성돼 있지만, 다른 기관의 부조화적 요소들로 인해 앞으로…… 아무튼…… 게다가…… 환자의 정신적인 면도 장애가…… 많아 보이고요. 이를테면 생각이나 이상, 추구하는 어떤 목적들……. 즉 외형만 여자로 보일 뿐 남자나 진배없다는 것입니다."

이제 갓 서른을 넘겼을까 싶은 한의사는 듣기에도 거북한 소리를 거침없이 해 대고 있었다. 터무니없는 그의 논리가 이치에 맞는지 어떤지 분간이 서기에 앞서 우선은 그가 과격하다는 생각이 들었다. 설명 도중 의사는 또 의식적으로 말을 끊고는 했는데 아마도 상대에게 미치는 영향을 완화하고자 그런 것 같았다. 차츰 그녀는 처음의 불미한 선입견들이 성급한 자기 오해임을 깨닫고 조금씩 그에게 끌려가는 자신을 느꼈다. 그의 과격한 논리나 해석이 전혀 해괴한 억측만은 아닌 것 같아서였다. 좀 더 구체적으로 듣고 싶은 마음에 의자를 끌어당겼다.

"그래요? 저의 어떤 점이 그렇게 보였을까요?"

"태어날 때부터 뭐랄까. 그렇게 정해졌다고나 할까요. 그렇다고 유전적인 요인이라고 하기엔 좀 그렇고. 안됐지만 환자분에게는 매우 불행한 일이군요. 거기에 또 편력도 많으신 것 같은데……."

그녀는 그 대목에서 자기 안의 설움을 생각해 내고는 눈시울을 적셨다. 뭔가 억울하다는 생각이 목울대를 짓눌렀다. 어쩌면 많은 고생 끝에 이제야말로 제대로 된 의사를 만났는지 몰랐다.

"그래요, 하지만 이제까지 별 진전이 없었는걸요."

매달리듯 그는 의사의 탁월한 처방을 기다렸다.

"각기 다른 성이 한데 묶여 산다고 가정해 보세요. 원만할 리가 있겠습니까? 그것은 모자라는 어느 한쪽만 존재하는 것만 못하죠. 또 뚜렷한 두 개의 성이 환자의 정신 속에서 끊임없이 부대끼며 치열한 공방전을 벌인다고 생각해 보세요. 영역 싸움 같은 것 말입니다. 이미 그것은 어느 한쪽에 양보란 것은 있을 수 없습니다. 한쪽이 죽을 때까지 싸워야 하는 운명 같은 것이지요. 싸움은 또 많은 에너지를 소비하는 만큼, 환자분의 체력은 알게 모르게 그 때문에 쇠약해질 것입니다. 치열하면 치열할수록 신체리듬은 혼돈과 무기력을 가져오게 되어 있으니까요. 노동을 하지 않아도 늘 피곤해서 눕고만 싶고 어때요, 내 말에 수긍이 갑니까?"

그것은 본분을 넘어 또 다른 분야를 넘나들며 거침없이 독설을 퍼붓는 저열한 행위였다.

"치료를 해도 잘 낫지 않는 원인이 거기 있습니다. 본인은 어떨지 모르지만 이루고 싶은 것들의 끊임없는 욕구가 항시 불안과 무력감으로 자기를 짓누르고 있는 거죠. 당사자에게는 또 남들의 자유로운 활동을 보는 것도 큰 스트레스로 작용하구요. 거기다가 이상은 높은데 몸은 잘 낫지 않고……. 그렇다고 이대로…… 가다가는 영영 아무것도 할 수 없겠다는 불안한 심……."

아아! 그녀는 더 듣지 못하고 자리에서 벌떡 일어났다. 듣자 하니 정말 해괴하기 짝이 없고 일말의 가치도 없는 허튼소리였다. 할 수만 있다면 그놈의 주둥아리를 짓뭉개 놓고 싶었다. 늘 마음속에 노심초사하고 멍에처럼 짊어지고 있는 무거운 것들이었다. 해야 할 일들이 산재해 있는 마당에 아무것도 할 수 없는 자신의 무력감을 그는 정확하게 찔러 대고 있었다. 거기다가 환자를 배려하지 않는 저열한 행위가 난폭하고 무례하기 이를 데 없었다. 그뿐만 아니었다. 발끈해서 나오는 등을 향해 그는 남아 있는 화살을 마저 쏘아 댔다.

"긍정적인 사고를 가지세요! 그리고 현실을 받아들이도록 노력해 보세요!"

"빌어먹을!"

그녀는 누가 부를지도 모른다는 생각에 정신없이 계단을 뛰어 내려왔다. 너무 어이가 없고 기가 막혔다. 일진이 사나운 날이라고 생각하며 발길을 돌렸다. 서늘한 공기가 으스스한 한기를 느끼게 했다. 불안정한 다리가 중심을 잃고 후들거렸다. 피가 상체로만 몰리는 것 같았다. 어느새 바깥은 붉은 노을이 지고 시멘트 담장 너머로 서녘 하늘이 뚜렷한 광선을 내려보내고 있었다. 한참을 멍하니 올려보다가 골목을 빠져나갔다. 누구도 자신의 거친 소행을 알 리 없는 보도 위를 걸으며 끝도 없이 겹쳐 오는 각양 입간판들을 올려다보았다. 도심 한가운데가 무슨 정화되지 않는 난잡한 축제 같다고 여겨졌다. 혼돈의 이 도시 위에 걸려 있는 서녘 하늘이 한없이 평화롭고 안온해 보였다. 간간이 들려오는 자동차 경적 소리, 앞에서 호들갑을 떨며 웃어 제끼는 여고생들, 양팔을 어깨에 걸치고는 좌로 우로 쏠리면서 방종 하는 남정네들을 비켜 가며 흔들리는 걸음을 재촉했다. 보도 위의 분방한 모습들이 모두 작당들을 하고서 자신을 밀어내고 있는 것 같았다.

*

행동반경이 제한된 삶은 단조롭기 짝이 없었다. 그것은 세상과 분리인 동시에 곧 자신을 다스려야 하는 이중고를 수반하고 있었다. 아침마다 눈을 뜨면 언제나 기다리는 것은 제한된 공간 안에서의 답답하고 무미건조한 생활, 하릴없이 집안에 갇혀 바깥으로 나가지 못하는 열등감과 스트레스가 자신을 압박해 왔다. 아침마다 세면을 하고 머리를 빗는 행위는 뭔가 거기에 해당하는 이유가 있을 때 의욕이 생기는 법이었다. 고통 중이라도 마음에 소망하는 바가 있을 때 진정한 의미의 밥을 넘길 수가 있었다. 그녀는 날로 피폐해져 가는 몰골을 거울 앞에서 대면할 때마다 나는 왜 밥을 먹어야 하고 무엇을 위해 살고 있는가, 반문하지 않을 수 없었다.

그렇게 의미 없이 맞이하고 속절없이 지나가는 무심한 나날들, 관심조차 없는 이웃들, 아이러니 하게도 식욕은 살아 있어서 먹고 자고 먹고 또 자고 눕고…… . 끊임없이 반복돼 가는 일렬의 연속된 행위들. 그것은 육체의 고통을 넘어 정신을 자학하게 만드는 가혹한 형벌이었다. 그리고 무엇에 속박된 것처럼 혼자 있을 때면 자주 내면의 어떤 목소리에게 힐문당하고는 아연해했다.

'너는 지금 뭐 하는 거지? 왜 그렇게 살고 있는 거야?'

그런 내면의 소리를 들을라치면 저절로 반발심이 생겨 이렇게 자신에게 항변하는 것이었다.

'그러면 어떻게 해!'

혹시 그 일 때문에 벌을 받는 것은 아닐까 의구심을 가져 보았다. 너무 오래된 일이기는 했지만 그때도 비슷한 의구심에 시달렸었다. 도대체 왜 사고가 났던 것일까. 당시의 도로 여건이나 현장 정황을 봐도 선뜻 납득할 수 없는 많은 의문점을 남긴 사고였다. 운전 미숙도 아니었고 그렇다고 과속으로 달리다가 일어난 것도 아니었다. 무엇보다도 현장에서 느낀 섬세한 의식의 강타를 선명히 기억하고 있었다. 인간은 절박한 상황에서 솔직해지고 겸허히 속내도 드러내기 마련이다. 따라서 서약이랄까, 맹세랄까. 살아 있는 것을 감사하게 여기며 하늘을 우러러 한 가지 분명한 약속을 한 것이 있었다. 여행을 마치고 집으로 가면 그때는 꼭 그분이 있는 곳을 찾아가 감사한 마음을 전해야지 하는.

그렇지만 순간의 절박함에서 나온 약속은 실행으로 옮겨지지 못했다. 번거롭고 성가신 일을 일상에 추가하는 건 특별한 노력 없이는 안 되기 때문이었다. 하늘에 대고 맹세한 약속을 소홀히 여기고 안일하게 저버렸음으로 인해 벌을 받는 것은 아닐까. 그래서 어떤 절대적인 힘이 자신의 행동반경을 제한하고, 제한된 공간 안에서 자신을 보게 하는 것일까.

겨울로 접어들면서 창밖을 보는 이상한 버릇에 익숙해져 있었다. 혼자가 되는 아침나절이면 의례히 한차례씩 창가로 다가갔다. 먼 데를 응시하며 우수에 찬 눈으로 영화의 한 장면을 떠올리는 것. 그 장면에다가 자신을 투영해 보는 이상한 버릇이었다. 쇠창살 너머로 망연히 하늘을 올려다보는 어느 수인의 깊고 공허한 눈빛……. 그 회한의 눈빛이 자신을 닮은 것처럼. 야트막한 성산이 두름 같은 산울로 내다뵈는 동남향 베란다는 그런 맥락에서 세상과 소통하는 유일한 통로였다. 세상과 단절돼 버린 답답하고 서글픈 일상에서 그렇게 한쪽 면만을 바라보며 작은 위로와 소통을 갖는 것이었다.

간혹 시계가 흐린 날이면 먼 데 있는 63빌딩이 공중에 기괴한 현상으로 떠 있는 것을 볼 수 있었다. 중심과 하단은 안개에 가려 사라지고 건물 상부만 공중에 떠 있는 현상이 여간 기괴하고 신비스럽게 보이는 것이 아니었다. 그리고 성산 너머 대로에서는 무수한 차량들이 성산대교를 향해 질주했다. 마치 성산의 커다란 배 속에서 철로 된 생물들이 끊임없이 쏟아져 나와 달음질하는 것처럼 말이다. 그런 까닭에 어미 된 성산이 기력이 쇠잔한 탓일까. 멀리서 보아도 정수리 부분이 훤하고

머리털이 성글어 보였다. 을씨년스럽고 음울한 등걸의 푸석한 정경이
었다. 산후의 윤기 없는 머리카락이 저럴까? 성근 가지들만 하늘을 향
해 삐죽이 손을 뻗어 댈 뿐이었다. 거기다가 원색의 아이들을 잃어버
린 쓸쓸하고 적막한 교정! 썰렁하기 이를 데 없는 텅 빈 운동장! 간격
정확히 서 있는 울타리의 곧은 나무들도 이 겨울의 신산함을 그대로 반
영해 주었다.

　하지만 혹독한 겨울 날씨와 거센 눈발에도 의연히 자기를 고수해 가
는 자연. 언뜻 보기에 그것은 방치된 듯 보이지만 엄밀한 신의 보살핌
속에 들어 있었다. 새순으로 용트림할 만반의 준비가 그 속에 내재돼
있는 것을 누구나 잘 알고 있었다. 그러므로 만물의 시작인 계절이 눈
앞에 다가오면 이지러진 표피를 뚫고 저들은 새 생명을 살포시 내밀 것
이었다. 장래를 알지 못하면서도(혹은 알고 있을지라도) 시련을 감내
해 낼 줄 아는 인내와 자기연단! 신과의 은밀한 내통함이 저들에게는
존재했다.

3.

또 다른 징후

그릇 달그락거리는 소리가 나지막이 들렸다. 거실을 타고 문틈으로 새어드는 소리가 평화로운 아침을 알렸다. 아이들을 학교에 보내 놓고 설거지를 하는 모양이었다. 늦은 잠에서 깨어난 정민은 문밖의 소리를 평화롭게 들으며 심신의 안정을 찾아가고 있었다. 요동이 멎고 풍랑이 가라앉은 수면을 잔잔히 떠가는 기분이었다. 그것은 실로 오래간만에 돌아온 평정심이며 느긋한 휴식이었다. 그렇지만 몸속에서는 여전히 벌집을 쑤셔 놓은 것처럼 성난 세포들이 위잉 윙 소리를 질러 댔다. 갑자기 침입한 날카로운 금속성에 몸살을 앓는가 보았다.

천신만고 끝에 넘은 고지라고 해야 하나? 시술 직전에 몰아닥친 엄청난 무서움을 떠올리고는 공포감에 몸서리를 쳐 댔다. 아무리 첨단의 술이 환상을 가져다준다 해도 그런 끔찍한 일은 두 번 다시 겪고 싶지 않았다. 살아온 이래 어떤 대가를 한꺼번에 치르는 분량 같았으니까.

정민은 초라한 자신을 이불 속에서 느끼며 식은땀을 흘렸다. 자신이 너무 형편없고 아무것도 아닌 존재여서였다. 형장의 이슬로 사라져 간 역사 속의 많은 의인들은 어땠을까. 죽음이라는 공포 앞에 그들은 초연할 수 있었을까? 박해에 시달리며 생을 의연히 마감한 믿음의 순교자들이었을까? 신의 아들인 예수는 또 어땠을까? 영화를 통해 보았던 초유의 십자가 사건……. 언덕을 올라가는 인파와 로마 병사의 채찍……. 그런데 예수를 따르던 제자들은 보이지 않았다. 광장에 운집한 수많은 인파 속에서도 공생애를 함께 했던 제자들은 찾을 수가 없었다. 먼발치에서 자신의 스승과 그저 흉악한 죄인의 엉터리 재판을 남의 일처럼 지켜보았을까. 죽음이라는 공포 앞에 사람의 성정을 가진 예수도 결코 의연하지는 못했을 것 같았다.

그런저런 생각에 번잡함을 느끼며 이불을 훌러덩 제쳤다. 어찌 되었든 시술의 공포를 벗어난 지금 홀가분하게 해방감을 맞고 있었다. 일상으로 돌아갈 회심의 발판이 미약하게나마 구축된 셈이었다. 안개로 자욱했던 시야는 이제 아침햇살에 녹아내리고 전방은 훤해질 것이었다. 갑자기 문밖이 조용하다고 느끼면서 방안을 둘러보았다. 배꼼이 열린 문틈으로 친정 엄마가 딸의 동태를 살피고 계셨다.

"밥 먹어야지!"

이번에도 딸의 호출을 받고 여주에서 친정 엄마가 올라와 계셨다. 친정 엄마는 농사일보다 교회를 못 나가게 되는 일이 마음에 더 걸린다며 걱정부터 앞세우고 올라오셨다. 차려 놓은 밥을 간단히 먹고 일어나 창가로 다가갔다. 어기적거리며 걸어가 바깥을 보니 날씨는 맑게 개여 있고 대기는 화창했다. 야트막한 성산이 따뜻한 봄기운 가운데 멀리서도 푸릇한 기색이 완연했다. 우묵한 아래로 시선을 내리니 학교 운동장이 한눈에 들어왔다. 그런데 학교 운동장에는 놀랍게도 개나리와 진달래 같은 봄이 한창 만개하고 있는 것이 아닌가? 올망졸망한 아이들의 앙증맞은 유희가 화사한 봄기운을 타고 싱그럽게 펼쳐지고 있었다. 그래! 봄방학을 이용해 입원을 했었더랬지.

산뜻한 복장의 칼라풀한 꼬맹이들! 어여쁘고 사랑스러운 자식을 대견스럽게 바라보는 학부모들! 동그랗게 여러 무더기로 나뉘어 봄의 향연을 가르치고 있는 선생님의 도드라진 모습들이 영락없는 어미 닭과

병아리를 연상케 했다. 그것은 곧 기쁨이자 희망을 예고하는 만물의 시작이었다. 칠층 창문에서 그런 광경을 내다보며 감회가 새로웠다. 모든 것이 새롭게 시작되는 계절인 것이었다. 암울한 시기를 딛고 자기 속에서도 발아의 연한 순이 고개를 쳐들고 있다는 것.

　허리에 감은 복대를 뜯었다가 힘껏 잡아당겨 붙이고는 몸의 이상 여부를 살폈다. 어기적거리며 거실을 이리저리 걸어 보았다. 뭔가를 찾아가고자 하는 골똘한 모색이었다. 화창하고 좋은 이 봄날은 집안에 있기는 너무나 아까운 날씨였다. 뭔가 좋은 방법이 없을까?

　한참을 골똘히 생각하는 와중에 문득 화정(花亭)에나 가 볼까, 하는 생각이 든 것은 자신으로도 놀랄 일이었다. 터무니없는 발상이기 때문이었다. 그렇지만 한번 떠오른 생각은 걷잡을 수없이 행동을 부축이며 부풀어만 갔다. 그러고 보니 입주 예정일도 얼마 안 남았는데 옮겨갈 새 둥지는 얼마나 진척이 되었을까. 바깥에 나가 공기를 쐬고 새로운 나를 확인한다는 것은 기분 좋고 설레는 일이었다. 비록 수세에 몰려 장만하기는 했어도 그곳만 떠올리면 뭔가 새로운 조짐에 기분이 들뜨곤 했다. 집안에만 주로 있어도 뭐라 할 사람이 없는 그곳은 새로운 도피처이고 둥지였다. 그리고 그곳으로 옮겨 가면 왠지 좋은 일이 생길 것 같은 막연한 희망이 일었다.

　친정 엄마는 우려했던 대로 만류가 대단하셨다. 그 몸을 해가지고 어딜 나가냐는 것이었다.

　"여기서 20분밖에 안 걸리는데 뭐! 그리고 이제 괜찮아요, 운전도 해봐야지. 너무 오래되면 감각이 떨어져요!"

아파트 주차장은 여전히 쉬고 있는 차들로 넘쳐 났다. 이중 삼중으로 차를 대 놓고 다음 날까지 그대로 두기 때문이었다. 입주할 때만 해도 주차 공간이 남아돌았는데 이제는 십 년 세월이 흐르면서 차가 드나들 공간마저 점령해 버렸다. 가로놓인 소나타를 힘겹게 밀어 대면서 어서 이곳을 떠나야지, 하고 회의가 일었다. 외출할 때마다 가로놓인 차를 미느라 기운이 다 빠지고 후진과 전진을 몇 번씩 거듭하며 코스 수정을 해야만 겨우 아파트 입구로 나갈 수가 있었다.

어렵사리 아파트를 빠져나와 모레네 방면으로 차를 몰았다. 그리고 생각하기도 언짢은 며칠 전 일을 떠올려 보았다. 그것은 도시민의 일상이 얼마나 삭막하고 빠르게 변해 가는가를 잘 보여 주는 예였다. 저녁 무렵이었는데 밖을 나갔다 오니 주차선 안은 빈 곳이 없이 가득 차 있었다. 댈 만한 곳이 어디 없을까를 둘러보다가 화단 앞의 한 곳을 발견하고는 얼른 차를 들이밀었다. 그런데 한 꼬마가 그 앞에 있는 것이었다. 빵! 빵! 경적을 울리는데 꼼짝을 않는 아이였다. 야, 비키라니까! 내 말 안 들리니? 하고 인상을 찌푸렸다. 귀티가 나고 제법 귀염성이 있는 아이였다. 감색 쫄바지에 노랑 점퍼를 입은 녀석은 차를 보고도 웬일인지 눈만 멀뚱거리며 딴청을 피우는 것이었다. 얄미운 꼬마 녀석을 차 앞에 놓고 그쯤 되면 가만히 있을 그녀도 아니었다. 한 대 쥐어박고 싶은 심산에 냉큼 내려서 녀석에게로 다가가니, 녀석은 그제서야 눈을 동그랗게 뜨고는 올려다보았다. 기껏해야 대여섯 살 정도 됐을법한 눈망울이 선한 사내 녀석이었다. 야, 너 귀먹었냐? 하고 성질이 나 다그쳤다. 그리고 여기는 차를 대는 곳이며 네가 자리를 비켜 줘야 차를 대지 않느냐고 알아듣도록 설명을 해 주었다. 녀석은 물론 그런 것쯤은 안다며 당당한 표정을 지었다. 아는 녀석이 그러느냐는 표정을 읽었는지, 녀석은 선뜻 이해하지 못할 말을 해서 황당하게 만들었다. 우리 엄마가 아무 데도 가지 말고 여기 꼭 있으랬어요! 조금 있으면 우리 아빠가 오신다고요!

아이를 공동 주차장에 세워 놓는 것은 납득이 가지 않았다. 아무나 먼저 대면 되는 것 아닌가? 괜한 오기 같은 것이 발동해 일의 추이를 지켜볼 양으로 녀석 앞에 떡 버티고 서 있었다. 녀석은 다른 곳으로 가지 않는 이상한 아줌마가 신경 쓰이는지 계속 딴전을 피웠다. 그런 녀석의 순진무구한 행동이 이상한 연민 같은 것을 불러일으켰다. 손을 주머니에 넣었다 뺐다 하는 동작도 그렇고 고운 얼굴하며 커다란 눈망울이 계집아이처럼 해맑아 보였다. 친근감에 눈높이를 맞추면서 너 몇 층에 사니? 하고 물으니, 녀석의 굳었던 표정에 반가움이 돌면서 갑자기 다른 곳을 보는 것이었다. 검은색 산타페리 한 대가 삼동 쪽에서 들어오고 있는 것을 녀석은 보고 기뻐한 것이었다. 아빠, 아빠, 여기야, 여기! 하고 양팔을 벌려 휘젓는 자신만만함에는 어떤 범접할 수 없는 영악함이 들어 있었다. 하는 수 없이 길 쪽으로 차를 빼 주고 차 안에서 그 아비의 하는 양을 지켜보기로 했다. 틀림없이 똥배가 볼록하고 개기름이 충만한 밥맛없는 인간이겠지!
그런데 페리에서 내린 남자는 그런 생각을 일시에 깨 버렸다. 검은 슈트 차림에 잘생기고 지적으로 보이는 남자였다. 말쑥한 차림에 키도 훤칠하고 첫눈에도 호감 가는 인상이었다. 이사 온 지 얼마 안 된 사람 같은데 어디 고급 공무원이라도 되는 사람일까. 녀석이 대견하다는 듯 잘생긴 남자는 연신 볼에다 입을 갖다 대며 이쪽을 힐끗 돌아다보았다. 방금 전에 귀엣말로 속삭이던 녀석의 비열한 행동을 놓치지 않고 지켜본 바 있었다. 남자는 승자의 여유로움을 누리면서 화단 앞을 가로질러 아파트 안으로 유유히 들어가 버렸다. 사라진 남자의 뒤꽁무니를 멀건이 지켜보다가 아참! 하고 뒤늦게 해 주고 싶었던 말이 있었다는 것을 떠올렸다.

'이건 좀 너무 지나친 행동 아닌가요? 공동 주차장에 아이를 세워 놓는 건요!'

*

여성 전용 헬스클럽, 볼링장, 수영장, 각종 병원 현수막들이 입점을 알리면서 보도와 건물 위에서 펄럭거렸다. 모퉁이에서는 두 남자가 간이 테이블에 앉아서 어떤 여자에게 뭔가를 열심히 설명해 주고 있었다. 상권이 즐비한 대로와 길가 모퉁이에서 그런 유사한 장면들은 쉽게 눈에 띄었다. 입주가 시작된 단지에는 벌써 빨래가 내걸리고, 영업에 박차를 가하는 각종 입간판들이 어수선한 시가지 분위기를 그대로 보여 주었다. 때문에 거리는 좀 문란하고 어수선해 보이지만 대체적으로는 정리가 되어 가는 것도 같았다. 원활히 작동하는 신호 체계에 맞춰 돌아가는 교통 흐름이 활기차 보였다.

시가지 중심에서 대략 여기쯤인 것을 알고 근방을 살펴보았다. 위성 스타렉스에서 대각선으로 은빛부영이라는 커다란 문구가 눈에 들어왔다. 아파트는 높다랗게 조성된 시멘트 담장 너머에 우람하게 솟아 있었다. 빛의 굴절처럼 휘어지고 꺾여 내려간 빗살무늬로 측면 외벽이 마감돼 있었다. 안온한 색감의 특징이 없는 밋밋한 외관을 빗살무늬가 어느 정도 벌충해 주고 있었다.

야트막한 담장을 덮고 있는 덩굴장미를 따라가며 기대감에 부풀었다. 좌회전을 받아 후문 앞으로 가니 그곳은 아직은 음산한 이방인의 서먹한 군락이었다. 썰렁한 주변과 어수선한 입구가 아직은 아니니 그냥 돌아가라고 위화감을 주었다. 상가 건물에도 극성맞고 성가신 사람들이 벌써 들어와 자리 잡고 있었다. 옥상에는 교회 탑이 높이 서 있고 내부 공사가 진행 중이었다. 일단 그곳에 차를 세워 놓고 무단으로 횡단했다. 바리게이트 앞에서 목을 길게 빼고 안쪽을 들여다보는데 자신의 행동이 마치 우스꽝스러운 범법자 같았다. 단지 안에는 건축물에서 떼어낸 목재들과 조경수들이 바위 둥걸에 걸쳐 있는 것을 볼 수 있었다. 공사가 막바지에 와 있다는 증거였다. 경비원이 마침 내다보지 않았으면 바리게이트를 넘어갔을지도 몰랐다. 안쪽으로 몇 발짝 들어가면 아파트 앞을 볼 수가 있어서였다. 아쉽지만 그것으로 만족해야 했다.

바람도 쐴 겸 나왔으니 돌아가는 길은 강변북로를 탈 요량이었다.

신기할 정도로 신설된 도로가 문명과 자연을 분리해 놓고 있었다. 왼쪽은 완성돼 가는 신도시이고 오른쪽은 손상되지 않은 농경지가 자연 그대로 대평원을 이루고 있었다. 연변에 늘어선 화훼 농가도 각종 꽃들을 피워 내며 두엄 냄새 그윽한 향기를 차 안으로 밀어 넣었다. 화정을 벗어나자 강변북로의 치열한 일상이 일사불란하였다. 대로를 달리는 전 차량에게 시야를 개방해 놓고 포문을 열기라도 한 것 같았다. 행주산성 옆에서 끼어들자니 정말 무섭고 아찔할 정도였다. 차들은 대로 위에서 경주라도 벌이는 양, 자기 차량의 성능 테스트라도 나온 양 거침없는 질주를 해 대고 있었다. 역동과 기동을 동반한 어떤 표출? 동력을 이용해 자기를 드러내는 길 위의 난폭자들이었다. 편도 5차선의 2차선이었다. 실로 오랜만에 치열한 경쟁 속에 들어와 달리는 것이 꿈만 같았다. 마침내 모두가 누리는 평범한 일상 속으로 들어온 것이었다. 그것은 모진 고통과 인내를 기억하기에 말로는 다할 수 없는 설욕의 어떤 고무된 양상을 띠었다. 막힘없는 대로가 그런 자신을 알아주고 환영해 마지않는 것 같았다.

그런 고무된 양상에 힘입어 액셀에 힘을 가했다. 그렇지만 흐름에 충실한다는 것. 자기 감정을 운전에 반영한다는 것. 거기에 정당성까지 부여한다는 것은 얼마나 어리석고 무모한 행위인가! 얼추 보니 속도 게이지가 순식간에 규정 속도를 초과하고 있었다. 뭔가 심상치 않은 조짐을 본 것은 바로 그 순간이었다. 앞서가는 차량 위로 뿌연 흙먼지가 올라왔다. 난데없는 돌풍이 눈앞의 상공에다 뿌연 흙먼지를 일으킨 것이었다. 강한 바람을 타고 주변의 온갖 쓰레기들이 공중으로 떠올랐다. 다리공사를 하기 위해 산적해 둔 연변의 모래더미들도 돌풍에 휘말리며 흙먼지의 농도를 더욱 짙게 했다. 따닥따닥 부딪치는 차창의 미세하고 섬세한 마찰음 소리! 졸지에 흐려지고 탁해진 시야! 도무지 모래먼지 때문에 차간거리를 가늠할 수가 없었다. 가시거리도 파악이 전연 안 되었다. 돌풍이 이는 상공에는 온갖 잡동사니가 끊어진 연이 떠다니듯이 사납게 난무하고 있었다.

생각지도 못한 상황이 눈앞에서 벌어진 것이었다. 현재 상황을 다른 운전자들은 어떻게 보고 대처하는지 궁금했다. 옆 차선을 보니 차창을 닫아건 차들은 무심히 지나갈 뿐이었다. 다시 정면을 보며 상공을 올려다볼 때였다. 돌풍이 상공에 커다란 기둥을 형성하는가 싶더니 그 안에 어떤 누런 물체 하나를 띄워 올렸다. 눈앞의 광경을 그저 멀뚱히 바라보고 있는 중에 물체의 행로가 어딘가 수상쩍어 보였다. 아니나 다를까 행로를 정한 물체가 갑자기 방향을 틀어 자신한테로 날아오는 것이 아닌가? 일촉즉발의 위기였다. 예측하지 못한 상황에 기겁을 하고 우왕좌왕, 차라리 그 아찔함에 눈을 감아 버렸다. 어찌 피해 보려고 해 봐야 피할 수도 없는 상황이었다. 차의 속도는 빨랐고 물체는 바위처럼 날아왔으니 말이다.

콰앙!

엄청난 된소리와 함께 휘청하는 전율이 온몸을 강타했다. 연이어 이어진 반동에 차체도 심하게 요동을 쳤다. 그런 직후 정신을 차려 눈을 떴을 때는 아무 생각도 없고 그저 멍한 상태였다. 불행 중 다행이라고 한다면 주행에는 별 지장이 없다는 것이었다. 마른하늘에 날벼락이 이런 것인가? 무엇이었을까, 벼락같이 날아든 그 물체는?

　그것은 마이코드의 어딘가를 때리고 보닛을 타고 앞 유리를 거쳐 지붕을 한번 툭 치고는 뒤쪽으로 날아가 버렸다. 황당하기 짝이 없었다. 누구에게 하소연도 못하고 보상을 요구할 만한 대상도 뚜렷하지 않았다. 굳이 당한 억울함에 보상을 요구한다면 허술하게 방치한 물체의 주인을 찾는 것인데, 앞서간 많은 차량 중에 어느 차인지도 모를 뿐더러, 물체의 주인은 자기 차에서 무엇이 떨어진 것도 모르고 달려갔을 것이었다. 곁을 지나며 힐끔거리는 차들도 괜히 부아를 끓게 했다.

　돌풍이 지나간 대로는 금세 안정을 되찾았다. 돌풍의 습성이 그러하듯 대로는 방금 무슨 일이 있었던가 싶게 원활한 소통을 보이고 있었다. 공연히 나와 가지고 이게 무슨 꼴인지 몰랐다. 왜 하필이면 또 내 차일까? 그녀는 속이 상해서 투덜거렸다. 운전할 의욕을 완전히 상실한 채 바깥 차선으로 나와 갓길에다 차를 세웠다. 그렇지만 두려움이 앞서 선뜻 차에서 내리지 못하고 한참을 앉아 있었다. 용기를 내어 보닛 앞으로 가서 보니 부닥뜨린 데는 운전석 앞쪽의 범퍼 귀퉁이였다. 검은 범퍼는 여간해서는 찢겨지지 않는 특수 우레탄 소재였다. 그런데 범퍼 우측이 깊숙이 패여 들어간 끔찍한 꼴이 간담을 서늘하게 했다. 보는 순간 소름이 전신에 확 끼쳤으니까. 그것은 미지의 물체와의 충돌이 어떠했는가를 여실히 보여 주었다. 움푹 패여 들어간 범퍼 속에는 결 따라 부서진 송판 조각들이 빼곡히 박혀 몸서리를 치게 했다. 0.001초의 차로 죽음이 비껴간 것이었다.

　그것은 형용할 수 없는 끔찍함이었다. 세상으로 나가고 싶은 소박한 열망을 한 방에 초토화시키는. 또 기분 좋게 나왔다가 황당하게 당한 꼴이라 정신적 타격이 컸다. 마음이 동해 나온 이 푸르고 창창한 날 무슨 날벼락이란 말인가! 그리고 생각하기조차 두려운 의식 너머의 또 다른 자기 모습이 눈에 보이는 것이었다. 빼곡히 박혀 있는 몸속의 송판 조각들……. 그때 한강 둔치의 평화로움 위로 침묵하는 하늘이 알 수 없는 의미를 담고 내려보는 것 같았다.

4.

유년의 영상

물오른 가지가 양팔을 높이 들고 봉우리를 함박 터트릴 때였다. 아침 공기가 상쾌하게 와닿는 오월이었다. 이사를 하느라 아침부터 정신이 없고 분주했다. 그것은 희비가 교차하는 양상 속에 나름의 비장한 각오와 결의가 내재된 자리 옮김이었다. 생각하기 나름이겠지만 오래도록 한곳에 붙박혀 살면서 끝도 없이 배척돼 버린 패자의 망령에 시달렸다. 뭐랄까, 세상은 인정 없는 군자로서 왕성하게 활동할 때는 다정한 듯 달라붙었다가 대열에서 떨어지면 가차 없이 쳐 버리는 토사구팽식이었다.

화정에는 새로운 혁명이 또 다른 일상을 제도 속에 낳으며 하루하루 질서를 잡아 가고 있었다. 짐 정리를 하다가 문득 바깥을 내다보면 뚜렷하게 들어오는 산책로의 유연한 곡선, 운치 좋은 소나무 군락, 아파트 중턱으로는 먼발치의 분주한 흐름들이 한눈에 들어왔다. 그런 생소하고 아름다운 정경들은 생활에 새로운 변화를 가져왔다. 한가해지면 공원에 나가 사색에 잠겨보는 것, 높이 올라간 건축물의 위용을 바라보는 것. 벤치에 앉아 조경 시설을 감상하는 것은 마음을 치유해 주는 역할을 했다. 이웃을 의식해 항상 바쁘게 보여야 하는 세태 속에, 이곳은 소박하고 정다운 이웃들이 눈인사를 주고받으며 서로간의 어색함을 좁혀 나가는 곳이었다. 무엇보다도 주차 공간이 넓은 것이 마음의 여유를 주었다. 늘 주차 전쟁에 신경이 쓰이고 그로 인해 감정이 상해도 여전히 또 그 일을 반복해야 하는 서울을 떠올리면 뇌의 주파수가 혼선을 일으키는 것 같았다.

그렇지만 벤치에 앉아 바라보는 모든 생명들이 다 편안하고 좋은 상태는 아니었다. 서먹하고 낯선 토양에서 그 몰골들이 아직은 파리하고 시들했다. 뙤약볕에 가지를 축 늘어트리고 서 있는 것을 보면 그 내면이 어떠하리라는 것을 대략 짐작할 수가 있었다. 너희들이나 나나 시간이 필요하다는 것. 이 토양에 점차 뿌리를 내리고 양분을 흡수해 가지를 번쩍 치켜드는 날, 버팀목은 저절로 떼어질 것이라고. 그때 이 허리의 복대도 같이 떼어질 것을 기대한다고.

해가 설핏해지면 가끔 인근으로 산책을 나갔다. 시찰이라는 명목이었다. 여태껏 생활에 쫓겨 왔으니 여기서는 좀 느긋하게 살아도 되지 않겠는가. 초등학교 3학년인 작은아이는 그럴 때 흔쾌히 따라나서는 좋은 동행이 되었다. 들판 사이로 곧게 뻗은 호젓한 통행로……. 거기에는 잔잔한 풍요가 미풍처럼 흘렀다. 차도를 불과 몇 미터 벗어났을 뿐인데, 아무것도 방해받지 않는 호젓함이 농로 가운데 있었다. 유년의 푸근한 정경을 오래간만에 맡아 보는 것이었다. 무수한 농작물이 뿜어내는 시골 냄새에 동화되며 쓰라린 심정들을 희석해 나갔다. 길섶의 무성한 잡초나 딱딱하게 굳어 있는 울퉁불퉁한 흙길. 풀섶 사이를 넘나드는 미세한 생명체들의 자유분방한 삶. 정답게 화답해오는 길섶 도랑의 맑은 물소리를 들으며 끊임없는 아이의 질문공세에 답하다 보면 어느새 발걸음은 걸어온 길 끄트머리에서 쉴 만한 장소를 찾고 있었다. 낯선 어느 장미농원 앞이었다. 걸어온 길 건너편으로 아득하게 문명이 보였고, 흡사 아비규환 속에서 탈출한 것 같은 위험천만함이 불현듯 일었다. 잘 왔다는 생각이 퍼뜩 들었다. 들판 너머로 아득한 문명을 보고 있자니 웬일인지 북적대던 서울을 떠나온 것이 꼭 소돔과 고모라를 탈출한 것 같은 아찔한 느낌을 주었다.

*

유월로 접어들자 한낮은 무료하고 따사로웠다. 소슬바람이 머리칼을 간헐적으로 흩날리며 얼굴을 간지럽혔다. 두터운 유리벽 너머로 측량할 수 없는 먼 데 하늘이 아득한 쪽빛 바다를 이루었다. 모노륨을 걷어 내고 새로 깐 인조타일은 찬 느낌이 올라와 기분을 상큼하게 해 주었다. 한가롭고 조용한 한낮이었다. 모처럼 팔을 괴고 엎드려 유년의 영상 속으로 빠져들어갔다.

살랑대는 바람을 맞으며 어린 정민이 방문 앞에 있었다. 배를 쭉 깔고 엎드려 지금과 같은 자세로 몰려오는 오수에 몸을 맡기고 있었다. 달콤한 잠으로 막 빠져들어 가는데 엿장수의 가위 소리가 아득하게 들려왔다. 점점 가까워지는 소리는 틀림없는 아저씨의 반가운 알림이었다. 생각할 겨를도 없이 후닥닥 일어나 얼른 부엌으로 달려 들어갔다. 혹시라도 다른 애들이 먼저 선수 치기라도 하면 큰 낭패를 볼 일이었다. 이미 나는 '강부호'의 『너와 나』 시리즈를 13권이나 확보해 놓고 눈이 빠지도록 아저씨를 기다리고 있는 중이었다.

엿장수 아저씨의 등장은 그즈음 알 수 없는 설렘을 가져오는 유일한 즐거움이었다. 물론 그 설렘이라는 것이 단순히 만화책 때문이기는 했지만, 어린 동심에 아저씨와의 관계는 분명 남다르고 야릇한 무엇이 있었다. 그의 유달리 구부정한 키에 악의 없는 인상이라든가 털털하고 소탈한 외모, 언뜻 꺼벙해 보이는 그런 유순한 성품 때문만은 아니었다. 값어치와 상관없이 늘 후한 인심을 써 주는 아저씨가 어린 동심에 어떤 특별함으로 와닿았는지, 아니면 다른 무엇이었는지는 지금도 명확하지가 않다. 어떨 때는 이름까지 불러 대며 안마당까지 리어카를 끌고 들어오는 아저씨가 반갑고 좋기만 했다. 소문에 듣자 하니 아저씨는 무슨 큰 사업을 벌였다가 쫄딱 망해서 임시방편으로 엿장수를 한다고 했다.

아저씨는 열흘 혹은 보름 간격을 두고 동네에 들르곤 했다. 언제나 무거운 리어카에 잘 팔리지도 않는 양은그릇들을 수북이 싣고 낑낑대며 언덕을 올라왔다. 아이들이 노는 윗마을을 향해, "얘들아! 와서 이것 좀 밀어라!" 하고 외치면 아이들은 노는 것을 중단하고 우르르 몰려가 리어카를 단숨에 밀고 올라왔다. 그렇게 아저씨가 아이들의 인기를 얻게 된 것은 바로 만화책 때문이었다. 습자지 같은 얇은 종이에 포개진 그릇과 양은냄비 사이에 완충작용으로 만화책을 끼워 갖고 다닌 것이 아이들 눈에 띄어 관심을 갖게 된 것이었다.

아저씨가 올 때면 경황없이 부엌 구석구석을 살피며 병이나 고물 같은 것, 엄마가 잘 안 쓸 것 같은 수저나 헌 냄비들을 찾기에 여념이 없었다. 마음은 다급한데 마땅한 고물은 나오지 않고 정신만 분주하기 일쑤였다. 그도 그럴 것이 엿장수가 올 때마다 그럴듯한 그릇은 다 갖다주었으니 남아 있을 그릇이 있겠는가. 한번은 부엌 입구에서 무엇이 없을까를 곰곰 생각하다가 선반 위에 올려져 있는 양은냄비에 시선이 가 꽂혔다. 노랑 양은냄비는 표면이 많이 그을렸고 바닥도 쭈그러진 상태였다. 옳거니! 하고 나는 쾌재를 불렀다. 그런데 묵직한 느낌이 실려와 뚜껑을 열어 보니 아침에 먹다 남은 찌개가 반이나 담겨 있는 것이었다. 어떻게 할까 혼란스러워하다가 바가지에 찌개를 덜렁 쏟아 놓고 부시지도 않은 냄비를 들고 밖으로 뛰어나갔다. 적당히 그것으로 어떻게 흥정해 볼 요량이었다. 그런데 마당으로 때마침 들어오시는 아버지와 정면으로 맞닥뜨리고 말았다.

'아, 아버지!'

기겁을 하고 그 자리에 멈춰 섰다. 민망한 꼴을 들킨 게 너무 창피하고 부끄러워서였다. 무뚝뚝하고 항상 말이 없는 아버지는 무섭고 거리감만 느껴져서 피하고 싶은 존재였다. 하필이면 이럴 때 들어오실 게 뭐람! 아버지는 속내를 간파하셨는지 건성으로 엄마의 부재를 묻고는 헛간으로 들어가셨다. 그리고는 지게를 한쪽 어깨에 걸머지고 나오시며 땔감이 떨어졌구나, 하고 혼잣말을 하셨다. 나는 아버지가 얼른 밖으로 나가기만 고대했다. 불편해서 견딜 수가 없었다. 그런데 몇 걸음 나가시던 아버지가 다시 돌아오며 지폐 한 장을 건네주시는 게 아닌가? 저기 엿장수 왔더라, 하시면서 말이었다. 나는 속으로 알아요, 아버지, 그것 때문에 지금 이러고 있는 거 아니겠어요, 라고 대답했다.

마당을 나가 야트막한 담장 너머로 멀어지는 아버지를 우두커니 바라보았다. 약간 곱슬머리에 움푹 들어간 눈자위와 윤곽이 뚜렷한 얼굴선, 홀쭉한 키에 걸머진 지게가 어딘지 부조화를 이루었다. 그런 아버지를 보며 나는 마음이 편치 않았다. 내 소행을 묵과해 준 아버지가 내 속내를 훤히 꿰뚫고 계신 게 별로 달갑지 않기도 했지만, 아버지의 초췌한 모습이 어딘가 쓸쓸하고 외로워 보였기 때문이었다. 그러고 보니 방앗간에도 요새는 안 나가시는 것 같았다.

아버지는 이웃 마당을 지나 잠깐 보이지 않았다. 엿장수 아저씨는 아이들에게 둘러싸인 채로 머리 하나만 올라와 있었다. 아버지는 그곳을 지나 도랑을 건너고 이웃집 소유의 고추밭 길로 접어들고 계셨다. 안마당에서 정면으로 보이는 대각선의 잔디가 깔린 오솔길이었다. 내 시선은 밤나무가 무성하고 숲이 우거진 언덕배기를 오르는 아버지를 놓치지 않고 따라잡았다. 아버지는 거기서 또 잠깐 보이지 않았다. 우묵한 골짜기가 여울목처럼 형성돼 있는 것을 나는 알고 있었다. 다시 시야에 들어온 아버지가 언덕을 오르셨다. 이번에는 더 가파른 언덕배기였다. 재를 넘는 아버지를 물끄러미 나는 바라볼 뿐이었다.

해가 다 저물어서야 아버지는 작은 나뭇단을 지고 돌아오셨다. 그런데 나뭇단을 헛간 앞에 부린 채로 벌렁 누워 한참을 그대로 계셨다. 이마에는 땀이 송골송골 맺혔고 움푹 들어간 양 미간에는 왠지 모를 수심이 괴어 있었다. 나는 왜 아버지가 저런 자세로 지게에 누워 있어야 하는지 몰랐다. 다만 아버지의 힘들어하는 기색을 보면서 어떤 막연한 불안이 스쳤다.

그 뒤로 엄마는 아버지를 데리고 병원에 다녀오셨다. 저녁을 일찌감치 해 놓고 바깥마당에 나가 있으면 어둠 속에서 두 분이 피곤한 모습으로 골목을 올라오셨다. 특히 그런 날은 두 분 다 말을 않고 저녁 내내 침묵만 지키셨다. 하지만 또 어떤 날은 병원을 다녀오신 두 분의 표정이 밝아서 모처럼 집안에 화기가 돌기도 했다. 또 어떤 날은 살벌한 현장도 목격되었다. 학교에서 돌아와 마당으로 들어서는데 아버지의 큰 소리가 부엌 입구에서 들렸다. 부부 싸움이 아니라 그것은 일방적인 아버지의 호통이었다. 아버지는 부엌 입구에 서서 엄마를 험악하게 노려보고 있었다. 그 상황이 나로서는 여간 무섭고 위태롭게 보이는 게 아니었다. 차라리 대꾸라도 하면 좋을 텐데 엄마는 답답하게 죄인처럼 등만 보이고 서 있었다. 아버지의 더 큰 호통이 엄마를 야단치고 궁지로 몰아세웠다. 곧 무슨 일이 벌어질 것 같은 태세였다. 그때 나는 아버지 앞으로 과감히 나섰다. 어디서 그런 용기가 났는지 몰랐다. 나는 아버지의 팔을 붙들고 늘어지며 아버지! 아버지! 제발 이러지 마, 응? 하고 매달렸다. 딸의 울먹임에 마음이 흔들렸는지 아버지는 화를 멈추고 밖으로 나가 버리셨다. 이유도 불분명한 화를 자주 내시는 아버지, 나는 당연히 그런 아버지가 무섭고 싫었다.

언제부턴가 아버지는 자리를 보존하고 누우셨다. 아버지가 몸져눕게 되자 지루하고 힘든 나날이 계속되었다. 동네 사람들이 매일같이 문병을 다녀갔고, 인근 마을에서도 다녀갔고, 왕진 가방을 든 의사들도 여럿 다녀갔다. 그런 분주하고 정신없는 날들이 지나자 아버지는 다시 혼자가 되었다. 언제까지 지속될지 알 수 없는 그 암울한 날들은 아버지뿐 아니라 가족 모두를 도탄에 빠트렸다. 그래서인지 엄마는 병든 아버지를 두고 매일같이 들에 나가 살았고, 아버지는 무료한 일상을 혼자 방에서 누워만 계셨다. 그런 숨 막히는 현실 앞에 무력해져 버린 아버지를 아무도 돌보지 않게 했다.

                                    *

　계절이 가고 해가 바뀌면서 아이는 키가 자라고 또 의식도 자랐다. 그렇지만 한결같은 아버지의 자리보전만은 변함이 없었다. 꼬박꼬박 거르지 않고 보건소에서 타다 먹는 당의정은 단 한 번도 아버지를 일으켜 세우지 못했다. 아니 딱 한 번 기억에 남을 만한 아버지의 외출이 있었다. 어느 화창한 봄날이 저무는 분주한 오후였다. 파김치가 된 몸으로 골목을 올라오는데 아버지는 정말 신기하게도 바깥 마당가에 나와 앉아 계셨다. 두툼한 수박색 점퍼를 입고 이웃집 아저씨가 논에서 써레질을 하고 있는 모습을 동그마니 앉아서 보고 계셨다. 그때의 기쁨과 솟구치는 희망은 이루 말로 할 수 없이 컸다. 아버지의 병이 드디어 호전되는 것인가. 예전처럼 아버지가 다시 건강을 회복할 수 있다면……하고 얼마나 간절히 바랐는지 몰랐다. 아버지의 뜻밖의 외출에 동네 사람들도 모두 자기 일처럼 기뻐하며 아버지 주위를 떠나지 않았다.
　"이제 다 나으신 거예요? 이렇게 나오시니 얼마나 좋은지 모르겠어요!"
　어쩌면 아버지는 그때의 외출이 자신의 마지막 세상 구경이라는 것을 알고 계셨는지 몰랐다. 아버지는 조용히 미소로만 답하시고 먼 산만 응시하셨으니까. 그런 아버지의 비애를 곁에서 지켜보면서 나는 모든 일이 자기 뜻대로 되어 가지 않는 세상에 허망함을 느꼈다. 내게 있어 아버지란 존재는 늘 어렵고 독재적이고 무서운 대상이었으나 긴 병마 앞에 나약해져 버린 아버지는 예전의 그 아버지가 아니었다. 머리맡에는 깡통을 비치해 놓고 가래침을 퉤퉤 뱉는가 하면, 잦은 기침을 해댐으로써 식구들의 눈살을 찌푸리게 했다. 이제 그런 아버지는 아무도 필요로 하지 않았다. 싫증과 권태만 생산하는 거추장스러운 존재였다.

안마당 가에는 백일홍이 만발했고 앞산에는 녹음이 우거졌다. 날씨가 얼마나 좋은지도 모르고 아버지는 음습한 방 안에만 계셨다. 초여름 밤인데 모기가 극성을 부리고 있었다. 가냘픈 목소리가 낡은 모기장 안에서 새어나왔다. 바람결에 날릴 듯 목소리는 불안하게 떨리고 있었다. 나는 일부러 못들은 척하고 마루 끝에 앉아 애꿎은 어둠만 뚫어져라 응시하고 있었다.

"정민아, 이리 좀 들어오렴."

방에 들어가는 것이 내키지 않았다. 항상 먼발치서 바라만 보던 아버지의 초라한 병상이었다.

"어서 들어가 봐라! 아버지가 부르지 않냐?"

곁에서 부채로 모기를 쫓던 엄마가 여전히 반응이 없는 버르장머리 없는 딸년에게 핀잔주었다. 나는 마지못해 일어나 모기장을 들치고 안으로 들어갔다. 뭔가 쾌쾌하고 역한 냄새가 코를 찔렀다. 문지방에 걸린 달빛에 아버지의 가냘픈 몸매가 희미하게 노출되었다.

"왜……. 아버지가 싫으냐?"

나는 대꾸하지 않았다.

"좀 일으켜 주런?"

아버지는 힘들게 일어나는 시늉을 하며 내 눈치를 보았다. 내키지 않았지만 가냘픈 아버지의 어깨 뒤로 손을 집어넣었다. 헐거운 셔츠 안으로 목덜미의 앙상한 뼈가 섬세한 손마디에 와 닿았다. 아버지의 끔찍한 다리를 본 것은 얇은 파자마가 곧추세운 무릎 위로 헐겁게 올라간 직후였다. 퉁퉁 부어오른 발목에 뼈만 앙상한 두 다리가 이상한 부조화를 이루었다. 꼭 아프리카 토인 같은 피부에 터질 것 같은 발이었다.

"미안…… 하구나!"

충격 때문에 나는 아무것도 생각할 수가 없었다.

"내가…… 죽으면…….”

아버지는 우시는 것 같았다.

"서울로 올라가거라!"

그때 문지방 너머에서 엄마의 혀 차는 소리가 장단처럼 한숨에 섞여 나왔다. 그때까지도 나는 아버지가 곧 죽게 될 거라는 생각을 하지 못했다.

아버지는 뜬금없이 방을 옮겨 달라고 하셨다. 식구들이 뻔질나게 드나드는 꼴이 보기 싫다는 이유였다. 속으로 쾌재를 불렀다. 윗방으로 옮겨 가면 공간이 그만큼 넓어지기 때문이었다. 처음에 엄마는 그럴 수 없다며 만류했지만 아버지의 고집을 꺾을 수는 없었다. 아버지가 방을 옮겨 가자 정말 내 세상처럼 편안했다. 삼분의 일을 차지했던 아버지의 초라한 병상이 없어지자 방이 무슨 운동장처럼 넓어졌기 때문이었다. 그렇지만 막상 또 아버지가 보이지 않게 되자 나는 아버지의 동태가 궁금해졌다. 동그란 양은 소반에 두어 가지 반찬을 차려들고 엄마가 윗방 문을 열면 나는 살짝 따라가 그때 틈새로 방안을 들여다보고 했다.

한번은 엄마를 따라 동산 너머 밭에 갈 때였다. 으레 그 호기심이 발동했다. 나는 뒤란을 돌아 장독대 앞을 가다 말고 다시 돌아와 아버지의 동태를 살피기로 했다. 도둑고양이처럼 뒷문께로 살금살금 다가가 누렇게 변질된 창호지에다 침을 듬뿍 발랐다. 그러고는 먼지 낀 창틀에 얼굴을 갖다 들이대는 순간 나는 경악하며 소스라치고 말았다. 정면으로 누워 계신 아버지의 빛나는 두 눈이 나를 쳐다보고 있기 때문이었다. 진작 그 짓을 말았어야 했는데도 그만 호기심이 발동해 덜미를 잡히고 만 것이었다. 아버지는 진작부터 다가오는 딸년의 버르장머리 없는 그림자를 주시하고 계신 것이었다.

늦가을이었다. 마당가에 무서리가 하얗게 내려앉은 날 아침, 아버지는 조용히 길을 떠나셨다. 용마루와 살구나무 위로 햇살이 퍼져 나갈 무렵이었다.

5.

궁지에 몰리다

산 아래 하얗고 말끔한 건축물이 눈에 들어왔다. 녹음 때문인지 건축물은 유난히 새하얗고 멀리서도 깔끔하게 보였다. 그런 깨끗한 분위기가 어떤 면에서는 어머니의 자애롭고 숭고한 상을 닮은 것도 같았다. 조용히 그 품안으로 들어오기를 고운 자태로 내려보는 것 같았기 때문이었다.

경내를 진입하려고 신호대기를 하며 보니 무성한 나무 밑이 훤하게 들어왔다. 울안을 내비치는 성근 담장이 시원스럽게 보였다. 저번에 왔을 때는 막힌 담이었는데 그세 깔끔하고 시원한 철봉으로 교체돼 있었다. 단장된 경내로 진입하니 병원에 온 것이 아니라 행사장 같은 데를 온 느낌이었다. 오가는 사람들이 활기차고 생동감 넘쳐 보였다. 이처럼 밝고 아름다운 세상을 몰랐다니!

*

한 달 전이었다. 휴가철을 맞아 단지가 텅 비었을 즈음 먼저 살던 동네 병원을 찾아갔다. 머리가 아파 더는 견딜 수 없어서였다. 나이가 지긋한 의사 앞에서 그간 증세를 소상히 말하고 신속한 처방을 기다렸다. 약을 먹고 얼른 고통에서 벗어나고 싶었다. 그런데 한참을 듣고 난 의사는 엉뚱하게도 전연 성의 없는 태도로 나왔다. 소견서를 써 줄 테니 좀 더 큰 병원으로 가 보라는 것이었다.

어려운 병이냐고 묻자 의사는 일언반구 대구가 없었다. 다시 궁금한 것을 물으려는데 의사는 걱정하지 말라며 어깨너머로 다음 환자를 부르는 것이었다. 구구한 설명이 성가시고 귀찮다는 노골적인 제스처였다. 하는 수 없이 일어나는데 등 뒤로 의사가 야릇한 한마디를 던졌다. 종양이 아니면 고치지 못할 병은 없으니까요! 이건 또 무슨 뚱딴지같은 소린가. 종양이 아니면…… 을 전제로 하는 그 이변에 종양일 가능성이 있다는 말인가?

소견서를 기다리며 맥이 풀려 앉아 있는데 문득 어릴 적의 한 단상이 떠올랐다. 둥그런 나무 밥상에는 언제나 내가 싫어하는 보리밥만 놓여 있었다. 동생들은 군말 없이 보리밥을 잘도 먹는데 나는 보리밥이 싫어 늘 짜증만 부렸다. 그렇게 하는 것이 억울한 내 표현이었고 엄마에 대한 반항이었다. 그러고는 면죄부를 주는 것처럼 고구마나 옥수수 같은 것을 꼭 쪄 놓으라고 신신당부하면서 골이 난 채로 학교로 갔다. 학교에서도 울적한 내 심사는 좀처럼 풀리지가 않았다. 다른 애들은 교시가 끝나면 모여서 떠들고 노는데 나는 그런 것들이 하나도 재미있지가 않았다. 엄마는 왜 내가 그렇게 싫어하는 보리밥만 해 주는 걸까? 쌀이 없으면 다른 아무 거라도 대신 먹을 것을 해 줘야 되는 거 아닌가? 그런데 정작 힘든 시간은 점심시간이 왔을 때였다. 도시락을 싸 오지 않은 나는 그 시간이 얼마나 지루하고 길었는지 모른다. 교실에 앉아 있기도 뭐해서 일어나 밖으로 가는데 반장 아이의 하얀 쌀밥이 그렇게 새하얘 보일 수가 없었다. 뜨거운 운동장을 가로질러 마로니에 밑으로 갔다. 혼자 공기도 하고 흙장난도 치고 땅따먹기도 하면서 점심시간이

어서 가기만 기다렸다. 눈을 들어 멀리 보면 운동장에는 나 혼자뿐이고, 구령대 옆으로는 커다란 능수버들이 가지를 늘어트리고 지쳐 있을 뿐이었다. 동쪽으로 가는 길목에는 큰 우물이 하나 있었는데. 거기로 가서 두레박으로 물을 퍼 발에 붓고는 교실로 들어갔다.

학교가 파하고 집으로 오는 동안 한 가지 생각만 했다. 집에 가면 엄마가 고구마나 옥수수를 꼭 쪄 놓았을 거라고. 배가 등짝에 붙어 십 리 길을 걸어오면서 단숨에 동산에 올라 숨을 골랐다. 동산 밑으로 한낮의 해가 저물고 있었다. 아담하고 정겨운 내 집이 살구나무 아래 옹송그려 있었다. 나는 일말의 두려움을 안고 동산에 서서 냅다 엄마를 외쳐 불렀다. 엄마! 고구마 쪄 놨어? 울안으로 내려가는 내 목소리에는 남들이 알지 못하는 비애가 들어 있었다. 한참 만에 막내를 업고 뒤란에 나타난 엄마는 아, 아니, 안 쪄 놨는데, 하는 것이었다. 믿었던 기대가 한순간에 무너지고 억울함이 절망의 나락으로 곤두박질쳤다. 다리가 풀려 왔다. 어떻게 그럴 수가 있는 것인가! 엄마는 깜빡 했노라고 구차한 변명을 해 댔지만 나는 그 말을 믿을 수가 없었다. 억울하고 서러워서 오랫동안 동산에 퍼질러 앉아 울었던 것 같다.

소견서를 건네주며 간호사는 안됐다는 표정으로 말했다. 아무 생각 마시고 지금 곧바로 가 보세요! 병원 문을 나서며 길을 걷는데 이상한 기류에 휩싸였다. 어떤 기이한 세계로 들어가는 느낌이었다. 그곳에서는 아무 소음도 들리지 않고 막막한 공간을 검은 형체들이 떠가는 것 같았다. 이상하고 낯선 아득함이었다. 형체는 있으나 의식이 온전하지 않는, 지각이 있는 형체로써 서로는 부딪치지 않으면서 요령 있게 비켜

간다는 것. 어떤 면에서는 그런 공간이 외부로부터 보호받는 느낌이었다. 그러나 시야가 한정된 공간은 산소가 희박해서 점점 숨이 막혀 왔다. 질식해서 토악질이 올라올 것만 같았다. 녹아내린 뭉툭한 형체들이 어떤 야밤에 서식하는 음산한 묘지 속 같았다. 그렇기에 이곳은 분명 잘못 들어온 어둡고 낯선 동네였다. 그때 날카로운 경적 소리가 별안간 고막을 찢었다. 깜짝 놀라 화들짝 보니 어떤 남자가 삿대질을 하는 것이 아닌가! 눈을 부라리며 하마터면 치일 뻔하지 않았느냐며 살벌하고 거친 욕설을 퍼부었다. 사람들이 지나가며 이상한 눈초리로 흘겨보았다. 어느새 인도를 벗어났던 것인가?

차를 세워 둔 곳이 주택가였다. 차에 올라서도 무엇부터 해야 할지 얼른 가닥이 잡히지 않았다. 그렇지만 뭔가는 해야 한다는 생각이 우선 들었다. 상황의 심각성을 알리고 도움을 요청할 만한 사람이 누가 있을까. 많은 얼굴이 스쳐 갔지만 마음을 잡아끄는 이는 없었다. 모두 삶에 쫓겨 유대관계를 지속하지 못하고 소원해진 탓이었다. 거기다가 좋은 일은 함께해도 나쁜 일에는 혼자일 수밖에 없다는 생각이 드니 전화를 걸 곳이 달리 없었다. 서글픈 결론에 도달하고는 이내 전화를 걸었다. 의지가 되어 줄 사람은 그래도 남편밖에는 없었다. 잠시만, 요— 하는 여직원의 낭랑하고 사무적인 말투가 핸드폰 너머에서 들렸다. 차라리 자리에 없는 것이 낫지 않을까. 좋은 소식도 아닌 불안한 소식을 굳이 일터에 있는 그에게 알릴 필요가 있을까. 그러나 만약 또 그가 자리에 없다면 밀려오는 외로움은 무엇으로 메워야 할까. 그때 낯익은 목소리가 핸드폰 너머에서 들려왔다. 두서없이 마음이 앞서는 소식을 전하자 한동안 그쪽에서는 말이 없었다. 핸드폰 너머의 표정이 어떤지, 말을 왜 않고 있는지 거울로 보는 듯 선명했다. 어떤 일이든 그 일이 가져다준 충격이 클수록 일의 당사자는 긴 침묵을 낳는 법이다. 그 뇌리에 절망적인 소식을 입력할 시간을 주어야 하니까. 심연에서 들려오는 것처럼 그의 음울한 목소리가 말했다. 일단 집으로 가 있어!

*

앉아 있는 것에도 에너지가 필요하다는 것을 새삼 느꼈다. 정면 벽에 붙어 있는 푸른 바탕의 흰 글씨가 선명히 눈에 들어왔다. 불안성 간질, 뇌척수 종양, 안면 경련증, 파킨슨씨병, 디스크. 하나같이 섬뜩하고 무서운 병명들이었다. 저 중 어느 하나에 걸린다 해도 무서운 공포를 피해 갈 수는 없었다. 이름이 한참 만에 호명되고 윤성의 부축을 받으며 들어갔다. 담당의는 좀 어떠냐고 친숙하게 인사말을 건네 왔다. 형광판에는 흉측하고 민망한 뇌 사진들이 가득 꽂혀 설명을 기다리고 있었다. 조영제 때문인지 명암이 뚜렷한 사진들은 무척 선명하고 밝아 보였다. 담당의는 막대로 사진을 하나하나 짚어 가며 알아듣기 쉽도록 설명을 해 나갔다. 사진과 병색이 완연한 환자의 몰골을 번갈아 보며 역시 자신의 진단이 옳았다는 표정을 의미심장하게 내비쳤다. 그러고는 자신의 말에 동의를 구하며 이미 확정한 진단을 확고히 굳혀 나갔다.

담당의는 며칠 전 날카롭고 요상한 작은 기구를 들고 자신의 안면을 꼼꼼히 진찰했었다. 그는 외모까지 준수하고 능력도 있어 보이는 데다 의욕 넘치는 젊은 과장이었다. 그런데 거기서 예기치 않은 일이 돌연 발생하였다. 사진과 차트를 번갈아 보던 담당의의 낯빛이 험악하게 일그러지는 것이었다. 뭔가 좀 차질이 생긴 것 같군요, 하더니 자리를 박차고 벌떡 일어났다. 그러고는 형광판의 사진들을 모조리 빼들고 판독실에 다녀온다며 부리나케 나가 버렸다. 바람을 일으키며 나간 그의 행동이 뭔가 석연치 않았다. 어리둥절해서 남은 사람은 주인 없는 진찰실을 멋쩍게 지킬 따름이었다.

한참 만에 돌아온 담당의는 한결 누그러진 표정이었다. 철퍼덕 자리에 앉더니 그가 로댕의 그것처럼 주먹을 턱에 괴고는 심각한 표정을 지었다. 온 신경을 그의 얼굴에다 집중하고 입을 열기만 기다렸다. 심각한 표정을 누그러트린 그가 협상 분위기로 나왔다.

"자, 이렇게 합시다, 우리! 이 사진 갖고는 판명이 불가하니 재검사를 해 봅시다. 검사비가 비싼 만큼 뇌 촬영은 기존 것으로 하고 목과 등판을 내리 찍어 봅시다!"

'빌어먹을.'

어쨌거나 원점으로 다시 돌아왔다. 이상한 것은 한 번이면 될 검사가 부득이한 일로 인해 자꾸 미뤄졌다는 것이다. 고통은 변동이 없는 가운데 시간만 허비하고 아무 소득도 없이 터덜터덜 집으로 돌아왔다. 그녀는 바람 앞에 촛불처럼 자기 목숨이 경각에 달려 있다고 생각했다. 벼랑 끝에 내몰려 있지만 자신을 잡아당겨 줄 손이 없는 초라한 신세가 서글펐다. 그것은 또 스스로는 자신을 구원할 수 없다는 형이상학적 관점에 생각이 미치게 했다. 인생은 자기 것이지만 생명을 주관하고 있는 곳은 하늘의 어떤 영역이라는 것. 힘들 때 먹으라고 준 약봉지에는 다음과 같은 문구가 쓰여 있었다. 병을 치료하시는 분은 하나님이시니 기운을 내십시오. 머지않아 당신을 고쳐 주실 것입니다.

*

여름의 끝에서 궂은비가 내리고 있었다. 온종일 찌푸리던 날씨가 비를 잔뜩 머금고 있더니 오후가 되면서부터 그 음울한 기색을 드러냈다. 울적한 자기 심사를 반영이라도 하듯 비는 한참을 후줄근히 쏟아지며 먹구름 속에 담아 두었던 심화를 터트렸다. 한강 둔치와 대로의 차량들 위로 세차게 쏟아지는 비가 여간 무섭게 퍼붓는 것이 아니었다.

땅거미가 내려앉은 병원 마당에도 물안개를 동반한 비가 흥건했다. 구두 위로 올라오는 물길을 걸으며 정민은 아마도 이 비가 멎고 나면 가을이 성큼 다가올 것이라고 생각했다. 현관 앞에서 하늘을 올려다보니 음울한 대기가 쉽게 그칠 비 같지가 않았다. 옆에서 우산을 갈무리하던 윤성은 퇴근해서 막 집으로 돌아온 사람처럼 익숙하게 병원 문을 밀쳤다. 썰렁한 접수창구와 넓은 대기실이 한눈에 들어왔다. 창구 위의 디지털시계를 보 30분이나 일찍 도착해 있었다.

로비에는 여남은 환자들이 앉아 TV를 보고 있었다. 제한된 공간 안에서 약물에 곯고 무료함에 늙어 가며 시간을 보내는 사람들……

TV 곁을 멀찍이 돌아 맨 뒤쪽으로 가서 엉거주춤 앉았다. 남정네들의 널브러진 행태가 민망해서였다. TV에서는 구수한 언변의 불암 아저씨가 뭔가를 설명하고 있었다. 얼핏 TV를 보는 환자들이 수인 같다는 생각이 들었다. 같은 옷을 입혀 환자로 구분해 놓는 병원이나, 푸른 제복을 입혀 수감자임을 알아보게 만든 형무소나 다를 것이 없어 보였다.

환자가 온 것을 알리러 간 윤성을 기다리며 창가로 다가갔다. 울적한 심사를 유리문에 비쳐보며 야릇한 표정을 지었다. 내면이 요동치는 소리를 들으며 병원 마당으로 시선을 던졌다. 칠흑 같은 어둠 속에 장대비가 쉬지 않고 퍼부었다. 흥건한 마당에 빗물이 고여 진풍경을 이루었다. 커다란 나뭇잎이 퍼 붓는 비에 몸을 펴지 못하고 축 늘어져 있었다. 그때 등 뒤에서 불쑥 윤성이 종이컵을 내밀었다. 금식이라는 것을 잊고 있었나 보았다. 윤성은 멋쩍게 커피 두 잔을 들고 물안개가 도는 진풍경을 우두커니 지켜보았다. 밤의 정적이 모든 사물을 지배해 버린 암흑 속의 바다였다. 안내 방송이 로비에다 무작위로 이름을 퍼트렸다. 얽히고설킨 상념들이 일시에 흩어지며 달아났다.

하얀 분위기가 왠지 마음에 들지 않았다. 하얀 색으로 도배한 자기 공명실은 너무 서먹하고 낯설어 위화감을 자아냈다. 천장과 검사기, 모니터와 가운, 벽과 바닥, 심지어 공기까지도 하얀색을 띠고 정신을 표백시켰다. 방사선사는 왠지 시무룩하게 일관하며 위화감을 조성했다. 그런 침통한 분위기가 어지간히 부담되었다. 마치 살벌한 인체 실험의 대상이 된 듯이 느껴졌다. 검사실 분위기는 정말 냉랭하고 위화감이 느껴졌다.

검사대에 실려 좁은 공간으로 이동하니 자기 몸이 아무 짝에도 쓸데없는 물건 같았다. 현실을 망각하고 체념하는 초연함이 요구되는 시간이었다. 거추장스럽고 추한 몸뚱이라는 데까지 생각이 미치자 한순간도 놓지 않았던 긴장의 끈이 다 해괴한 망상놀음 같았다. 이제껏 살아온 날들 동안 세상으로부터 무엇을 얻고자 그 악착을 떨었는지 혼란스러웠다. 그러자 거추장스러운 몸뚱이를 벗어나 어디론가 훨훨 날아가고 싶었다. 갈등과 회한의 껍데기를 벗고, 연민과 비겁한 굴레에서 그만 벗어나고 싶었다. 고통도 절망도 없는 유토피아가 어딘가 존재할 것 같았다. 40분씩 세 군데, 총 소요 시간 120분. 뇌의 이상 여부를 살피기 위해 내가 견뎌야 할 시간이었다. 쉽지 않은 관문이었다. 안면 위에서 금방이라도 하얀 벽이 쏟아져 내릴 것만 같았다. 그때 단조롭고 명료한 음이 들려왔다. 어디서 나오는지 정교한 리듬은 탄력 있게 통통 튀었다. 정확한 리듬의 규격화음이었다. 화창한 봄날 산정에 오르는 기분으로 명료한 리듬을 따라잡았다. 맑은 물소리와 새들의 날갯짓과 오염되지 않은 청정 계곡이 눈앞에 시원스럽게 펼쳐졌다. 청량감을 만끽하려고 호흡을 조절하는 순간, 갑자기 들려온 혼탁한 파열음이 애써 다독여 놓은 심기를 무자비하게 깨트렸다. 혼탁한 파열음은 졸지에 채석장으로 간 것처럼 신경을 곤두서게 하고 정신을 혼미하게 했다.

단단한 바위가 드릴에 쪼개지지 않으려고 안간힘으로 버티면서 된소리를 냈다. 뚫려 있는 기관들이 부서진 돌가루에 영향을 받으며 마른 기침을 해 댔다. 땀 냄새를 맡고 자생한 벌레들이 온몸에서 스멀거렸다. 몸을 뒤척이자 즉시에 움직이지 말라는 핀잔이 날아들었다. 빌어먹을!

　자정이 넘어서야 검사는 끝이 났다. 시간이 늦어진 건 중도에 응급 환자가 생겨 휴식을 가졌기 때문이었다. 녹초가 돼 나오는 것을 문밖에서 보고 얼른 그가 붙잡았다. 부축을 받으며 나오다가 힘없이 바닥에 무너져 내렸다. 그는 나를 문 앞의 대기 의자로 끌어다 기대어 놓고 검사실 문을 박차고 들어갔다. 사람을 대체 어떻게 다루었기에 저 지경이 되었느냐는 이유 있는 항변이었다. 그러나 저들에게도 엄연히 할 말은 있었다. 그들 역시 모니터 앞에서 장시간 수고하고 기진한 사람들이었다. 방사선사가 볼멘소리로 맞대응을 했다. 이런 검사는 그래서 겹치기로 잡는 게 아니란 말이요! 가뜩이나 성이 나 있는 마당에 기름을 끼얹은 격이었다. 흥분한 그가 반이성을 잃고 방사선사의 멱살을 움켜잡았다. 검사 일정은 병원 측에서 잡아 주었기 때문이었다.
　그의 마음은 알겠으나 그런 행동은 성가시고 귀찮은 일을 만들 뿐이었다. 괴로운 몸을 일으켜 뜯어말리고 통사정을 하고서야 수습될 수 있었으니. 그런데 몸이 이상하게 좋지 않았다. 눈앞의 복도가 가물거리고 황량해 보였다. 갑자기 현기증이 일고 아득해졌다. 속이 울렁거렸고 바닥이 빙빙 돌았다. 헛구역질이 나고 토악질이 올라왔다. 뭔가 큰 짐승이 내부에서 난동을 부리는 것 같았다. 벌렁대는 가슴과 불규칙한 호흡이 심상치가 않았다. 가슴이 격하게 펌프질을 해 대면서 장기들이 입 밖으로 빨려 올라올 듯했다. 마침내 목울대를 올라오는 격정이 봇물 터지듯 쏟아져 내렸다. 몇몇 사람들이 쳐다보았지만 한번 터진 봇물은 걷잡을 수가 없었다. 나라는 실체의 참상을 다른 누구에게 보인다는 것이 얼마나 참담하고 비참한 노릇인지 몰랐다. 자신의 추태가 스스로도 용납되지 않았지만 자신을 억제하려고 하면 할수록 더욱 거세지는 방성대곡이었다.

자정이 넘은 시각이었다. 남의 병동에서 민폐를 끼칠 수는 없었다. 어렵사리 몸을 추슬러 복도를 걸어 나가는데 이슥한 시각이라 병원은 어둑했고 중앙 로비는 고요했다. 어둑한 로비를 야근자가 한번 쓱 지나갈 뿐이었다. 병원 문을 밀치고 나가 퍼붓는 빗속으로 무작정 뛰어들었다. 자신을 학대하고 싶은 마음이 아무 상관없다고 느껴졌다. 그가 뒤따라오며 우산을 받쳐 주었지만 완강히 거부하고 빗속으로 무턱대고 걸어 나갔다. 이다지도 되는 일이 없는 자신의 비참한 처지가 기가 막히고 억울했다.

후줄근히 비를 맞으며 차 있는 곳으로 가는데 어떤 검은 그림자가 앞을 홱 지나갔다. 분명 그림자로 인식되었다. 그것은 자신의 인생이 어떤 손아귀에 잡혀 끌려가고 있다는 암시를 불현듯 안겨주었다. 꺼림칙한 여운이 남았다. 무엇이었을까? 차에 올라서도 벌렁대는 가슴 때문에 호흡곤란을 느꼈다. 그렇다고 마냥 있을 수만도 없어 그 상태 그대로 주차장을 빠져나와 깊이 잠든 심야의 도심을 달렸다. 격렬한 상태 그대로 한밤을 질주하는 자신이 도심의 깊은 단잠을 방해하는 이단자 같았다.

시가지를 벗어나자 텅 빈 반포대교가 빗속에 황량하게 들어왔다. 장관을 이루는 수은등 행렬이 마치 화려한 축제의 한마당 같았다. 번화하고 화려한 모습에 황홀감마저 느껴졌다. 교량 위로 정렬한 수은등들은 폭우에 젖으면서도 그 화려한 광채를 잃지 않았다. 도리어 빗물에 씻긴 말간 등들이 더 투명해진 빛을 대로 위에 발산하며 휘황찬란함을 연출했다. 끊임없이 퍼붓는 빗속을 격렬한 상태로 달리면서 허공에다 대고 부르짖었다.

"살려 주세요, 하나님!"

그것은 절대적 신의 존재 앞에 나약한 자신을 인정하는 소리였다.

6.

청량한 물속에서 만난 예수

자신이 겪은 일을 억울해하며 통곡을 했던 그 새벽, 사실상 정민의 고뇌는 거기서 일단락된 셈이었다. 애통한 몸을 추슬러 불이 꺼진 검사실 앞을 나와 무작정 빗속으로 뛰어들었다는 것은 더 이상 아무 희망도 돌파구도 없다는 데 대한 방증이었다. 세상을 향한 그의 열망은 그렇게 가망 없는 현실에 부딪치며 산산이 조각난 것이었다.

　안 되는 것을 되게 하려다가 마침내 놓아 버렸을 때, 정민의 영혼은 빈 들에 돋아난 연한 새순과 같았다. 그녀는 잠들어 있던 자신의 초라한 영혼을 마주보았다. 실컷 울고 나면 후련해진다는 말을 그때서야 절감하며 체내의 불순물들을 하나하나 제거해 나갔다. 정말 여러 날을 실컷 울고 나니 영혼이 맑아지고 깨끗해지는 것을 체험했으니까. 그것은 눈물로써 자신을 감쌌던 두꺼운 표피를 녹여 내고 잠재된 영혼을 이끌어 낸 자기 초월이었다. 그것은 눈앞의 현상을 뛰어넘어 먼 데를 조망할 수 있는 식견과 깨달음, 그리고 초연한 마음의 경지를 주었다. 절망의 암담한 정점에서 자기를 비워 내며 돌파구를 찾아낸 것이다. 그런 자기 비움을 가지고 삶의 연장선상에서 새로운 방향을 바라보는 것! 그렇지만 그 초월의 경지는 매우 희맑고 드높았으나 왠지 영혼은 허전하고 시리기만 했다.

　마음이 평정을 찾으며 심신이 안정되어 갔지만 숙면을 취하지는 못했다. 번번이 이유를 알 수 없게 자다가 깨어나기 일쑤였다. 눈을 뜨는 동시에 심령이 공허한 상태로 허공을 누비노라면 어떤 소리를 듣기는 들었는데 뭔지를 알 수가 없었다. 그러다 정신이 맑아져 다시 귀를 기울이면 상황은 이미 지나간 뒤였다. 며칠째 같은 일이 반복되고 있었다. 시계를 들여다보면 얼추 두 시 무렵인데 잠을 청하느라 뒤척인 시간을 빼면 고작 한 시간밖에는 자지 않은 것이었다. 도무지 어떤 소리에 반응한 건지, 어떤 부름에 깨어난 건지 아무것도 알 수가 없었다.

부지중에 사람을 깨워 놓고 행방을 감춘 그 괴이함의 정체는 무엇일까. 시치미를 뚝 떼는 그 괴이함에 골몰하다 보면 잠은 이미 십 리 밖으로 달아나 버렸다. 무수한 입자들이 유영하는 밤의 정적 속에서 혼자 멍한 상태에 놓였다. 떠다니는 미세한 입자들은 침묵 속에다 무수한 언어를 흘려 놓았다. 과거와 현재, 미래와 더 나아가 그 너머의 태동하는 언어들까지 마구잡이로 쏟아놓았다. 그럴 때면 모골이 송연해졌다. 아아! 언젠가 자다가 놀라 깨어난 큰아이가 베개를 안고 엄마를 찾아온 것처럼 나 자신도 누군가에게 안길 무구한 품속을 그렸다.

겁먹은 눈으로 허공을 누빌 때 의문의 정체는 다시금 나타난다. 한결 구체적이고 또렷하다. 재빨리 귓가로 내려와 귀엣말로 속살거린다. '너는 누구지?'

핵심을 찌르는 예리한 물음이 섬뜩하고 또 난감하다. 왜 그렇게 묻는 것인가, 너는 누구냐, 라니……. 그 고약한 질문에 번번이 정체성이 혼란을 일으켰다. 어떨 때는 반사적으로 일어나 어둠속에 벌떡 앉기도 했다. 정말 나는 누구이며 어디에서 온 것일까. 그 물음의 요지에는 은근한 조롱과 힐문이 들어 있지 않은가. 오랫동안 단조로움과 싸우느라 멍청해진 머리가 혼란을 일으키는 것일까. 답답한 것은 그 어처구니없고 터무니없는 물음에 명확한 답을 제시할 수 없다는 것이었다. 정말 내가 누구인지, 어디에서 왔는지, 무엇하는 존재인지, 어떤 목적을 갖고 사는지조차 불투명했다. '너는 누구지?'라는 해괴한 물음 속에는 자신의 무기력함을 꼬집어 은근히 질타하는 기색이 역력했다.

검사 결과를 앞두고 잠을 이루지 못하는 밤이었다. 선선한 밤공기가 제법 가을을 느끼게 하고 머릿속을 스산하게 하였다. 안 좋은 결과가 나오더라도 낙담하거나 불안해하지 말 것, 절대 초연해질 것, 하고 마음을 다잡으며 이불을 끌어당겼다.

*

어떤 광경이 눈에 들어왔다. 카메라가 객석을 훑고 지나가는 것처럼 빠르게 들어오는 현장은 생소하고 낯선 광경이었다. 웬 사람들이 그렇게나 많이 모였는지 드넓은 광장은 초만원이었다. 인산인해를 이루는 경기장의 그것은 아니더라도 개개인의 얼굴에 드리운 기대와 열광은 그것을 압도하고 있었다. 엄청난 규모가 장엄하기 이를 데 없었다. 사람들은 마치 영화라도 보려는 것인 양 삼층 높이의 대형 스탠드를 가득 메우고 있다. 어느 영화에서 본 듯한 커다란 규모의 실내 광장을 방불케 했다. 그러나 앉아 있는 사람들이 단순히 영화를 보기 위해 운집해 있는 것 같지는 않았다. 사람들은 저마다 뭔가를 꺼내 놓고 준비하며 차분히 앉아 기다리고 있는 모습이었다. 약간의 웅성거림이 저들 속에서 들렸다. 그렇지만 산만한 소음을 발생하는 것은 아니었다. 나지막이 두런거리는 소리와 가벼운 바스락거림 같은…….

　사람들은 그런 모습으로 무엇을 기다리는 것 같았다. 질서정연한 분위기가 여간 엄숙하고 경건해 보이지 않았다. 그런데 사람들이 그때 서서히 노래를 부르기 시작했다. 선창도 들려오지 않았는데 열화 같은 함성으로 사람들은 모두 한목소리를 내었다. 수많은 무리가 동시에 노래를 부르니 대형 광장 안은 떠나갈 듯이 우렁차고 장엄한 축제의 한마당으로 돌변했다. 열화 같은 하모니가 실내 광장에 장관을 이루었다. 상하좌우에서 중앙으로 모아지는 대합창이 장엄하기 이를 데 없었다. 어디를 둘러보아도 행복하고 즐거운 사람들, 매우 기쁘고 유쾌해 보였다. 그런데 중앙 한가운데에서 유독 혼자만은 왠지 알 수 없는 위화감에 주눅이 들어 있었다. 도무지 무슨 노래인지를 알 수 없으니 따라 부를 수도 없고 여간 곤혹스러운 것이 아니었다. 남들이 다 아는 노래를 왜 나만 모르고 있을까. 철저한 이방인이 되어 그 속에서 위화감을 느끼고 어정쩡해 있는 꼴이라니……. 사람들은 낯선 이방인을 거들떠보지도 않았다. 투명인간 대하듯 제쳐 놓고 노래에만 열중하는 모습이 관심은 아니더라도 은근히 괄시받는 느낌이 들었다. 그렇지만 저들이 불러 대는 대합창은 가슴속에 뜨거운 감동과 반향을 일으켰다. 열화 같은 하모니가 신선하게 의식을 사로잡았다. 문득 베르디오페라의 한 장면이 연상되었다. 히브리노예들의 애환과 열정, 앙망이 담겨 있는 그들만의 신에 대한 찬양을!

　대합창이 절정에 이를 때 그곳을 떠나 상단 우측의 한적한 장소로 이

동했다. 아래와 동일한 구조이긴 하지만 동떨어진 장소가 은근히 소
외된 기분을 갖게 했다. 떠나온 그곳의 간접 조명이 이곳의 상단을 희
미하게 비치면서 간략하게 놓인 일인 의자들을 겨우 식별하게 해 주었
다. 이곳은 평소에 잘 사용되지 않는 구석진 장소 같았다. 어디론가 가
기 위해 잠시 머무는 대기소 같은. 낯선 그곳에 엉덩이를 엉거주춤 붙
이며, 밝은 조명아래 행복하고 화목한 공동체로 시선을 주었다. 이곳
은 저들과 신분이 동일하지 않다는 것을 일깨워 주는 고약한 장소 같
았다. 다행히 여기에도 같은 처지의 사람들 여남은 명이 동석해 있기
는 했다. 그런데 몹쓸 분위기가 주는 위화감 때문에 착잡해있기는 마
찬가지였다. 이런 불편한 장소에 어쩌다가 오게 되었는가를 생각해 봐
도 그저 묘연할 뿐, 착잡함만 더해졌다. 심란한 가운데 지켜보니 왼쪽
끝에 앉은 사람이 슬그머니 일어서는 게 보였다. 선두가 통로로 향하
는 것을 보자 동석해 있던 사람들이 모두 일어나 그 뒤를 따라갔다. 일
행 중에 어디로 가는 것을 묻고자 하는 사람은 아무도 없었다. 언덕을
내려가듯이 일행은 한쪽으로 치우쳐진 어둑한 통로를 내려갔다. 유리
벽 저 아래로 아득한 강물이 한가로이 내다보이는 것도 같았다. 그런
데 내려가다 보니 우측의 많은 시선들이 또한 궁금해졌다. 초라한 우
리 몰골들을 저들은 어떻게 보고 있을까. 신분이 다르다고 업신여기거
나 얕잡아 보지는 않을까 우려하면서 곁눈질로 슬쩍 보는데 역시나 저
들은 아랑곳하지 않고 시종 무엇엔가 집중된 채로 자기 일에만 열중해
있었다.

통로를 내려온 일행은 어둠이 주는 편안함 속에 잠시 머물렀다. 저만

치 위에는 화려한 회중이 둘러앉아 있었지만 다행히 우리가 서 있는 이곳을 보지는 못하는 것 같았다. 저쪽은 완연한 빛 가운데 드러나 있고, 이쪽은 조명이 들어오지 않는 어둑한 장소이기 때문이었다. 일행은 곧이어 바깥에서 일렬로 서 있는 모습을 했다. 거기에는 초라한 문이 건물 외벽에 붙어 있었다. 혹 저 문으로 들어가는 것은 아닐까 하는 우려가 일었다. 웅장하고 거창한 내부 광장과 달리 그 바깥쪽에 이처럼 보잘 것 없는 문이 있다는 것은 의외였다. 하지만 일행이 거쳐 온 그 화려한 전경과는 어떤 끊을 수 없는 연관관계가 있는 것 같았다. 일행은 순서에 따라 이제 한 명씩 저 문을 열고 들어가면 되었다. 보잘 것 없는 저 문 안에 무엇이 있으랴! 그녀는 앞 사람이 들어가는 것을 심드렁히 지켜보았다. 멀리서 자유롭게 오가는 바깥사람들이 보였다. 어쩌다가 나는 여기에 오게 된 것일까. 마지막 한 명이 남고 드디어 차례가 돌아왔다. 댓돌 위 문 앞으로 올라섰다. 문 안으로 들어서는 순간 눈앞에는 형언하지 못할 엄청난 일이 벌어졌다. 이제껏 본 일도 없고 생각지도 못했던 역동하는 물의 살아 있는 광경이었다. 보잘것없는 문을 보고 아무 생각 없이 들어섰다가 엄청난 광경을 목격하고는 뒤로 나자빠질 지경이었다. 사나운 물 앞에 눈이 휘둥그레졌다. 어떻게 이런 일이 가능하단 말인가?!

'물의 조화'라는 표현이 적절할지 몰랐다. 커다란 방 안에는 천장까지 물이 가득 차 있었다. 출렁이는 물이 방안 가득 넘실거리며 역동적인 움직임을 보였다. 아니 역동적이다 못해 물은 진취적이고 위협적으로 넘실거렸다. 살아 있는 물의 신성한 조화였다. 두렵게 움직이는 물을 보며 경탄해 마지않아서 어안이 벙벙해졌다. 방 안 가득 넘실거리는 물은 사뭇 위협적으로 움직였는데 사람이 서 있는 자리에만 물이 차단돼 있었다. 돌연 물의 흐름이 수상해지더니 한가운데가 뚫리면서 터널이 생겨났다. 사람이 겨우 지나갈 만한 터널이었다. 더욱이 기겁할 노릇은 서 있지 말고 어서 들어오라는 무언의 명령이 의식에 메아리친 것이다. 기절초풍할 노릇이었다. 어떻게 서슬 퍼런 물속으로 들어가라는 말인가.

심히 난감해서 안절부절못하는데 물의 조화는 마냥 미적거리는 꼴을 봐주지 않았다. 정수리 위에서, 앞뒤에서, 좌우에서 사나운 물살이 시퍼런 칼날을 들이대고 위협을 해 왔다. 터널 안에서 극한 상황을 맞이하고는 그 공포감에 몸을 떨었다. 팽팽한 긴장감이 고조되었다. 그러나 아무 일도 일어나지 않는다는 것을 금세 알게 되었다. 한 방울의 물도 단연코 몸에 닿지 않았다. 위협적이던 물은 요동이 점차 가라앉으며 품안에 들어온 자를 가만히 품어 주었다. 정말이지 편안하기 이를 데 없는 청량한 물속이었다. 유리 바다의 싱그러움을 정수리 위에 두르고 한량없이 기뻐하면서 경탄해 마지않았다. 마치 그 언젠가 있었을지 모르는 아늑한 시원에 들어온 편안하고 기분 좋은 물속이었다. 아늑하고 청량한 물속을 가만히 들여다보면 심장까지 세척되는 듯한 시원함에 온정신이 맑고 깨끗해졌다. 가슴팍을 내려다보면 물그림자가 아롱아롱 일렁거렸다. 생애 최고의 기분을 만끽하며 앞을 보는데 혼자일 거라 생각한 물속에 어떤 사람이 서 있었다. 웬 사람이 물속에 있는 걸까 의아해하며 그를 쳐다보았다. 하얀 옷이 무척이나 깨끗하고 성결해 보였다. 발끝까지 내려오는 통옷을 입고 그는 청량한 물속에 서 있었다.

마음속에 오래도록 사모해 온 대상을 만난 것처럼 가슴이 설레고 뛰었다. 한없이 기쁘고 떨리는데 바보같이 가까이 가기는 망설여졌다. 왠지 다가서려고 하면 자꾸만 자신의 못난 구석이 보이고 많은 허물이 생각나 주저하게 만들기 때문이었다. 그러나 상황에 밀려 어쩔 수 없이 그의 앞으로 다가갔을 때는 모든 생각이 다 쓸데없는 헛것이었다. 온유한 그의 눈빛이 자신을 들여다보고 있지 않은가! 단 한 번도 그런 진실되고 편안한 눈길을 받아 본 적이 없었다. 그리고 그럴 리야 없겠지마는 아주 오래전부터 혹시 그가 자신을 알고 있지는 않았을까 하는 터무니없는 생각이 들었다. 왜냐하면 그의 진실되고 온유한 눈빛이'내가 너를 잘 안다.'고 말하고 있는 것처럼 느껴졌기 때문이었다.

그에게 가벼운 목례를 하고 눈을 들었을 때였다. 캄캄한 속에서 난데없는 빛 하나가 보이며 눈길을 끌었다. 또렷하고 섬세한 그것은 천천히 그리고 점점 빠르게 눈앞을 선회했다. 강렬하고 예리하며 섬세하게 움직이는 작고 또렷한 불꽃이었다. 선회하는 작은 불꽃을 이상히 여기며 예의 주시해 보는데 갑자기 그것이 자신한테로 달려드는 것이 아닌가! 마치 일전에 차량으로 돌진해 오던 그것처럼 말이다. 나는 식겁하여 그 자리에 얼어붙을 수밖에 없었다.

*

깨어 보니 꿈이었다. 낯선 장소 생소한 광경이었다. 청량한 물속이었는데 직면한 상황은 캄캄한 속이고 바깥이었다. 혹 내 몸이 신비적 현상을 입어 나으려는 조짐은 아닐까. 기분을 새롭게 만드는 신비한 꿈은 영적 기대감을 상승시켰고 신선한 충격에 기분마저 새롭게 했다. 실제로 체내에서도 거기에 부응하는 요소들이 왠지 모르게 산뜻하게 작용을 했다. 한 지인을 만나게 된 것도 우연은 아닌 듯싶었다. 여호와의 눈길은 그 측근에 누가 없는가를 살펴보시고 한 성도를 통해 모일 모시 어느 장소로 가도록 이끈 게 아니었을까? '내가 그의 교만을 허물고 깨트렸으니 가서 데려오너라!'

며칠 전 그의 가족이 모 백화점을 들르게 되었다. 일층을 돌고 이층을 올라가 구경하고, 삼층의 어느 아동복 코너에서 옷을 고르고 있는데 누가 어깨를 툭 건드렸다. 돌아보니 안면은 있는데 얼른 생각이 나지 않았다. 어쨌든 낯선 도시에서 누군가 아는 체를 한다는 사실이 반가웠다. 핸드폰 번호를 교환하고 집으로 돌아와 생각하니 성산동에 살때 같은 동에 살던 윤희선이었다.

약속한 대로 삼 일 후 그는 화정으로 찾아왔다. 떨어져 있던 시간이 다소 어색하기는 했지만 곧 옛날을 회복하고 반가워들 했다. 이러쿵저러쿵 그동안 지내 온 얘기를 하다 보니 병고 문제까지 있는 그대로 털어놓게 되었다.

"나 그동안 디스크로 고생 많이 하고 있었거든! 얼마 전까지만 해도 머리가 심하게 아파서 검사를 받는데 종양인 줄 알고 식겁했지 뭐야! 다행히도 종양은 아니었는데 검사 과정에서 두 개의 디스크가 또 발견된 거야! 갖고 있던 두 개로도 너무 벅차고 힘이 드는데 말이야! 정말 어처구니가 없지 않아? 거기다가 더 희한한 것은 글쎄 목에서 꽁지 뼈까지 네 군데의 디스크가 일정한 간격을 두고 어그러져 있다는 거야! 일부러 분질러 놓은 것도 아닌데!"

정민은 친근한 벗에게 말하듯 있는 그대로의 상황을 소상히 털어놓았다. 한참을 듣고 난 윤희선은 그윽한 눈길로 바라보았다.

"그간 고생 많이 했구나! 자기 말을 들으니까 우리 만남이 결코 우연이 아니네! 하나님께서 때가 되니까 우리를 만나게 해 주신 거네!"

이질감이 느껴질 대화인데도 아무렇지가 않았다. 무슨 말을 하더라도 다 믿고 싶었다.

"이런 내 몸뚱이를 가지고 교회를 나가면 병이 나을 수 있을까?"

나을 수 있다고 그녀는 확신조로 말했다. 자신이 힘들었던 과정도 간략하게 설명해 주었다. 그리고 다시 만난 옛 이웃을 위해 성의껏 기도해 주고 다음 주에 어디로 찾아오라는 약도를 그려 주었다.

7.

기발하지 못한 생각

새로운 세계를 향해 가는 길은 약간의 긴장과 함께 설렘을 동반했다. 안온한 실내에서 바라보는 바깥 풍경의 생경한 정취, 대로 위에는 푸르고 창창한 하늘이 마음을 열고 있었고 높다랗게 쌓아 올린 제방 위로는 하얀 눈밭이 찬연한 눈부심으로 다가왔다. 그것은 생경한 겨울 풍경이었다. 새로 만나는 세계도 저렇듯 생경한 만남 뒤에 찾아오는 찬연함일지 알 수 없었다. 신앙은 좌절 뒤에 찾아온 새로운 활로가 분명하지만 왠지 그 세계는 낯설고 생경스럽게만 여겨졌다. 어쩌면 그것은 가슴팍에 하얀 손수건을 달고 처음 학교에 가는 유년의 모습과 흡사하기도 했다. 설레고 흥분되지만 실수 연발인, 거기에 동행할 친구가 생긴다면 조금은 여유가 있을 듯했다.

"뭔가 달라! 같이 가서 한번 들어 보자, 응?"

자신이 없는 동안에 TV나 보고 있을 윤성에게 꾸준히 종용을 했었다. 그를 데려감으로써 혼자라는 멋쩍음을 면해 보자는 취지였다. 그러나 예상대로 그는 민감한 반응을 보이며 강한 부정을 나타냈다. 귀찮게 하지 말고 너나 가라는 등, 강요는 딱 질색이라는 등, 종교에는 어디까지나 자유가 있다는 등의 장황한 설명을 늘어놓았다.

"그렇지만 이렇게까지 내가 하는 데는 뭔가 달라서 그래! 자기는 내가 목사 선별에 얼마나 까다로운지 몰라서 그런다고."

그래도 그는 나중에, 라는 핑계로 자꾸 피하기만 했다. 마음 같아서는 팽 하고 돌아서고 싶었지만 그래도 잘 구슬려 데려가야 한다는 내면의 목소리가 인내심을 갖게 했다.

"나중에는 나중이고 오늘 딱 한 번만 같이 가자, 응?"

사람을 채근하는 일은 어딘가 비굴한 짓 같았다. 또 자칫 잘못했다가는 본의 아니게 심기를 건드릴 수 있는 민감한 문제였다. 그는 애당초 크리스천에 대한 안 좋은 선입견을 가지고 있었다. 피상적인 편견이 아니라 직장에서 직접 부딪치고 경험한 것들이어서 무시할 수도 없는 것이었다. 그러나 부부가 신앙 문제로 갈라선다는 것은 바람직하지 않았다. 종교적 노선이 달라 각자 행동하다 보면 점차 대화의 소지가 줄어들 것이고, 그것은 자칫 관계의 단절로까지 이어질 수 있기 때문이다.

"얼마만큼 목회자가 영성을 가지고 성령에 감동된 설교를 하느냐만 보면 돼! 설교에 감동되면 우리는 고개만 끄덕이면 되는 거고. 손해날 건 없잖아!"

빤히 올려다보는 그의 얼굴은 내가 졌다는 것 같기도 하고, 어처구니가 없다는 것 같기도 했다. 성화에 못 이긴 그가 마침내 퉁명스럽게 알았어! 하고 몸을 일으켰을 때는 오랜 체증이 내려가는 것 같았다. 둘이 함께라면 멋쩍지도 않고 서로 의지가 될 것이었다. 그런데 출발에 앞서 그는 자신의 편협한 속내를 드러냈다. 몇 가지 조항을 내세우며 태도를 분명히 하자는 것이었다. 예배가 끝나면 바로 나올 것, 주는 밥을 먹자고 조르지 말 것, 찬양예배까지 보고 가자는 주장은 더더욱 하지 말 것 등등이었다.

입간판들이 건물 외벽에 붙어 정신을 어지럽히는 곳. 그 복잡하고 다양하게 들어찬 상가 건물을 끼고 우측으로 들어서면 한적한 이면도로

변에 본 건물이 나왔다. 여느 건물과 다르지 않는 평범한 오 층짜리 건물이었다. 건물 사층에는 평강을 추구하는 교회를 비롯해 다양한 점포들이 입점해 있었다. 사층만 해도 비어홀과 제빵학원, 무도회장과 한식당, 골프 연습장 등이 있었고, 최근에 무슨 산사에서 내려왔다는 암자도 교회와 벽을 맞대고 자리해 있었다. 일단 엘리베이터에서 내려 앞을 보면 벽이 보이는데, 그 좌측으로 손님이 전혀 들지 않는 골프 연습장과 화장실 외벽 사이의 좁은 통로가 교회로 가는 입구였다. 어둑한 통로가 좀 그렇기는 했지만 선입견을 버리고 그리로 들어가면 전혀 그렇지 않은 적요한 공간이 나왔다. 조용한 밀실 같은 예배당이었다. 틈새 없이 설계된 이중문이 소음을 차단해주고 있었다. 예배당 안에는 저만치 앞에 단상이 있었고, 그 위로 걸린 십자가가 이곳이 경건하고 성스러운 공간임을 말해 주었다. 생각보다는 훨씬 작은 예배당이었다. 마음속에 늘 번듯한 교회를 꿈꿔 왔던 그는 적잖이 실망하고 낙망한 기색이었다. 이런 작은 교회에도 하나님의 손길이 미칠까를 염려했으니까.

그곳 사람들과의 만남은 그렇게 시작되었다. 어쩌다 체질에 맞지 않는 용어(형제자매)가 불쑥 이질감을 주기도 했지만 사람들은 열린 마음과 밝은 사고로 교제하는 것 같았다. 그들은 요즘 내가 자매님을 위해 기도하는데 몸은 좀 어떠세요?라든가 이름만 듣고 처음엔 남자인 줄 알았어요, 라는 붙임성 있는 말을 먼저 붙이며 자기 교회에 나온 이방인을 반갑게 허물없이 대해 주었다. 그렇지만 소심하고 예민한 그는 어쩌다 가끔은 좌절감에 빠질 때가 있었다. 허심탄회한 공동체 속에서 자신을 바라보니 언어나 행동, 어쭙잖은 모습들이 영락없이 거지꼴인 것이었다. 그것은 새로운 환경에 적응해야 하는 고충 같은 것인지 몰랐다. 새로운 공동체에 들어와 낯선 생활을 하노라면 어쩔 수 없이 열등하고 초라한 자신을 보게 되는 법이니까.

그러던 주일예배 실황이었다. 감동적인 설교를 듣고 회중이 일어나 함께 찬송을 부를 때였다. 갑자기 노도처럼 일어 오는 어떤 강렬한 모습이 눈앞에 펼쳐졌다. 그것은 소낙비가 예고 없이 쏟아질 때처럼 먼 데서 확연히 일어 오는 열화 같은 현장이었다. 그 뜨거운 현장감과 드넓은 객석 위의 행복하고 즐거운 표정들! 회중과 함께 찬송을 부르고 서 있는 와중에 꿈에서 본 광경을 느닷없이 보는 순간, 그것이 실황에 겹쳐지며 황홀경이 찾아왔다. 용솟는 내면의 뜨거움이 잠재된 영혼을 불시에 일깨웠다. 지금 이 순간에 회중과 함께 부르고 있는 이 찬송이 바로 그때 알지 못했던 대합창이라는 사실을! 그것을 깨닫자 형용할 수 없는 벅찬 감동이 밀려오며 가슴이 뜨거워졌다. 이것이 정녕 생시인가 하며 주위를 둘러보았다. 꿈속 광경과 똑같은 실황 속에 자신이 들어 있다는 사실이 믿기지 않았다.

8.

찬란한 예감

"여기가 어디지?"

진열된 많은 그림 가운데 유독 한 성화에 눈길이 갔다. 성화는 예수가 두 제자와 함께 마을 앞산을 거니는 것 같은 인상을 주었다.

"글쎄 겟세마네동산 어디쯤 되나?"

성화를 보고 그런 농담을 날린다는 것은 마음의 문이 조금 열렸다는 반증이었다.

"에이, 자긴 나보다 더 모르네! 여기 이 경관을 좀 보라고. 상쾌하고 맑은 숲속이 마치 갈릴리동산 어디쯤 같지 않아? 예수님이 열한 제자를 부르시고 지금 그리로 바삐 가시는 중이라고! 아마도 내가 보기에는 시간이 얼마 남지 않은 것을 아시고 그 마지막 부탁을 하기 위해 바삐 가시는 중일 거야."

순간적으로 생각난 것을 능청스럽게 주워섬겼다. 언젠가 찬양 집에서 본 가사를 그대로 옮긴 것인데 성화의 내용은 그런 가사와도 전연 무관해 보이지 않았다.

절정을 이루는 풍경이 더 없이 농후하고 짙었다. 상수리나무와 잎이 우거진 아름드리나무들이 시야를 가린 그 너머로, 뭉게구름 뒤의 아득한 하늘이 멀리서 들어오는 풍경이었다. 주변의 나무들과 숲은 예수를 위시하여 소리 없이 아우성치며 자신을 발산해 대는 것 같았다. 숲에서는 당장이라도 호젓한 숲을 가르고 청량한 새 울음이 들려올 것만 같았다. 빛이 새어 들어오는 쾌적한 숲속을 예수 일행이 정담을 나누며 호젓이 걷고 있는 광경! 그것은 뛰어들고 싶을 만큼 강렬하고 열광적인 그림이었다. 거기다가 온정적인 분위기까지 풍기는 그림은 더없이 아늑한 인상을 주었다. 정민은 은근슬쩍 자신의 영상을 그림 속에다 투영시켜 보았다. 예수 곁의 제자가 만일 자기 자신이라면 어떨까 하고.

온갖 상품들이 즐비한 진열대 앞에서 그녀는 상서로운 감상에 젖었다. 달콤한 상상에 젖어드는데 누군가 지척에서 인기척을 해 댔다. 그는 이제껏 우리가 한 말을 옆에서 듣고 있었던 모양이었다. 점퍼 차림의 중년 남자는 허허 그게 아니고요, 라며 우리 곁으로 다가왔다. 그의 말인즉슨 예수가 승천하시기 전 두 제자에게 나타나 엠마오로 가는 장면이라는 것이었다.

내면의 작은 변화로 말미암아 기독백화점을 처음 들른 것인데, 그것은 생각지도 못했던 의외의 소득이었다. 그것은 크리스천의 한 일원이 되었다는 것을 타인으로부터 인정받는 최초의 순간이었다. 거기에는 성경을 좀 읽으라는 정중한 질책이 내포돼 있었지만 듣는 입장에서 기분이 나쁘거나 부끄럽지는 않았다. 도리어 듬직한 선배를 만난 기분이었다. 신뢰할 만한 공동체에 소속됐다는 안도감 같은 것, 그리고 울타리 안에서의 아늑함 같은 게 느껴졌다.

*

심연의 어두운 장막을 들추고 기억 속의 호젓한 해변을 찾아갔다. 거기에는 울적했던 심사나 수반 되는 고통들, 그리고 일상의 잔상은 가져오지 않았다. 망망대해 앞에서 또 다른 열망만이 의식을 차분하게 고취시킬 뿐. 그곳은 외로운 병상에서 자신 속으로 몰입할 때 모습을 드러내는, 햇살이 오롯이 쏟아져 내리는 마음속의 바다였다.

저만치 샌들을 벗어 들고 해안선을 따라 걷는 한 여인이 눈에 들어왔다. 그녀는 해풍에 긴 머리를 흩날리며 발끝에 와 닿는 차가운 감촉을 기분 좋게 느끼고 있었다. 그녀는 인적이 없는 바닷가의 낭만적인 정경을 홀로 만끽했다. 높은 하늘과 망망대해의 무한한 공간 속에서 커다랗게 숨을 쉬어 보는가 하면, 긴 휴식에 들어간 백사장과 매점들을 한가로이 바라보았다.

그녀는 사장을 올라와 모래톱이 완만한 경사면에 멈추었다. 거기서는 아득한 지평선과 백사장 위를 살랑거리는 해풍이 내다보였다. 주변을 둘러보니 해송 숲도 있어 아늑한 느낌을 주었다. 고운 모래톱 위에 두 다리를 쭉 펴고 앉으니 살갗에 닿는 느낌이 융단처럼 보드라웠다. 눈앞의 광활한 바다는 미동도 하지 않고 있었다. 측량할 수 없는 창천과 검푸른 해수면, 무한한 공간을 관통해 불어오는 해풍……. 무한과 맞닿아 있는 유한 질서들은 하나의 거대한 집합체를 이루었다. 그녀는 평정한 자연 속에서 오롯이 호젓한 시간을 보냈다. 심혈을 기울여 마음속에 만들어 놓은 장소에 은거하며 종일토록 교감을 나누었다. 그곳에서 펼친 수많은 상상은 그녀의 신실한 친구가 되어 주었다.

그러나 그것도 점차 시간이 지남에 따라 퇴색해 가기 시작했다. 빛이 바래 가며 권태로움을 양산했다. 더운 기운을 머금은 해풍은 지친 심신에 부담을 주었고 발밑으로는 주름살 같은 물살이 흉하고 무기력하게 밀려들었다. 아무리 그래 봐야 원하는 것은 얻을 수 없다는 것. 현실을 도피하는 안일한 행각은 자신만 더 피폐하게 만든다는 것. 이런 생각들은 또 다른 절망만을 안겨 주었다. 날이 저물도록 모래톱에 앉아 해수면을 바라보지만 거기서는 아무 해답도 찾을 수가 없었다. 허망한 집념이었다.

*

남향인 침상 위로 엷은 망사 커튼을 투과한 햇살이 가득했다. 정민은 오랜만에 평정을 찾으며 심신의 안정을 점검하고 있었다. 이따금 아이들의 뛰노는 소리가 청아하게 날아들 뿐, 방안에는 그저 쥐죽은 듯 고요했다. 그녀는 부스스한 얼굴로 일어나 눅눅한 침상을 정리했다. 지원병 하나 없이 전장에서 살아 돌아온 느낌이었다. 거실 창가에서 내려다보는 바깥은 더할 나위 없이 찬란하고 눈부셨다. 기껏해야 4일 만인데 바깥 경치를 보고 콧등이 시큰하는가 하면, 살랑대는 바람에도 괜한 감동이 일었다. 비록 몸은 쇠잔했지만 정신은 맑은 샘물처럼 맑았다.

유리창에 반사되는 햇살이 따사롭게 느껴졌다. 청명한 의식으로 내려다보는 공원은 분명 여느 때와는 달라져 있었다. 주차장 담벼락에는 푸릇한 개나리가 소박하게 열려 있었고, 싱그러운 잔디밭도 융단을 깔아 놓은 듯 포근해 보였다. 은행잎의 연녹색은 그새 물이 올라 검은 빛

깔을 띠었고, 주변 경관과 좀처럼 어울리지 않던 산책로의 바위도 무슨 조화인지 풍경 속에 자연스레 녹아들어 있었다. 물감을 풀어놓은 듯 진한 색감의 장미군락과 무성한 풀섶 아래 배색을 이룬 하얀 울타리, 단정한 침엽수들 사이로 S자가 선명한 자전거 산책로. 다채로운 아침 공원이 싱그럽게 생동하고 있었다.

그중 유독 눈길을 끈 것은 동남쪽에 자리한 적송 군락이었다. 도톰한 언덕배기에 여나문 그루 적송이 서 있었는데, 그 수려한 이미지며 풍광에서 운치가 느껴졌다. 굴절된 몸을 일으키며 힘들게 올라간 나무의 형태가 공원을 지키는 어르신들 같았다. 군데군데 보이는 청솔의 단아한 가지도 어딘가 범상치 않아 보였다. 적송 군락에서는 험난한 세월과 모진 풍파를 견뎌온 불굴의 의지 같은 게 엿보였다. 거기에는 또한 은근히 중후한 멋이 있었다. 권세 있는 어르신들의 점잖은 풍모 같은……. 그녀는 멀리서 들어오는 적송 군락을 주시하며 이런저런 단상에 젖어들었다. 그런데 갑자기 눈앞에서 어떤 어른거림이 포착되더니 이상한 일이 벌어졌다. 나무들이 대형 화환을 걸친 호사스런 모습으로 서 있었다. 더 이상한 건 유리창에 비친 자신의 모습 또한 목에 화환을 걸고 있다는 점이었다. 거기에는 분명 화환이 걸려 있었다. 그때 기발한 생각이 들었다. 그것은 호기심과 함께 발동한 신령스러운 착상이었다. 아무래도 저 오만하고 도도한 노송을 직접 가서 보지 않고는 직성이 풀릴 것 같지 않았다.

생각이 거기에 미치자 은근히 불안이 앞섰다. 예전에도 이와 비슷한 생각으로 무턱대고 외출을 나간 적이 있기 때문이었다. 앙증맞은 아이들의 유희를 베란다에서 보다가 부득이 외출을 나간 것이었는데 이번에도 그 강렬한 유혹을 뿌리치기는 어려웠다. 산책을 나갈 분명한 이유가 생겼기 때문이었다.

*

화창하기 이를 데 없는 날 아침 화단 앞에는 어떤 행사가 마련돼 있었다. 바야흐로 한 존재의 나아옴을 맞이하는 도열병들의 환영 행사가 열리는 마당이었다. 벌써부터 신이 난 도열병들은 만반의 준비를 다해 놓고 각기 다른 개성의 단장으로 한 존재의 나아옴을 기다리고 있었다. 애가 닳도록 소원한 일이 오늘에서야 이뤄지는 까닭에 도열병들의 사기와 기쁨은 충천돼 있었다. 물론 그 한 존재가 설레는 마음을 안고 저들 앞에 나오기까지는 무수한 세월과 말 못 할 역경이 있었음은 두말할 필요도 없었다. 한 낟알도 흙을 가르고 나오는데 그만한 시간과 아픔은 걸려야 하기 때문이었다. 따라서 잃었던 순수를 그가 되찾고 변화된 모습으로 나올 수 있게 된 것은 참으로 다행한 일이 아닐 수 없었다. 속절없는 세월 속에 그것만큼 가치 있는 일은 없기 때문이었다. 어찌되었든 해후의 벅찬 만남이 곧이어 있을 예정이었다.

모든 시선이 집중된 가운데 밝은 미소를 머금은 영혼이 걸어 나왔다.

조금은 상기되고 피로한 기색이었다. 도열병들은 주인공이 나오자 열렬히 환영해 마지않으며 받들어 총 자세를 취했다. 아울러 멋진 팡파르를 공중에 대고 불어 제꼈다. 여러 발의 축포도 구령에 맞춰 쏘아 올렸다. 브라스 밴드의 웅장한 팡파르와 열화 같은 함성이 주변가득 찬란한 햇살 속에 울려 퍼졌다. 팜파라 팜— 팜, 팜, 파 팜파라 팜—

영혼은 과분한 축하를 받으며 도열해 있는 그들 앞으로 수줍게 걸어 나갔다. 거기서 기다리던 많은 취재단들이 감동의 벅찬 순간을 잡으려고 공중에서 펑펑 플래시 세례를 터트렸다. 급작스런 눈부심에 영혼은 순간적으로 눈살을 찌푸리며 어지럼증을 느꼈다. 자신과 같은 존재에게 이렇게까지 환영해 줄 것을 예상하지 못한 불찰이었다. 영혼은 너무 서두른 나머지 무턱대고 나와 버린 자신의 성급함을 질타하고 나무랐다.

'챙이 달린 모자라도 쓰고 나올 것을.'

'천천히 요기라도 하고 나올 것을.'

그러나 영혼은 곧 강렬한 눈부심에 점차 적응해 나가며 담대하고 굳세게 걸어 나갔다. 양쪽에 도열한 도열병들이 혼연일치가 되어 힘을 불어넣어 주기 때문이었다. 영혼은 예정대로 개나리 담장 앞을 지나고, 붉은 산책로가 화사한 길목으로 접어들었다. 복사꽃 연분홍 향을 키 높이에서 맡으면서 목적지를 향해 나가는데 정강이에서는 따가운 감촉이 느껴졌다. 당신의 나아옴을 진심으로 축하한다는 키 작은 침엽수의 독특한 스킨십이었다. 영혼은 무슨 말로 답을 해야 할지 몰라 입만 달싹대다가 타이밍을 그만 놓쳐 버렸다. 그대로 나아가려는데 돌개

바람이 난데없이 옷깃을 들척였다.

"잠깐, 여기를 좀 보시오! 당신 나오길 얼마나 기다렸는지 아오?"

먼발치의 등나무 잎사귀였다. 무성한 등나무 잎사귀는 아낙 하나를 벤치에 거느리고 특유의 남성적인 능글맞음으로 오늘의 영혼을 불러 세웠다. 그 터프함과 우렁참에는 '이제 좀 당당해 보세요. 두려움과 나약함은 멀리 던져 버리세요.'라는 응원이 실려 있었다. 영혼의 안면에는 환한 미소가 금세 번지며 경직된 근육이 풀어졌다. 그러나 영혼은 등나무를 외면하며 가던 걸음을 멈추지 않았다. 그 다채롭고 열광적인 도열병 앞을 지나며 일일이 반가움을 표할 수는 없기 때문이었다. 그래서 더러는 감탄하고 더러는 눈만 껌뻑해 보이면서, 보낸 축하에 감사하며 길을 잡아나갔다.

한데 산책로의 바위 앞에서 갑자기 문제가 발생한 것 같았다. 영혼이 그 앞에서 갑자기 멈추었기 때문이다. 그는 골똘한 표정이 역력한 가운데 어떤 생각이 들었는지 아가 판사와 쑥부쟁이가 소란을 떠는 곳으로 돌연 발길을 돌렸다. 뭔가 심경에 변화가 온 것이 틀림없었다. 가던 길을 벗어나면 적송군락과는 거리가 멀어지기 때문이었다. 도무지 속내를 알 수 없는 그가 성큼성큼 중앙공원을 가로지르고 차도와 인도를 건너더니 또 다른 동을 향해 내닫고 있었다. 영혼의 돌연한 움직임을 지켜보던 많은 눈들이 일제히 그를 지켜보며 의아해하고 있었다. 튼실하고 다부진 젊은 느티나무도 동 어귀에서 웬일인가 싶어 고개를 갸우뚱거렸다. 영혼 앞으로는 금세 다른 동의 주차장과 각종 만개한 꽃들이 화사하게 들어왔다.

영혼의 돌연한 어긋남을 매우 애석해한 것은 다름 아닌 적송 군락이었다. 저만치에서 자신들을 향해 걸어오는 것을 은근 기뻐하고 기다렸는데 중도에 변심이라니, 원! 적송들은 구부정한 허리를 공중에 펴고 저만치 멀어져 가는 영혼을 물끄러미 바라보았다. 당연히 자기들 쪽으로 올 것을 믿어 의심치 않았는데……. 돌연한 변심에 심기가 불편했다. 쯧쯧, 보기보다 변덕이 심한 애였구먼! 눈살을 잔뜩 찌푸린 한 노송이 허공에다 거친 한숨을 토해 냈다. 주변의 잔솔가지가 그 바람에 휘청 흔들거렸다.

인적이 없는 오솔길에 영혼은 당도했다. 산책로로 이어진 고층 아파트 뒤쪽의 아늑하고 조용한 숲이었다. 고만고만한 나무가 아치를 이루었고 적당한 간격을 두고 서 있었다. 따스한 햇살이 거기도 오롯이 쏟아져 내렸다. 영혼은 오랫동안 잊고 지냈던 옛 동산에 오른 것 같은 감회가 새로웠다. 머리 위에서는 가지들이 아치를 이루며 품안에 들어온 존재를 포근히 감싸 주었다. 눈을 들면 다정한 손을 내밀어 금세라도 보듬어 줄 것 같았다.

단아한 침엽수 옆으로 사랑스러운 단풍이 앙증맞게 서 있었다. 다닥다닥 붙어 있는 산수화의 노란 가지는 희열에 몸을 떨고, 섬세한 은행잎은 역동적으로 팔랑거리고 있었다. 노란 민들레는 발치께서 배시시 웃고, 개망초와 패랭이는 그 무엇에도 얽매이지 않으며 자기만의 소박함을 드러냈다. 담 밑의 찔레꽃은 순전함으로 코끝에 다가오고, 아주 작은 제비꽃은 발밑에서 여린 미소를 보내왔다. 새록새록 눈부심으로 깨어나는 소리! 자양분을 배불리 먹고 기지개를 켜는 소리! 기분 좋게 눈 맞추며 옹알대는 재잘거림!

영혼은 꽃망울이 터지는 순간을 목도하고 벅찬 가슴으로 하늘을 올려보았다. 이는 자연과 하늘의 신비한 연합이었다. 이 동산에 선한 우주적 근원의 힘이 일용할 양식을 적절히 공급한 까닭이었다.

덩굴장미가 담벼락을 빨갛게 물들이며 정열을 고조시키고 있었다. 산수화 위로는 키 높은 문명이 공중으로 치달았다. 담 바깥에는 차량들이 쉴 새 없이 오가지만 오히려 고취된 감성을 더 깊은 정취 속으로 들어가게 할 뿐이었다. 영혼은 피곤도 잊은 채 숲의 소리와 소통하며 그 고즈넉함에 몰입되어 갔다. 어느 것 하나 이 가운데 필요하지 않은 생물은 없었다. 그런데 느닷없이 목울대를 자극하는 아픔이 있었다. 초자연의 숨결 속에 가슴 한쪽이 아려 오는 것이었다. 영혼은 윤기 나는 대추나무 순을 만지작대며 갑자기 엄습해 오는 그리움에 울먹거렸다.

아버지는 넉넉한 걸음으로 동산에 오르셨다. 등에 업힌 아이가 갑자기 몸을 움츠렸다.

동산을 거니시는 아버지의 힘찬 발걸음에 등이 울려서 무서웠다.

아이는 앞산이 움직인다고 생각했다.

나무도 움직였고 발밑도 움직였다.

어찌된 영문인지 모든 산들은 자기한테로 몰려왔다.

아이는 무서워 아버지의 등짝을 파고들었다.

거대한 손아귀에 잡히지 않으려고……

둔중한 콘크리트 벽 아래서 영혼은 점점 기력을 소진하고 있었다. 곁에 선 나무들이 무어라 위로의 말을 찾지 못하고 안타깝게 지켜볼 뿐이었다. 한낮의 태양은 머리 위로 솟아올랐고 갈급한 영혼은 더욱 지쳐갔다. 맥이 풀린 다리가 이미 후들거렸고 쉬어갈 장소도 마땅히 보이지 않았다. 가물거리는 시야 너머에서 그때 무언가가 손짓하여 부르는 듯했다.

"조금만 더 힘을 내 보세요!"

그 음성은 각양각색의 나무들 사이를 지나 바람결에 가늘게 실려 왔다. 영혼은 다소간 힘을 얻으며 가까스로 걸어가 나무 벤치에 몸을 기댔다. 넓적한 활엽수 잎사귀가 그늘을 만들어 주었다. 살랑대는 바람도 적당히 불어와 눈물을 말려 주었다.

"울지 말아요, 영혼이여!"

영혼은 격정을 가라앉히며 나지막이 들려오는 음성에 귀를 기울였다. 한결 또렷해진 음성이 가까이서 들렸다. 그것은 마음속의 울림 같기도 했고 근방 어딘가에서 들려오는 소리 같기도 했다.

"잃어버린 무엇 때문에 슬퍼하지 마세요. 당신은 고아처럼 버려진 존재가 아니랍니다. 이미 축복받은 영혼인걸요."

"그래?! 참 적당한 때에 네가 있었구나! 그런데 나를 위로하는 너는 누구지?"

"당신은 참 바보 같은 질문을 하시는군요. 우리를 만나러 이곳에 나오지 않으셨나요?"

"아아!"

"잃어버린 시간에 연연하지 마세요, 축복받은 영혼이여! 견딜만한 고통은 당신의 오염된 마음을 씻기고 새살을 돋게 하려고 잠시 잠깐 머무를 뿐입니다. 바람 에이는 한데서 그냥 서 있었다고 일축해 버리세요. 마른 뼈에 새살이 붙는 과정이라고 생각해 보면 어떨까요. 그보다도 당신의 선한 본질이 우리를 만나러 나왔듯이, 고통 받는 당신에게 곧 천상의 크고 비밀한 문이 열릴 것입니다."

"무슨 얘긴지는 모르겠지만 그렇게 말해 주니 고맙군! 그런데 내가 슬퍼하는 건 이 세상을 보지 못하고 고통 중에 홀로 가신 아버지 때문이란다. 불쌍하신 내 아버지……!"

"낙심하지 마십시오. 먼 훗날에 가면 당신을 사랑하신 이가 만나게 해 주실 것입니다.

"정말 그럴까? 회한으로 가득한 내 애달픈 사연을 그분께서 해결해 주실까?"

"물론입니다."

"그런데 그렇게 말하는 너는 어떻게 그것을 알고 있지? 그 예지와 총기는 어디서 나서 자연의 이치를 다 꿰뚫고 있는 것처럼 나를 가르치고 있는 거지?"

"순응하기 때문입니다. 우주 만물을 창조하신 이에게 순응하는 본질이 예지와 총기를 발생합니다. 인간은 욕심으로 인해 스스로 망해 가지만, 자연은 창조주의 섭리 앞에 겸비함으로써 현상을 받아들입니다."

"그러고 보니 찔리는 게 너무 많구나!"

"그렇다고 자괴하진 마십시오. 당신은 이미 순전함으로 우리 앞에 나왔으니까요."

"왜 그런 것을 진작 알려 주지 않았지? 그 예지와 총기, 지각 있는 안목으로 왜 진작 일깨워 주지 않았어? 너희가 진작 알려 주었더라면 이 복잡하고 어지러운 세상을 추종하지 않아도 좋았을 텐데. 그러면 상식이 통하지 않는 이 세상에서 좀 더 일찍 돌아섰을 텐데."

"거듭난 영혼이여! 우리는 언제나 당신의 변화를 기다렸습니다. 산천에 눈이 녹고 초목에 물이 오르면 살포시 새 옷을 내어 입고, 처음 만들어 낸 향기를 당신 마음에 주려고 애썼습니다. 여름이면 뜨거운 태양 아래 녹음을 만들어, 짬을 내어 찾아오는 당신에게 시원한 그늘을 드리워 주고 싶었습니다. 가을이면 또 어떻던가요. 찬연한 색깔로 우리 몸을 불태워 가며, 당신의 여유 없는 마음과 지각없는 행동을 늘 안타까워했습니다. 어떨 때는 혹독한 시련 중에 창가에 서 있는 당신을 바라본 적도 있지만, 혹여…… 우리의 헐벗은 모습이 당신을 더 슬프게 하고 서럽게 할런지 몰라서 말입니다."

"아, 아……."

"기운을 내십시오. 그리고 기뻐하십시오. 당신은 이미 축복받은 영혼이니까요. 새로 거듭난 당신을 축하합니다!"

9.

문밖에 오신 예수

녹음이 우거진 아파트 사이로 먼 데 흐름을 내다보는 정민의 심정이 착잡하고 심란했다. 어떻게 일이 이 지경까지 되었더란 말인가. 생각할수록 기가 막히고 어처구니가 없었다. 결국 방문 동기까지 부여한 것 같아서 은근히 마음이 편치 않고 개운치가 않았다. 손님이 도착하려면 아직 한 시간 정도 남아 있었다.

"웬일로 잘 견디는가 했더니!"

어제 걸려 온 윤희선 집사의 전화였다. 수요예배를 마치고 집에 돌아와 얼마 되지 않아 받은 그의 목소리는 상기되고 나긋한 반면 어떤 이죽거림이 들어 있었다.

"정말 뭐가 뭔지 모르겠어! 진리가 우릴 자유롭게 한다더니 그 진리가 나를 꽁꽁 묶고 있다고!"

정민은 자신의 힘든 처지가 마치 그녀로부터 야기된 것처럼 퉁명스럽게 대꾸했다. 대놓고 말하기는 좀 그렇고 그렇다고 이거다 끄집어 내놓을 수도 없는 애매한 얘기들을 대충 털어놓은 적이 있었다. 누적된 심화를 그렇게라도 내비치지 않고는 심장이 터져 버릴 것만 같았다.

"고민하지 말고 목사님과 한번 의논해 보는 게 어때?"

윤희선은 수화기 너머에서 태연자약하게 말했다. 정민은 난데없는 목사님이란 말에 난색을 보이며 민감한 반응을 했다. 어떤 꺼림칙하고 난감한 부분을 떠올렸기 때문이었다. 개인의 인격과 자존심에 해당하는 문제를 속도 없이 목사님한테 전달했다는 말인가? 심히 우려되는 가운데 걱정스럽게 묻지 않을 수 없었다.

"뭐 도움을 받으면 좋지 않겠어?"

대수롭지 않게 말하는 저변에는 이미 다 말했다는 뜻이 내포돼 있었다. 도움을 받을 일이 따로 있지. 옆에 있다면 한 대 쥐어박고 싶은 심산을 억누르며 수화기 너머의 그녀를 쏘아보았다. 목사님이 온다고 해서 내 안에 쌓인 심화가 해소될까. 아무리 유능한 목사라 해도 가슴에 얹어진 무게를 내려 주기에는 뾰족한 대안이 없을 것 같았다.

"그러지 말고 일단 만나나 봐. 마음 편하게 갖고!"

글쎄 잘 모르겠다며 한참 버티다가 나중에는 체념 상태가 되었다. 곤두섰던 심기도 끈질긴 그녀의 설득 앞에 한풀 꺾이고 뭉개졌다. 윤희선은 어떻게든 힘들어하는 동료를 거기에 맞는 방법을 동원해 도와주고 싶은 마음이 간절했다. 그래서 목사님과의 약속을 먼저 받아 내고 전화를 걸어 끈질기게 그녀를 설득하게 된 것이었다.

"그럼 그렇게 알고 내일 가는 걸로 한다?"

현명하고 성실한 윤희선이 약속을 수락한 것으로 알고 전화를 끊었다.

믿음이라는 것! 자기중심적으로 세상을 살다가 예수 앞에 나온 사람이 받아들여야 하는 복음의 신령한 양식들은 예상 밖으로 까다롭고 엄격했다. 순항 중에 만난 암초에 비견되는 그것은 암담한 영적 위기감에 봉착하게 했으니까. 난감한 문제들이 속출해 의구심을 불러일으키는가 하면, 액면 그대로 받아들이기 어려운 문제들이 청명한 날씨에 먹구름으로 몰려왔기 때문이었다. 물리적인 요소로 강압적인 설교는 드물

게는 샤프하다지만 뭐랄까, 정결하고 차원 높은 양식의 신령한 복음들이 점차 핵심을 찔러 오면서 저항감을 유발시키기 일쑤였다. 말하자면 구속 안에서의 온전한 자유를 일컬음이었는데, 편협하고 이기적인 성향에 와 닿는 설교가 물리적 요소와 맞물려 심적 압박이 되어 왔다. 물론 자기 위주로 살아온 옹졸한 고집이 저항을 해 보는 것이겠지만, 목회자도 결국은 타고난 인격과 습득한 지식을 바탕으로 복음을 전달할 것이었다. 온전한 믿음과 성령에 감동된 설교를 한다고 해도 말이다.

거기다가 문득 그 일을 떠올리면 온몸에서 식은땀이 났다. 생각할수록 기가 막히고 어처구니가 없는 일이었다. 누구나가 할 수 있는 일을 못함으로써 엄청난 실수를 저질러 놓은 것이었다. 어찌되었든 돌이킬 수 없는 실수로 인해 여러 날째 괴로워하고 있었다. 어느 날 참여의식을 높여 주려 했는지 성경 봉독이 주어졌다. 봉독 구절은 고전6:9~20 아무래도 사탄이 훼방을 놓은 게 틀림없었다. 성경 읽는 회중이 갑자기 궁금해진 것이 문제였다. 엄숙하고 경건한 그 순간에 호기심이 발동했던 것. 차분히 성경 읽는 회중을 확인하고 눈길을 거두어들였는데 그만 읽어야 할 구절을 못 찾고만 것이었다. 어디를 읽었는지 알 수가 없으니 세상에 이런 난감할 일이……. 주목하고 있을 회중 앞에 이 무슨 결례이고 낭패란 말인가. 예배를 받으시는 하나님은 또 어떻고! 성경에 눈을 갖다 대고 들여다본들 읽어야 할 구절이 여기라고 돌출될 리 만무했다. 당황이 되자 눈앞이 캄캄하고 얼굴이 화끈거렸다. 그렇다고 누구에게 물어볼 수도 없었다. 침묵 또 침묵, 거대한 침묵의 늪이었다. 침묵의 참혹한 그 늪에서 독백처럼 이렇게 읊조렸다.

아아, 고상한 인격의 해체여!

기막힌 우월주의의 자존심이여!

쪽팔리는 몰골이여!

누군가 단상 아래서 소곤대는 소리가 들렸다. 양손으로 입을 모은 찬양대원이 나직이 11, 11 하고 알려 주는 것이었다. 간신히 도움을 받아 성경 구절을 읽어 내려갔다. 천만다행으로 짜깁기를 했다는 안도감에 봉독을 마치고 단상을 내려왔다. 붉은 카펫을 밟고 자리로 돌아오는데 서먹한 분위기가 이상하게 온 몸을 경직시켰다. 조용히 있어야할 회중이 아직도 두런두런 성경을 읽고 있는 것이 아닌가? 이건 또 무슨…… 잘못되었다는 것을 인지하는 순간, 이번에는 굴욕감을 느꼈다. 읽을 구절이 남았는데 다 읽은 줄로 착각하고 그만 단상에서 내려온 것이었다.

다시 단상으로 올라갈 도리밖에 없었다. 죽을 맛이었지만 그렇게 하는 것이 자리로 와 앉기보다는 덜 한심할 것 같아서였다. 정말이지 자리로 돌아왔을 때는 날카로운 바늘이 엉덩이를 향해 곧추서는 것을 느꼈다. 바늘은 엉덩이만 파고든 것이 아니었다. 자신의 어리석은 실수를 지켜본 많은 눈들 가운데 앉아 있자니 은혜로워야 할 시간이 생지옥이었다. 설교는 귓가를 겉돌기만 하고 찬양에는 감동되지 않았다. 어느 한 부분도 봉독을 망쳐 놓은 자신을 끼워 주지 않았다. 사람들이 신성한 예배를 망쳐 놓았다고 싸늘한 시선들을 보낼지도 몰랐다.

돌아오는 차 안에서 시종 말이 없던 윤성이 볼멘소리로 입을 열었다.

"읽은 덴 왜 또 읽었니?"

심장이 오그라드는 것 같았다.

"긴장해서 그렇지 뭐, 잊어버려라!"

솔직히 봉독을 망쳐 놓은 죄의식보다는 남들이 나를 어떻게 생각할까. 그것이 더 신경 쓰이고 고통스러웠다. 목사님은 실수 한 번 안 하는 사람은 매력 없어요, 라며 은근슬쩍 위로해 주었지만 엄연히 그것은 신성한 예배에 부응하지 못한 부족함의 소치였다. 그것은 가만 놔둬도 좋았을 초심자를 너무 일찍 단상에 세워 놓은 결과였다. 그것은 막 소생하는 정신이 감당하기에는 너무 힘들고 강렬한 빛이었다.

*

시간이 임박해서야 서랍을 뒤져 커버를 꺼냈다. 방석이라도 깨끗한 걸로 내놓고 싶은 마음이었다. 자투리 실을 모아 그간 틈틈이 짜둔 손뜨개 커버인데 마무리를 꿰매야 하는 일이 남아있었다. 굼뜬 손으로 급히 꿰매 나가는데 초인종 소리가 정신을 화들짝 깨웠다. 11시 7분이었다. 반사적으로 시계를 보고 일어나 모니터 영상을 보며 누구세요, 하고 현관으로 나갔다. 오실 손님이 온 것이지만 초조한 심정을 덜어보고자 하는 마음이었다.

센서 등의 밝은 불빛 너머로 뜻밖의 손님이 와 계셨다. 생각지도 못한 귀한 손님이었다. 그의 강렬한 눈빛을 받고 자신도 모르게 그만 고개를 숙이며 잠시 눈을 감았다. 아침 동산에 떠오른 밝은 해 같은 인상을 보니 가슴이 벅차고 만면에 함박웃음이 번져 나갔다. 어떻게 된 일인가? 그러니까 청량한 물속에서, 유리 바다에서 자신을 맞이했던 바로 그분이 아니던가! 온화한 눈빛, 강렬한 인상, 캄캄한 속에서 한 빛을 남기고 사라졌던 그가 지금 문 앞에 와 계셨다. 심장박동이 쿵쿵거리다 이내 멎는 것 같았다. 어떻게 내 집 앞에 와 계신 걸까! 우리 집을 다 오시다니…….

믿기지 않는 현실에 매우 기쁘고 황송해서 몸 둘 바를 몰랐다. 정신을 가다듬고 다시 고개를 들었다. 그런데 자신이 보았던 예수님이 아닌 것이었다. 예수님이 없어진 것이었다. 황망 중에 이쪽저쪽 정신없이 주위를 두리번거렸다. 그가 서 계시던 자리에는 대신 목사님과 윤희선이 어리둥절해하는 자신을 의아하게 보고 있었다.

"왜 그러는데?"

윤희선이 이상한 듯 물었다. 너무 뜻밖이라 자신도 모르게 그만 고개를 숙인 것이 후회막급이었다.

"아! 아니야……. 어서… 들어오세요."

반쯤 넋이 나간 상태로 그들이 들어올 수 있게 한쪽으로 비켜섰다. 그리고는 아쉬움에 현관문을 바로 닫지 못하고 복도 주변을 이리저리 살폈다. 정말 알 수 없고 모를 일이었다. 어떻게 짧은 한순간 예수님이 눈에 들어왔던 것일까. 순간적으로 눈이 밝아졌다 도로 어두워진 것일까. 목사님 모습에 예수님의 형상이 잠깐 겹쳐 보인 것일까.

마무리된 방석을 내어놓으며 보통 체수의 인상 좋게 생긴 목사님을 의미심장하게 바라보았다. 방금 내가 누구를 보았는지를 안다면 눈이 휘둥그레지시겠지. 아직도 얼떨떨하기만 한 이 믿기지 않는 사실을 얘기한다면 어떤 반응을 보이실까. 부엌에서 다과를 준비하면서도 온통 정신은 문밖으로 가 있었다. 강렬한 눈빛으로 내려보시던 온화한 얼굴을 잊을 수 없었다. 아쉬움과 미련 중에 오로지 한 모습이 각인돼 있었다. 혹여 잘못 본 것은 아니겠지, 하고 의구심을 갖자마자 어떤 확고한 의지가 강력한 부정을 나타냈다.

의도치 않았던 목사의 심방은 생각지도 못한 사건을 가져왔다. 예수님을 맞게 됨으로써 앙금은 눈 녹듯 사라지고 마음도 자연 치유되었다. 그간의 일들은 벌써 다 소멸돼 버려 아무 흔적도 남아 있지 않았다. 거실에는 윤희선과 존경하는 목사님이 앉아 계셨고, 집 안에는 예수님의 잔상이 가득 퍼져 있었다. 그 향기에 온전히 사로잡혀 다른 아무것도 생각할 수 없었다.

10.

공중에서 들린 굉음과 음성

무더위가 기승을 부리는 주말 오후였다. 조금만 움직여도 땀이 절로 배어 나왔다. 무더위 때문인지 만사가 귀찮아져 꼼짝하기가 싫었다. 축 늘어짐을 방해하는 전화벨이 그때 요란스럽게 울렸다. 연거푸 울리도록 아무도 받는 사람이 없자 전화기에서 네가 제일 가깝잖아, 하고 작은아이에게 신호를 주었다. 휴식을 침해받지 않으려고 서로 모른 체 버티는 중이었다. 마지못해 전화를 받은 작은아이가 퉁명스럽게 전화기를 갖다 주었다.

"엄마 잔다고 그래."

윤성의 전화였다. 아마 의례적인 내용의 전화일 것이었다. 그런데 아이는 전화기를 붙들고 놓아주지를 않았다.

"그냥 끊으라니까! 별다른 얘기 없으면!"

아이는 무슨 똥고집인지 고집스럽게 버텼다. 그런 아이를 못마땅히 여기며 소파에서 일어나 바닥으로 내려앉았다. 이발소엘 들렀다 온다든지 뭐 그런 식상한 얘기겠지. 주말이라고 해봐야 무슨 이벤트가 있나, 즐거운 오락이 있기를 하나. 언제나 의례적인 그의 전화는 받기도 싫고 짜증이 났다. 생각이 좀 있는 남자라면 모처럼 주말이고 하니 밖으로 좀 불러내어 기분 전환이라도 시켜 주면 어디가 덧나. 결국 네 엄마의 이런 적의에 찬 행동은 다 네 아빠로부터 야기된 거란다. 그런데 아이는 이런 마음을 아는지 모르는지 갑자기 목청을 높여 수화기에다 대고 소리를 질렀다.

"아빠! 엄마가 자지도 않으면서 그냥 잔다고 그러래!"

"어휴, 저게······."

손이 닿지 않을 정도에서 아이는 혀를 날름거리며 눈을 흘겼다. 흘기는 눈가에는 어른이 그러면 쓰나요, 하는 얄미운 심보가 들어 있었다. 휴식이 침해당한 걸 나름대로 되갚아 주는 모양이었다. 아이에게 책잡힌 것을 떨떠름히 여기며 몸을 돌려 누웠다. 다른 것보다도 우선은 쏟아지는 잠 속으로 빠져들고 싶었다. 무슨 강력한 수면제를 흡입한 것처럼 심신은 늘어지고 눈꺼풀은 천근만근이었다. 큰아이도 책가방을 거실에 던져 놓고 아무렇게나 현관 앞에 누워 있었다. 작은아이는 거실 한복판에서 이리저리 뒹구는 중이었다. TV가 떠드는 소리가 점점 멀어지며 걷잡을 수 없이 잠 속으로 빠져들었다.

1)

난데없는 그릇 깨지는 소리가 와장창 들렸다. 연이어 날아든 젊은 여자의 앙칼진 비명도 귀에 거슬렸다. 그러더니 이번에는 온갖 집기를 한꺼번에 내던지는 된소리가 귀를 번쩍 뜨이게 했다. 뭔가에 부딪쳐 쏟아져 내리는 소리였다.

어디서 싸움이라도 났나? 하고 귀를 쫑긋해 보는데 이번에는 또 다른 여자의 쉰 악다구니가 거칠게 날아들었다. 깔깔대는 여자의 방정맞은 웃음도 온몸을 소름끼치게 했다. 그 위에 기선을 제압하려는 남자의 걸쭉한 목소리가 엄포를 놓았다. 건장한 사내의 육탄공세가 가세한 살벌한 집안싸움 같았다. 그야말로 베란다 밖에는 한바탕 시끌벅적하고 난리도 아니었다. 눈으로 보지 않아도 빤한 이웃집의 그렇고 그런 집안싸움인가 싶다가도 온갖 시끄러운 소리로 보아 단순한 집안싸움 같지는 않았다. 벌건 대낮에 그것도 노상에서 벌어지는 집단 패싸움 같은 건가?

'누구야……. 이 벌건 대낮에.' 하면서 불만스럽게 몸을 일으켰다. 화단 앞 어디쯤이라 예상하고 베란다로 나갔다. 살벌한 현장을 잡기 위해 목을 길게 빼고 아파트 밑을 내려다보는데 그럴 만한 광경은 얼른 눈에 들어오지 않았다. 어찌된 영문인지 아파트 공원은 이상할 정도로 한산하고 태평무사하기만 했다. 황량한 바람이라도 일고 지나간 것처럼 도리어 고요한 적막강산이었다. 온갖 거슬리는 소리들로 보아 분명 큰 싸움이 벌어졌어야 했는데, 그럴 만한 광경은 사방 어디를 둘러보아도 시야에 들어오지 않았다. 도리어 황량한 기운과 알 수 없는 기괴함이 목을 길게 빼고 내려다보는 자신을 휘감는 듯 오싹한 기운이 목덜미로 느껴졌다. 그렇다면 방금 들었던 소리들은 다 무엇이며 깔깔대던 여자의 방자한 웃음은 뭐였지?

무엇에 꼭 홀린 기분이었다. 가증한 어떤 실체에게 농락당하는…….

2)

정돈된 집기들이 자는 듯 눈 아래에서 흐리멍덩했다. 해괴한 온갖 언어들로 가득 찬 집안……. 무엇일까에 골똘하며 거실을 배회한 지도 벌써 오랜 시간이 지났다. 음흉한 눈이 지금도 어디서 자신을 지켜보고 있을 것 같은 개운치 않은 이 기분! 그리고 너무나 쉽게 농락당해 버린 자신의 얄팍한 귀와 석연치 않은 기운들……. 극도로 신경이 날카로워져서 이토록 오래 묶여 골똘해 보기는 처음이었다. 도대체 원인 모를 이 기분 나쁨은 어디서부터 오는 걸까. 개운치 않은 기분으로 다시 창가 쪽을 향해 발길을 돌리는데, 갑자기 시야에 넓게 들어오는 마당이 있었다. 확연히 들어오는 마당을 본 것과 동시에 어떤 한 소년이 집안으로 들어오고 있었다. 홀연히 웬 낯선 소년이 안마당으로 들어오는데, 정경은 꼭 고향 마당을 마루 끝에서 내려다보는 것 같았다. 마당으로 들어오는 소년을 의아해하는데, 본당 앞까지 들어온 소년은 불쑥 이런 말을 던졌다.

"저기 뒷집에서 오라는데요!"

소년은 그 말을 하고는 돌아서나가는 것이었다.

"아니, 저기?"

궁금한 것을 더 물으려는데 소년은 벌서 안마당을 저만큼 벗어나고 있었다. 그 전갈을 받고 기분이 더욱 나빠졌다. 어디서 누구의 심부름으로 왔다든지 무슨 설명이 있어야 하는 것 아닌가? 그리고 할 말이 있으면 자기네늘이 올 것이지 누구디러 오라 가라 한담! 가뜩이나 심경이 착잡해 있는 마당에 전갈을 받고 안 가자니 그렇고 가자니 또 기분이 찝찝했다. 그렇지만 안가면 또 사람을 보낼지 몰라 일단 가 보기로

하고 집을 나섰다.

흔히 영화에서 보는 것처럼 그 집은 베란다를 통해 난간을 부여잡고 가게 돼 있었다. 눈을 돌려 발밑을 내려다보면 천 길 낭떠러지처럼 아래가 까마득하게 보였다. 위태로운 구간을 아슬아슬하게 통과하고 나자 걷기가 완만한 경사길이 나왔다. 한적한 언덕길을 올라 고개를 한참 내려가니 평평한 오솔길이 나왔다. 노적가리와 목재더미가 군데군데 평화롭게 쌓여 있었다. 길 아래쪽으로 낭만적인 관솔 숲이 운치 있게 들어왔다. 비탈진 언덕으로 넓게 퍼져 올라간 관솔 숲을 호젓하게 걷는데 마음은 편치가 않았다. 원인도 모르고 불려가는 데서 오는 불안감이었다.

그런 기분은 여지없이 들어맞고 있었다. 싸리나무로 엮은 깔끔한 정경의 소박한 울타리를 돌아 그 집 대문으로 막 들어섰을 때였다. 마루 끝에 서 있는 남자가 들어오는 자신을 향해 눈을 부라리며 씩씩거리고 있었다. 살기가 등등한 남자의 무서운 눈초리였다. 그 처인 듯 보이는 여자도 싸늘한 냉소를 머금고 곁에서 자신을 노려보고 있었다. 서슬 퍼런 남자 눈에는 그야말로 핏발이 성성하고 살기가 등등했다. 그렇지만 도무지 무슨 영문인지를 알 수 없는 까닭이라 이 사람들이 왜 이러지? 내가 뭘 잘못했나? 하고 의아해할 뿐이었다. 급기야 험악한 남자 입에서 터져 나오는 말은 가관이 아니었다. 어리둥절해 있는 자신을 향해 그는 삿대질을 해 대면서 분을 삭이지 못했다.

"당신 집에 있는 먼지가 모두 우리 집으로 날아왔단 말이요. 얼른 도로 가져가시요!"

"……?"

무슨 말인지를 감 잡지 못해 더욱 난감해졌다.

"집수리하느라고 당신들이 얼마나 많은 먼지들을 내었소! 그 먼지가 우리 집으로 모두 날아왔단 말이오!"

점점 알 수 없는 소리였다. 이 무슨 해괴하고 얼토당토한 말인가. 집수리하느라고 먼지라니? 심한 모욕감을 느끼고 마당을 나오는데 머리가 띵하고 어지러웠다. 자신은 지금껏 집수리를 한 적이 한 번도 없었다. 대체 무엇을 두고 하는 소리였을까. 혹시 자기들이 마시는 공기를 내가 더럽혔다는 얘긴가? 도통 감이 오지를 않아 머리만 혼란스럽고 지끈거렸다. 섬뜩한 것은 지금 저들이 극도의 살의를 품고 그 분함을 어쩌지 못해 씩씩거린다는 점이었다. 또한 액면 그대로 저들의 말을 받아들인다 해도 어떻게 그것을 거둬들일 수가 있을까. 포대에 담아 나를 수도 없고 선풍기로 날려 버릴 수도 없는 일이었다. 정말 해괴하기 짝이 없고 말 같지도 않은 개소리를 지껄인 남자였다. 하등의 가치도 없는 인간들 같으니라고!

무시해 버리고 돌아오는데 그나마 있었던 의욕마저 완전히 상실해 버렸다. 맥을 놓고 앉아 있으려니 괜히 부아가 치밀고 기분이 더러웠다. 에라, 모르겠다, 잡친 기분에 거실 바닥에 벌렁 누워 분을 삭이는데 어떻게 된 영문인지 천장은 열려 있고, 번잡한 도로 한가운데 자신이 누워 있었다. 마치 사람들이 오가는 길 복판에다 거실을 벌려 놓은 것 같았다.

'기분이 엉망이니 별 괴상한 현상이 다 보이는군. 뭐 일시적인 착각

일 테지. 잠깐이면 모든 것이 정상으로 돌아올 거야!'

양옆으로는 끊임없이 사람들이 오가고 지나갔다. 윗몸을 일으켜 저만치 앞을 내다보니 군대처럼 한 무리의 집단이 먼지를 뽀얗게 일으키고 몰려오고 있었다. 마치 퇴근 무렵의 러시아워 같았다. 그들은 지하철에서 올라와 곧바로 이쪽을 향해 걸어오는 듯 보였다. 저들 앞에 누운 내 꼴이 참으로 우스꽝스럽기 짝이 없거니와, 나는 먼지 구덩이에 누워 무엇을 어쩌자는 것일까. 개중에는 집안을 들어와 이곳저곳을 살펴보고 나가는 사람도 있었다. 그 일방적 행동을 받아들일 수 없으면서도 나는 싫은 기색도 못하고 속이 상해 투덜거렸다. 내가 도로상에다 침상을 편 일이 없고, 소중한 내 집을 개방하지도 않았는데, 이 무슨 해괴하고 낭패한 꼴들인지 점점 알 수 없는 노릇이었다.

다시 무리 속을 살피니 평상복 차림의 목사님도 인파 속을 헤쳐 오고 있었다. 얼른 몸을 일으켜 세우려다 도로 어정쩡한 자세로 누우며 생각하기를 저분도 이곳을 들러 가시려는가, 하고 생각했다. 목사님도 이쪽을 의식한 듯 잠시 주춤하는 기색이 보였으나 곧 인파 속에 묻혀 버리고 말았다. 왠지 서운함과 함께 다행이라는 복합적인 기분이 들었다. 진정한 본의는 어디서 상실되었는지 몰랐다. 일상의 평화로움이 깨지고 하루는 점점 난장판이 되어 가고 있었다, 이 알 수 없는 현상들은 어쩌자고 나를 혼란으로 몰아가는가! 머리가 돌아 버릴 지경이었다.

3)

　이삼층 높이의 난간이었다. 반달 모양으로 생긴 난간에서 커다란 매장이 내려다보였다. 유리벽 안에서 많은 사람들이 오가고 있었다. 그곳의 전체적인 분위기는 아주 깔끔하고 세련된 양상을 보였다. 고급 브랜드 제품과 여러 생필품을 두루 갖춰놓은 대형 백화점 같았다. 사람들은 여유롭고 쾌적한 공간에서 자유롭게 오가며 쇼핑을 즐기고 있었다. 매장 안에는 리드미컬한 음악이 저들의 구매욕을 한껏 돋우고 있었다.

　실내 중앙으로부터 내려온 웅장한 크리스털 장식이 눈앞에서 화려한 자태를 뽐내고 있었다. 그것은 오색찬란한 광채를 발하며 사람들의 시선을 유혹하고 있었다. 웅장하고 화려한 샹들리에였다. 그 섬세하고 화려한 샹들리에 사이로 먼발치에서 끊임없이 사람들을 몰려왔다. 그곳은 지하철에 직결된 통로인 양 많은 사람들이 끊이지 않고 밀려들었다. 사람들은 매장으로 들어갔고, 일부는 곧장 걸어 나와 난간 쪽으로 다가오고 있었다. 매장에서 나오는 사람들도 거기에 섞여 시종 화기애애하게 이쪽을 향하고 있었다.

　매장의 그런 광경들을 하릴없이 지켜보며 심중에 생각하기를 저들은 왜 쇼핑도 않으면서 굳이 혼잡한 이곳으로 들어오는 걸까? 다른 어떤 곳으로 가는 길이 있나? 하고 의아해할 뿐이었다. 그러다가 문득 고개를 들어 복잡다양하게 얽힌 매장 위를 바라볼 때였다. 갑자기 어떤 알 수 없는 전운이 감돌았다. 그것은 눈에 보일 듯 말 듯 형체도 알아볼 수 없이 뿌옇게 떠도는 물체였다. 음산하고 음울한 기운의 사악함이 느껴졌다. 스모그처럼 공기 중에 떠 있다가 여차하면 내려와 매장을 장악할 가공할 위력을 가지고 있었다. 그것은 또 짐승처럼 "우우우." 하는 알 수 없는 소리를 연발하며 매장 위에서 자기 존재를 알리고 있었다. 비겁하고 사악한 노림수였다. 사람들은 그 사실을 아는지 모르는지 쇼핑에만 눈길들이 머물러 있었다. 잠시 후면 가공할 위력이 이곳의 평화로움을 깨고 잠식해 버릴 것이란 걸 모른 채.

그러나 그런 징조가 아이러니하게도 어떤 불안감을 주지는 않았다. 난간을 부여잡고 좀 더 허리를 구부려 저들에게 접근을 시도해 보았다. 어찌되었든 모두가 당할 수밖에 없는 명백한 현실 앞에 사람들은 어떤 대응을 하고, 어떤 생각으로 이 난관에 봉착할 것인가를 보고 싶어서였다. 그런데 호기심 어린 눈으로 몸을 구부려 저들을 내려다보는 순간 그만 소스라치게 놀라며 기겁을 하고 말았다. 아연실색할 노릇이 저들 안색에 있었기 때문이었다. 어떤 사악한 괴물이 몸속에 들어 있는 것처럼 모두의 얼굴이 사색이 돼 있는 것이었다. 그것은 예상하지도 못했고 보기도 끔찍한 일이었다. 수심 깊은 얼굴에는 목숨만 겨우 붙어서 힘들게 살아가는 모습이 역력해 보였다. 저들에게서 생기는 찾아볼 수 없었다. 어떤 돌파구도 없는 시름의 늪에서 숨만 겨우 쉬고 살아가는 존재랄까. 더 놀라운 사실은 저들이 그렇게 살면서도 도와 달라고 비명조차 지르지 못한다는 점이었다. 그런데 도리어 그것이 소리 없는 비명으로 와 닿았다.

먼발치서 본 것은 그저 자유롭고 활기찬 군상이었다. 쾌적한 공간에서 쇼핑을 즐기며 여유를 찾는 사람들. 행복과 그것을 누릴 권한, 개인 삶의 수준이 능력에 따라 차등되는 현실에서 자기 부상을 꿈꾸며 열심히 노력하는 사람들. 그런 도시민의 선량한 목숨을 움켜쥐고 숨통을 조이는 가공할 실체는 어디서 떨어져 나온 사악함일까. 더욱이 말못 할 저들의 고민과 힘든 실정이 상실감으로 안색에 나타나 있지 않은가! 그것이 안타깝고 가슴이 아팠다. 그들의 사색이 된 얼굴은 내부 고통이 얼마나 치열하고 처절한가를 보여 주고 있었다.

곧 다가올 엄청난 재앙 앞에 별 생각 없이 아래를 내려다본 것뿐인데, 거기에는 더 끔찍한 실상이 벌어지고 있었다. 사악한 그것이 어떻게 저들 속에 있을까를 고민해 보았다. 진드기처럼 달라붙었을까? 호흡으로 들어갔을까? 자정 능력이 없는 인간의 몸은 저렇게 사악한 것의 도구일 수밖에 없는 것인가? 스스로는 결코 벗어날 수 없고 방어할 수도 없는 것인가. 그렇다면 지금껏 저들이 보였던 자신감은 무엇이며 그 우아한 아름다움은 어디서 나왔다는 말인가. 결국 욕망만을 추구하는 인간의 허울과 화려한 포장에 불과했다는 말인가. 그렇다 해도 이해가 되지 않았다. 어떻게 사악한 그것이 사람 몸속에 들어가 정신을 어지럽히며 영혼을 망가트릴 수 있을까.

거기까지 생각하고는 돌연 다급함을 느꼈다. 저대로 두면 금세 소중한 목숨까지 사악한 것에게 내주어야 할 판국이었다. 촉각을 다투는 일에 몹시 다급함을 느끼며 난간에서 허리를 구푸리고 지나가는 사람들을 향해 소리를 냅다 질렀다.

"어서들 빨리 이 난간으로 올라오세요! 어서요! 그렇지 않으면 당신들은 모두 죽어요!"

아래를 향해 목이 터져라 외쳐 대지만 사람들은 이상하게 별 반응이 없었다. 바로 위인데도 산만한 주위 때문인지 화급을 다투는 목소리는 저들에게 제대로 전달되지를 않았다. 여전히 자기 속에 갇혀 사색된 모습으로 허깨비처럼 지나가고 있을 뿐.

4)

혼란에서 벗어난 듯 머릿속이 아득하고 흐리멍덩했다. 아련히 먼 길을 떠나온 것도 같았다. 그런 아득한 기분으로 주위를 보니 유년의 집 앞에 자신이 와 있는 것이었다. 가운데 부분이 무너진 돌담 너머에서 집을 향해 서 있는…….

수백 리를 달려온 느낌도 없는데 어떻게 여기 왔을까를 생각하며 지붕 위를 올려다보니 용마루 위로 솟아오른 살구나무가 웬일인지 스산해 보였다. 뭔가 알 수 없는 기류에 싸여 있는 듯 기괴스러웠다. 이 적막강산의 고요함은 어디서 오는 것일까. 아늑하고 정겨웠던 동산 언덕, 유년의 놀이터였던 우묵 배기, 길목과 논밭도 웬일인지 음울하고 스산해 보였다. 마당에는 금세라도 닭이 푸드덕거리며 날아오를 것만 같고, 어디서 개 짖는 소리도 들려올 법한데 동네는 전연 아무 소리도

들리지 않았다. 텅 비어 있는 느낌이었다. 마치 사람들이 어디론가 전부 피난 가고 없는 듯 했다. 땅 위에나 땅 밑에 있는 생명체들, 높이 나는 새들, 호흡이 있는 모든 것들은 그 움직임을 멈춘 지 오래인 것 같았다. 참으로 기괴하고 이상한 정황이었다.

그때 난데없이 힘찬 물줄기가 시야로 들어왔다. 폭포가 쏟아져 나오는 듯 거센 물줄기가 좁은 틈새에서 콸콸 솟구쳐 나왔다. 이웃집과의 경계가 둔덕으로 높이 조성된 헛간 앞의 처마옆구리였다. 폭포처럼 쏟아져 나오는 물줄기를 멍하니 그저 바라보고 있는데, 그렇게 나오기 시작한 물이 금세 수채로 들어가 도랑을 메우더니 마당 앞의 큰 논가로 쏜살같이 흘러 들어갔다. 신기하다 싶어 앞으로 가서 들여다보니 힘찬 물줄기 때문에 물의 근원을 볼 수가 없었다.

아무래도 홍수가 났나 보다고 생각했다. 그런데 화창하고 이렇게 맑은 날 홍수가 나다니 참말로 이상하지 않은가? 이러다가는 온 동네가 금세 물에 잠기겠어!

다급해져서 어떻게 할지를 모르고 우왕좌왕하는데 벌써 물은 발목을 적시고 종아리를 올라와 스멀거렸다. 멀리 눈을 들어 살피니 이웃집 소유의 널따란 논과 밭이 강처럼 창일하고 있었다. 어떻게 이런 일이……! 온 동네는 삽시간에 물바다가 될 판이었다. 너무도 창졸간에 일어난 일이었다. 그런데 어찌된 일인지 하늘에는 구름 한 점 보이지 않고 맑은 날씨가 창창하기만 했다. 두려움과 불안이 은근히 앞서는데 이상하게 정황의 기류는 태평을 이루는 것이었다.

'아니, 그런데 저 애들은?'

그때 두 아이가 불안한 시야로 들어왔다. 돌담 옆에 형성된 계단 위에서 두 아이가 놀고 있는 것이 보였다. 한 아이는 계단 위쪽에 앉아 있고, 한 아이는 서너 계단 아래에 서서 태평하게 고개를 돌려 동네를 보는 모습이었다.

이 난리 통에 저 애들은 과연 저러고 싶을까? 거기다가 겉옷도 입지 않은 내복 차림이었다. 얼른 집에 들어가 옷이라도 꺼내다 입혀야겠어, 하며 부리나케 집으로 뛰어 들어가려다 말고 그 자리에 도로 멈춰 섰다. 문득 뇌리에 스치는 구절이 있었기 때문이었다. 그래, 무얼 걱정해! 하며 마음을 느긋이 먹었다. 그러자 불안이 점차 가시고 안정이 되는 것이었다.

5)

방안이 어둑한 탓에 창문 역할을 하는 쪽문 앞에 앉아서 뭔가를 꿰매었다. 한낮인데도 방안이 어둑한 것은 오래된 초가의 특성 때문이었다. 세월의 무게를 이기지 못해 축 늘어진 처마하며 천장 낮은 지붕, 장지문에 덧바른 창호지가 방안을 어둡게 하는 요인들이었다.

행위의 단조로움은 정신을 무아의 경지로 만들었다. 아무도 없는 방안에서 홀로 뭔가에 심취하며 오래도록 자기를 방치해 놓는 것. 그런 무념무상의 비움 상태는 오로지 행위만 있을 뿐 의식은 느끼지 못하는 무아의 상태였다.

그때 재빨리 뭔가가 방안을 스쳐 갔다. 그것 때문에 퍼뜩 의식이 돌아와 고개를 들며 방안을 둘러보았다. 확실하고 분명한 무엇이었는데, 뭘까 하며 반사적으로 방안을 들러보았지만 이렇다 할 흔적을 발견하지 못했다. 적막한 공간에 적요 말고는 달리 눈에 들어오는 것은 없었다. 윗목에는 빛바랜 장롱 위에 낡은 이불들이 가지런히 개켜 있고, 그 위로는 전깃줄로 엮어 만든 엉성한 선반 위에 생활 도구들이 얹어 있었다. 또 북면 벽에는 다양한 표정의 액자 사진과 옷가지가 너저분하게 걸려 있었다. 달라진 것은 아무것도 없어 보였다. 어떤 강렬함이 의식을 번개같이 스쳤는데 그것을 알아차릴 수가 없었다. 참 이상도 해라, 하면서 그 석연치 않음에 고개를 갸우뚱거리며 다시 하던 일로 눈길을 가져가던 그때!

헉! 하며 소스라치게 놀라서 벌떡 일어났다. 그러고는 손을 뻗어 방문을 벌컥 열어젖히며 용수철처럼 마당으로 뛰쳐나갔다. 생전에 그토록 다급하고 흥분되는 일은 처음이었다. 얼른 알아차리지 못해 지체되었던 시간……. 그 시간이 길었고 반응하는 속도는 굼뜨기만 했다. 그리고 늦었을지도 모른다는 절망적인 생각이 화급을 다투게 했다. 자신을 깨운 그것이 무엇이었나를 비로소 알아채고는 황망히 뛰어나가며 정신을 가다듬었다. 물이 솟구쳐 나오던 장소를 바라보던 바깥마당이었다.

아직 거두지 않은 하늘의 영광이 남쪽 상공 위에 떠 있었다. 영광은 심히 밝은 빛 가운데 그 나라를 천상에 드리우고 조용히 한 존재가 나오기를 기다리고 있었다. 심히 떨림과 흥분되는 마음으로 가슴이 벅차올라서 경탄에 마지않았다. 영광은 천상에서 한 존재를 초연히 응수하며 내려다보고 있었다. 천상의 무한한 영광 앞에 백골이 난망한 피조물이 어찌할 줄 모르고 심령이 파닥거렸다. 그 나라는 천상에 한 주요 부분을 드러내며 가장자리를 구름으로 두르고 있었다.

천상에서 내려오는 찬란한 빛이 장엄하였다. 그 장엄한 광선은 공중을 관통하고 지상을 비추며 윗동네와 언덕배기의 모든 시설물들을 한

꺼번에 일깨웠다. 윗동네는 그야말로 광명한 천지이고 아름다운 새 세상이 되었다. 이제껏 알 수 없었던 이상한 전운이나 음울했던 기류들, 침잠에 빠졌던 동네도 그 밝은 빛 앞에 말끔히 깨어나 있었다. 장엄하고 찬란한 빛 앞에 어느 것 하나 드러나지 않는 사물은 없었다.

그 후에 또 다른 혼란이 찾아왔다. 급박하게 돌아가는 세상 정세와 숨 가쁘게 지나갔던 혼돈의 몇몇 시간들! 석별의 아쉬운 그것은 아련히 멀어지는 세상 뒤안길의 정들었던 모든 것과 작별을 고해야 한다는 것. 그리고 준비 없이 맞닥트린 새날 앞에서의 어수선함과 일대 혼선이 빚는 희비의 엇갈린 교차가 심적 공황을 가져왔다. 한시도 머무를 수 없고 미적거려서도 안 되며, 다시는 돌아갈 수도 없으리라……

더욱이 엄청난 충격에 휩싸인 것은 방금 전에 목도한 일대 사건 때문이었다. 목전에서 태양의 그 허망한 모습을 보고 아연실색하며 내리게 된 결론이었다. 장엄한 빛의 광선은 최고조에 달한 태양을 단숨에 촉수 낮은 전구의 흐릿한 밝기로 전락시켜 놓았던 것.

거대한 불덩어리인 태양을 장엄한 빛의 광선은 아무 힘도 들이지 않고 그 막강한 에너지를 소멸시켜 일개의 피조물로 전락시켜 놓은 것이었다. 거대한 몸체가 하늘 엄위 앞에 쪼그라드는 것은 이루 말할 수 없는 충격이고 엄청난 아픔이 아닐 수 없었다. 지금까지 온 인류와 함께 공존해 오며 장구한 세월을 운행해 왔던 사물의 왕 태양이 아니던가! 그 막강한 에너지의 불덩어리를 어떻게 단숨에 그리도 허망하게 위축시켜 버릴 수가 있더란 말인가!

언제 나왔는지 이웃 마당에도 하늘의 영광을 보는 사람들이 있었다. 네다섯 명으로 보이는 그들은 하얀 옷을 입고 경건한 자세로 하늘의 영광을 보고 있었다. 나란히 서서 경배하는 모습이 인상적이었다.

꽹음이 울린 것은 저들도 나처럼 깨어 나왔나 보구나 하고 생각할 즈음이었다. 엄청난 꽹음이 온 천지사방을 뒤흔들었다. 지축이 흔들렸고 땅이 꺼질 듯 위태로운 가운데 산들이 소리를 내며 요동을 쳤다. 꽹음은 삽시간에 온 천지사방을 갈아엎고 쑥대밭을 만들 것 같았다. 앞산이 굉음 호령에 떠나가고 다른 산들이 먼 데서 이동하며 움직이는 것이 포착되었다. 그리고 세미한 음성이 뒤이어 들려오자 엄청난 굉음은 서서히 물러가는 기현상을 보였다.

세미한 음성은 살구나무가 있는 상공 위에서 직선으로 내려왔다. 사람들은 사상초유의 사태 앞에 어찌할 줄 모르고 우왕좌왕 초죽음이 되었다. 나 역시 달음박질도 못하고 그 자리에 얼어붙은 채로 몸을 조아렸다. 이웃 마당에 있는 사람들도 얼핏 그렇게 하는 것이 느껴졌다. 돌아볼 여지도 없는 급박하고 혼비백산할 위급 지경이었다. 풍전등화의 위태로움이 등짝에서 서늘하게 느껴졌다. 실존자의 엄청난 위엄 앞에 피조물이 할 수 있는 일은 고작 그런 행위뿐이었다. 이제는 꼼짝없이 죽었구나 하고 숨도 멈추며 벌벌 떨고 사태를 직시했다. 그 와중에도 정신은 가지고 있어 사태를 직시할 수 있는 것이 신기했다.

풍랑이 잦아들듯 엄청난 굉음이 떠나가고 세미한 음성이 조용한 가운데 들렸다. 상공 위에서 들려오는 세미한 음성은 바람을 타는 듯 멀어졌다가 다시 확실해지며 맑은 물소리 같은 소리를 내었다. 세미한 음성에 온 신경을 곤두세우며 한 부분이라도 놓칠 새라 초긴장하며 경청을 하였다. 영혼 위로 엄습하는 차분하고 숨 막히는 음성이었다. 초자연적이고 심오한 음성 속에는 잘은 모르겠으나 엄위와 권능, 지혜와 사랑, 무한한 영광과 정결한 의가 내포돼 있었다. 음성은 태초부터 영원까지 유일무이한 공의의 선한 재판장이심을 나타내었다. 사랑의 포괄적인 음성을 초지일관 경청하며 심히 떨림과 두려움으로 무한 경외감을 느꼈다.

6)

연이어 하늘 전쟁이 일어났다. 캄캄한 속에서 아비규환을 이루는 외마디와 단말마가 아득히 귓전에 날아들었다. 밤하늘을 올려다보니 암흑천지 속에서 불꽃이 튀고 섬광이 산발적으로 터졌다. 금강석을 깔아 놓은 듯 화려했던 은하계가 졸지에 먹처럼 검어지고 혼탁한 전쟁터로 돌변한 것이었다. 따라서 암흑으로 뒤덮여 버린 세상은 한 치 앞도 분간하기 어려웠다.

캄캄한 길 위에서 아득히 먼 하늘을 올려다보며 불안감에 휩싸이고 두려움에 떨었다. 하늘 위에서 벌어지는 전쟁이라 그 두려움은 지상의 전쟁과는 또 다른 근심의 어두운 빛이 되었다. 세상이 떠나갈 뜻 날벼락이 빗발치고 천둥과 굉음이 공중을 쉴 사이 없이 자나갔다. 번개가 하늘 이편에서 저편으로 끊임없이 전광석화처럼 날았다. 숨 돌릴 겨를도 없는 저 위 꼭대기에서의 암흑전쟁이었다. 산발적으로 터지는 섬광도 그곳 전쟁의 상황이 어떠한가를 부분적으로 비쳐 주었다. 세상을 장악했던 사탄의 무리와 하나님의 군대가 그 마지막 접전을 놓고 치열히 싸우는 중이었다. 대기 속에서는 전쟁으로 말미암은 검댕과 파편 조각이 흉물스럽게 낙하하고 있었다. 눈앞에서 멀리 날아 떨어지는 파편 조각들을 보며 혼자 심중에 예견하였다. 사탄의 공작은 이제 그 마지막이 될 것이라는 것. 승리는 우리 하나님의 선한 군대라는 것.

느닷없이 한 흉물이 나타났다. 너무나 끔찍해서 몸서리가 쳐졌다. 얼굴에 닿을까 봐 은근 겁이 났다. 끔찍한 흉물은 바로 코앞에 있었다. 두둥실 떠서 흉측한 자기 몸을 보란 듯이 보여 주고 있었다. 풍선처럼 빵빵한 배, 혐오스런 몸짓, 펑퍼짐한 모습으로 히죽대는 표정, 고무와도 같은 누런 표피는 보기에도 메스껍고 여간 징그러워 보이지 않았다. 못생겨도 저리 못생긴 추물이 있을까 싶을 정도였다. 보는 것만으로도 그것은 혐오스럽고 속이 니글거렸다. 거기다가 배열도 맞지 않은 이상한 대비는 우스꽝스럽게까지 보였다. 어쩌면 인간의 더러운 근성과 짐승의 추한 부위를 조합해 아무렇게나 빚어 놓은 흉물 같았다. 그리고 옹이 진 두 팔과 짤막한 다리가 너무 이상하고 징그러웠다.

그런데 갑자기 끔찍한 일이 눈앞에서 벌어졌다. 빵빵하던 배가 칼로 그은 듯이 쫙 갈라지는 것이 아닌가! 더럽고 역겨운 것들을 생각하고 얼른 눈을 감아 버렸다. 토악질이 올라올 것 같았다. 그런데 이번에는 또 갈라진 배를 천연덕스럽게 봉합하는 것이 아닌가! 아무렇지도 않게 남의 살 꿰매듯이 듬성듬성! 안면에는 그 특유의 느물거림과 히죽거림까지 머금고!

8)

　동산은 바람 한 점 없이 무료하기만 했다. 너른 동산에 퍼져 있는 것은 따가운 햇살과 아지랑이뿐이었다. 간혹 제멋대로 생긴 바위가 성근 들풀에 가려 조는 듯 멀리서 들어왔다. 피로가 완연한 몸으로 동산을 걸어가고 있었다. 좀 쉬었으면 하고 둘러보지만 쉬어 갈 그늘도 마땅히 없는 민둥산이었다. 지치고 나른한 몸으로 한나절을 걸어 고즈넉한 능선에 오르자 시원한 강물이 저 아래로 들어왔다. 숲이 울창한 산 밑으로 잔잔한 강물이 평화롭게 흘렀다. 굽이도는 강줄기를 따라 산마루를 호젓이 오르는데 경관에 심취된 감성이 하얀 만개를 이루었다. 누군가 꼭 동행하고 있을 것 같은 난데없는 생각을 하면서. 인적 없는 산길에 동행이 있을 리가 만무했다.

　조금을 더 오르자 강기슭은 거기서 멀고 하늘은 대기 위로 높았다. 돌아보면 높은 산새 오름에 걸어온 길이 까마득하고, 하얗게 바랜 심장은 더욱 희어져 알 수 없는 벅차오름에 가슴이 뭉클거렸다.

　산정을 내려가 당도한 것은 어느 낯선 고갯마루였다. 녹음 사이로 촌락이 보이는 고갯마루에 걸음을 멈추고 섰다. 울창한 잣나무가 군락을 이루고 튼실한 가지들이 운치를 이루는 곳. 그 울창한 나무 사이로 시원하고 차가운 바람이 들어왔다. 나른한 심신에 청량감을 만끽하며 나무에 손을 얹고 들녘 사방을 바라보았다. 해가 서산마루에 기울고 산자락에 어둠이 내려앉고 있었다. 언덕 밑으로는 낯설지 않은 초가 몇

채가 어슴푸레 옹송그려 있었다. 조용하고 한가로운 저녁 풍광이었다. 안온하게 저무는 저녁 풍광에 짙은 향수를 느끼면서 괜스레 서글픈 단상에 젖었다. 먼 길 돌아 이곳 산마루에 당도했건마는 아직도 가야 할 길은 멀고 쉴 곳을 알지 못하는데 심신은 늘어져 있었다. 사위가 점점 어두워지며 땅거미가 내려앉고 있었다.

9)

참으로 불가사의한 일이었다. 황량한 벌판을 걸어가다 돌연 어둠에 갇혀 버렸다. 언덕을 내려와 허허벌판이 눈에 들어왔는데 갑자기 어둠이 덮쳐 버렸다. 멀쩡한 사물들이 한순간에 사라지고 깜깜절벽이었다. 창졸간에 뒤덮여 버린 시야였다. 퍼뜩 정신을 차려 혼자라고 생각하니 여간 무섭고 불안한 것이 아니었다. 암흑 속을 알 수 없기에 더욱 긴장되고 눈앞이 캄캄했다. 졸지에 허허벌판에 남겨진 미아가 돼 버린 것이었다.

그것은 긴박한 무엇이 빠르게 다가오고 있다는 암시를 내포했다. 여기가 대체 어디쯤인 것일까? 눈은 떠 있지만 볼 수가 없어 손을 내밀어 보았다. 어둠 속을 휘저어 보지만 아무것도 잡힐 리 없었다. 그때서야 까마득히 잊고 있었던 하나의 분명한 사실을 떠올리고는 극한의 외로움을 느꼈다. 하늘의 영광을 보며 다소곳이 경배하던 흰옷 입은 다섯 사람이었다. 극한 상황을 맞이한 이제야 그들을 생각해 낸 것이었다. 혼란 중에 그들은 다 어떻게 되었고 어디로 가 버렸을까? 이 괴이하고 암담한 공포 앞에 혼자만 남겨진 까닭은……?

뭔가 그것은 예감이 좋지 않고 불길한 조짐을 내포했다. 눈앞의 상황에 급급하다 보니 흰옷 입은 사람들의 행방을 알 수 없는 것이었다. 그나마 다행이라고 한다면 여태껏 보이지 않던 윤성이 곁에 와 있는 정도였다. 윤성의 등장은 난데없지만 험한 여정의 동반자가 될 것을 어렴풋이 예견하고 다소 위안을 받았다.

크고 검은 짐승이 빠르게 다가오고 있었다. 그것은 상상조차 할 수 없는 공포이며 지옥문 입구였다. 몸으로 부딪쳐 살아남지 않으면 돌아올 수 없는 암울한 구렁텅이. 험난하고 두려운 마라코스의 시험대.

그들은 졸지에 구릉 저편에서 신에게 버려진 바 되었다. 왜 그래야만 했는지 왜 신으로부터 버림을 받아야 했는지, 본인들은 깨닫지 모른 채 공중에서 파랗게 질려 무한히 곤두박질치고 있었다. 뭉게구름 저편으로는 아득한 세상이 빠르게 다가오고 있었다. 허공중에 내몰린 그들은 그래도 정신을 차려야 한다는 한 가지 사실만을 명심했다. 속도에 내몰려 맨땅에 두개골이 박살나기 전에 중심을 잡아야 한다는 것! 그렇지만 상황이 급박해서 어찌해 볼 겨를이 없었다. 눈도 뜨지 못하는 절박한 지경에 내몰려 잔혹하게 휘둘려야 했으니까. 사나운 돌풍이, 맹렬한 칼바람이, 우박과 모래바람이 사정없이 온몸을 후려갈겼다. 사방에서 맹공을 펼쳐 대는 잔혹한 시험대는 어떻게 해서든지 부여잡은 두 손을 놓게 만들려는 악의적이고 무자비한 수법이었다.

　온갖 풍파에 휘둘리고 광풍에 찢긴 그들은 부둥켜안은 채 더욱 비참한 말로에 이르렀다. 찢겨진 의식과 만신창이가 된 몸은 오로지 사태가 지나가기를 애절히 바랄 뿐이었다. 혹독한 상황에 내몰려 오직 정신력 하나로 버티면서 혼신을 다해 가는 죽음과의 사투. 그 마지막 한 점까지 다 모아 쓰는 악착이 눈물겹도록 초를 이어 갈 뿐이었다.

　공중에서 그러기를 얼마인지 몰랐다. 소진한 의식 너머로 희미하게 드는 것은 더 이상 버틸 힘이 없다는 것. 최선을 다했다는 것. 그리고 나(그)를 포기하고 손만 놓으면 그만인 것을 하는 비관적인 생각이었다.

10)

　주위가 갑자기 조용한 느낌이 들었다. 종전과는 다른 어떤 판이함이 색다르게 느껴졌다. 희미하게 상황을 바라보는 순간 그 치열하고 격렬했던 현장이 하나하나 눈에 들어왔다. 마당에는 아직도 흉측한 잔해들이 여기저기 불에 타고 있는 것이 보였다. 연기에 섞여 떠오르는 검댕과 쓰디쓴 흔적들이 전쟁이 얼마나 치열하고 격렬했는가를 여실히 보여 주고 있었다. 부서진 잔해들이 흉측하게 널려 있는 고원 마당을 지나 멀리 동쪽 대기를 보니 뿌옇게 먼동이 터 오고 있었다. 전쟁이 훑고 지나간 고원 마당 위로 여명이 밝아 오는 것이었다.

의식이 점차 돌아오며 정신이 또렷해지고 있었다. 그러고 보니 땅에 내려와 있는 것이 아닌가? 어떻게 된 영문을 몰라 어리둥절해서 주위를 살폈다. 우리가 해낸 것일까? 그 모진 풍파와 역경을 이겨 낸 것일까?

주변 상황을 보고 또 보는 중에 눈앞의 동지를 발견하자 환한 웃음이 번졌다. 피로한 그의 기색에서도 밝은 미소가 번지고 있었다. 우리는 언제 공중에서 내려와 땅을 딛고 서 있게 된 것일까? 그렇게 잔악무도하고 맹렬했던 광풍을 뚫고 나오다니 대단하고 신기할 뿐이었다. 맨몸으로, 서로의 의지로, 박해와 고난을 이겨 낸 것이었다. 악랄한 계교에 해를 받으면서도 굴복하지 않고 끝까지 버텨 낸 자신들이 대견하고 기특해 보였다.

험난한 여정을 통과한 둘의 기쁨은 이루 형용할 수 없었다. 서로 손을 맞잡고 좋아서 경중경중 뛰며 돌았다. 뛰면서 보니 피로해 보이기는 했지만 동지의 겉모습 어디 한 군데도 상하거나 다친 곳이 없었다. 자신의 몸을 둘러보아도 마찬가지였다. 이미 만신창이가 돼 있을 거라고 생각했는데 그렇지 않은 사실에 놀라워하며 희한한 감정을 느꼈다. 그뿐만 아니었다. 멀쩡한 몸에는 다른 알 수 없는 새 옷이 입혀져 있는 것이 보였다. 반투명 소재의 화사하고 참신하며 정감이 가는 옷이었다. 우리가 언제 이런 좋은 옷을 입고 있었을까?

고난을 이겨 낸 후 미소가 번지는 해맑은 얼굴로 의연히 위를 바라보며 무한한 감사와 영광을 올렸다. 입혀져 있는 새 옷은 또 일반 옷과는 구별되어 시온의 영광을 찬양하는 데 안성맞춤이었다.

이사 온 동네를 둘러보듯 여유를 가지고 낙원을 산책하던 중에 또 하나 놀라운 사실을 발견하고는 의아해했다. 자신들의 키가 한 뼘은 커져 있는 것을 본 것이었다. 고개를 갸우뚱거리며 정민은 윤성을 쳐다보았다. 무슨 변화가 그새 일어났었나? 그도 역시 모르겠다는 표정이었다.

11.

지상과 영원을 잇는 다리

동산이 병풍처럼 둘러선 우묵한 밑에 여나문 집이 붙어 있고 순박한 이웃들이 정을 나누며 살던 곳. 뒷동산에 올라 멀리 앞을 바라보면 시야가 탁 트이면서 여주 이천이 멀리 있지 않았다. 거기에는 강과 모래와 자갈이 있었고, 청정한 개울이 흘렀으며 자갈 밑 습지에는 갈대가 무성했었다. 지금은 농경지에도 건축물이 마구 들어섰고, 상권도 복잡하게 얽혀 지리는 엉망이 되었지만 그래도 당시에는 동네에서 조금만 벗어나면 신작로 아래 맑은 개울이 흘렀다. 청정한 대초원이 시작되는 초입이었다. 개울 너머 대초원은 보는 것만으로도 마음을 풍성하고 풍요롭게 하는 무엇이었다. 당시엔 방대한 초원에 지역주민 대부분이 땅콩을 재배하고 살았었다. 그때는 그런 풍경 속에서 세상모르고 살던 유년의 아이들이 있었다. 아이들은 툭하면 동네가 좁다 하고 벌판으로 나아가 천둥벌거숭이처럼 뛰어다녔다. 언덕 아래 큰 바위 위에 옷을 홀러덩 벗어 놓고 물에 뛰어들면 아무것도 부러울 것이 없던 천진난만한 시절이었다. 물장구치고 송사리 잡고 첨벙대며 놀던 유년의 풍경속 아이들……. 누군가 가자! 하고 외치면 잠시 머뭇거림도 없이 모두는 마음이 통해 인근 백사장으로 향했다. 가면서 뽑아 먹던 갈대 순이무척 달콤했다는 기억이 있다.

열 명 남짓 아이들은 신발을 손에 들고 밭 사이 길을 무슨 원정 대원처럼 일렬로 늘어서 걸었다. 벌판에는 동네 사람들과 수많은 볼거리와각양의 물떼새들, 정복해야 할 낭떠러지가 많이 있었다. 아이들은 밭에서 일하는 사람들의 관심을 한 몸에 받으면서 멀리멀리 나갔다. 나가다가 뜨거운 자갈밭을 만날 때는 앞에서 잠시 긴장을 갖기도 했다.

불볕에 달궈진 자갈 위를 최대한 빠르게 통과하기 위해서였다. 불이
붙는 듯 발바닥이 화끈거릴 때쯤 만나는 샛강은 다양한 생물들의 서식
처였다. 소금쟁이가 뛰어다니고 송사리가 헤엄치고 안심하고 몸을 내
놓은 다슬기가 자기 세계를 그리고 있었으니까. 그것들과 한참을 같
이 놀다가 또 벼랑 끝을 오르기 위해 습지와 물웅덩이를 거슬러 올라갔
다. 높은 지형이 무너져 내린 암벽 같은 낭떠러지가 습지 건너편에 있
었기 때문이었다. 가운데가 움푹 패여 들어간 흉측하고 서늘한 절벽이
었다. 그 흉물스런 골 패임과 쉽게 허물어져 내리는 황토는 차고도 짜
릿한 쾌감을 주었다. 깎여나간 부분이 위험천만하기는 해도 그 절벽을
기어오른다는 도전 의식과 축축한 흙과 함께 무너져 내리는 기분은 여
간 신나고 짜릿한 것이 아니었다. 개중에 한두 명은 기필코 벼랑 꼭대
기에 올라서고는 했다. 올라선 아이에게는 포상처럼 이포강이 시원스
럽게 펼쳐져 들어왔다.

광활한 대초원은 가을이면 풍요로운 세상이 되었다. 벌판 온 누리에
땅콩을 캐 세워 놓으면 알알이 영근 하얀 알갱이들이 풍성하고 소담한
가을을 알렸다. 어린 생각에도 그런 풍요로움을 보는 마음에는 의구심
이 간혹 들 때가 있었다. 남들이 다 갖고 있는 땅콩 밭을 왜 우리는 갖
지 못했을까. 사람들이 지경을 넓히고 푯말을 세워 자기네 땅이라고
정할 때 아버지는 어디 계셨던 것일까. 아니 아버지의 아버지, 아버지
의 아버지께서는 말이다.
그런데 정작 장마가 시작되고 벌판에 물이 불어나면 밭을 가진 사람

들은 걱정이 태산이었다. 벌판에 있는 땅콩 밭이 언제 황갈색의 흙탕물로 덮일지 몰라서였다. 어린 눈에 비친 장마의 그런 진풍경은 왜 그렇게 흥미진진했는지 몰랐다. 방대한 양의 흙물은 어디서 내려오는 것이며 어디까지 가서 합쳐지는 것일까. 농도 짙은 흙탕물은 과연 가라앉을까 하는 생각들이 당시에 가졌던 의문이었다.

"벌써 영호네 밭이 물에 잠겼대!"

"명수네 밭도 곧 물에 들어간다는구먼!"

"하늘도 참 무심하시지. 이거 정말 야단나지 않았는가!" 하는 동네 사람들의 걱정과 장탄식이 지금도 눈에 선했다. 한 해 농사의 흥망성쇠는 오로지 장마를 잘 넘기느냐 못 넘기느냐에 달려 있었으니까.

지루한 장맛비가 주춤하고 하늘이 말갛게 드러나면 아이들은 하나둘씩 집밖으로 나갔다. 물이 그새 얼마나 불어났을까. 강물은 어디까지 차올랐을까. 거대한 흙물은 신작로 아래까지 올라왔을까 하는 궁금증이 아이들의 호기심을 유발했다. 아이들은 하나둘씩 모여서 마을 입구로 나갔다. 아이들에게는 더할 나위 없이 흥미진진한 볼거리였다. 장마철이면 시뻘건 흙탕물에 가축이 떠내려가고, 뿌리째 뽑힌 나무에 너절한 쓰레기들이 성황당의 그것처럼 걸려 급한 물살을 타고 흐르는 장관은 두렵고도 흥미로운 볼거리였다.

벌판의 물이 뿌옇게 눈에 들어오자 조급한 아이들은 뛰기 시작했다. 어느 때 같으면 대초원으로 들어올 광활한 땅콩 밭이 거대한 흙물로 돌변해 있었다. 강 가까이로 가 보니 강물은 무시무시하게 흘러내려 가는 거대한 괴물과도 같았다. 모래톱과 자갈밭, 늪지대와 웅덩이, 갈대

밭과 언덕배기, 높고 낮은 지형의 무수한 땅콩 밭을 거대한 흙탕물로 뒤덮어 버린 괴물은 무섭고도 도도하게 흐르고 있었다. 강물은 수십 키로는 족히 될 이포강과의 그 먼 거리를 흙물로 통합하고 언덕을 올라와 산 아래까지 정복해 있었다. 저 아래 어딘가에 큰 바위가 있었는데, 빨래터가 있었는데 하고 어림짐작해 볼 뿐이었다. 어떤 아이는 나뭇가지로 급물살을 휘저어 보기도 하고, 어떤 아이는 돌멩이를 주워 멀리 던져 보기도 했다. 급물살이 소용돌이를 일으키며 굴곡을 이루는 것을 정신이 빠져 바라보는데 다급한 목소리가 앞쪽에서 들렸다.

"저기, 저, 저저…… 떠내려간다!"

아이들은 일제히 그쪽을 바라보았다. 무엇이 급류 속에 잠깐 드러나는가 싶었다.

"왜 그래? 무슨 일인데?"

"떠내려 오는 공을 잡으려고 손을 뻗다가 빨려 들어갔어!"

"누가?"

"스, 승, 승환이가!"

아이들은 방 안에서 한동안 자숙해야 했다. 동네와 뒷동산을 뛰어다니며 밤낮으로 울부짖는 부모의 처절한 절규를 무서워했으니까. 그리고 험난한 여정에서 간신히 살아 돌아온 자신을 상기시켰다. 움찔하고 깨어나는 순간 신체는 늘어져 있고 의식이 먼저 돌아와 늘어져 있는 자기 신체를 보는 것. 그것은 밭고랑을 내려다보는 것만큼이나 황량하고 메마른 골짜기 같았다. 그럴 때는 핵심 요소들을 면밀히 짚어 보여 주신 절대자에 대한 두려움을 몹시 느꼈다. 형형한 눈길이 보고 있는 것 같았고 그 발등상에 누워 있는…….

그런데 그보다도 앞서 공중에서 무한 떨어지는 것은 무엇을 의미하는 것일까? 암흑천지는 무엇이고? 거기에 버금가는 환난이 곧 앞길에 닥친다는 예고일까?

전쟁의 잔해가 있는 동산 마당에서 건너편을 바라보았을 때였다. 숲이 울창한 산자락이 대기 속으로 희끄무레하게 들어왔다. 식별이 가능한 것으로 보아 거리는 그다지 멀지 않은 듯했다. 그런데 울창한 산림의 나무들이 꿈을 꾸는 듯 몽롱하게 서 있고 어딘지 그 광경은 음울해 보였다. 심한 대기오염에 걸려 먼지를 움팍 뒤집어쓰고 있는 광경처럼. 거기에 또 하나 석연치 않은 사실이 바라보는 와중에 관측되었다. 어렴풋이 보이는 산림과의 공간 사이 놓여 있는 알 수 없는 괴리감이었다. 공허한 기운이 대기 속에 가득 서려 있고, 그 가득한 공허 속에 왠지 알 수 없는 애석함이 무한한 깊이로 감지되었다. 그것은 이편과 저편이 운명적으로 나뉘어 있어 서로 왕래할 수도 없고, 이쪽으로 오고 싶어도 올 수 없는 천지간의 아픈 사연을 내포하고 있는 듯 보였다. 좀 더 앞으로 가서 대기 속을 들여다보면 틀림없이 거기에는 수억만 길의 낭떠러지가 무한 공허를 이룰 것이었다. 하지만 다행스러운 점은 이편으로 건너올 수 있는 유일한 다리가 형성돼 있다는 사실이었다. 죄를 짓고 에덴동산에서 쫓겨난 인간, 그 인간을 불쌍히 여긴 하나님은 세상에 대가를 지불하고 문을 열어 놓았다.

*

    일산 시가지가 차창으로 들어왔다. 열한 시까지 오라는 윤희선의 전화를 받고 갑작스럽게 서둘러 교회를 향했다. 만남을 위해 달려가는 차 안은 그래서 좀 수선스럽고 들떠 있었다. 그의 전화에 선뜻 응한 것도 어쩌면 자기 안의 충만을 조금은 빼내기 위한 나름의 방편이었다. 새로 등록한 신자의 집을 가자는 심방 제의였는데, 전혀 엉뚱한 생각을 가지고 흔쾌히 수락한 것이었다.

    주차장은 요즘 들어 부쩍 내방하는 차들로 포화 상태를 이루었다. 산타페 한 대가 올라오는 것을 보고 회심의 미소를 지으며 지하통로를 내려갔다. 역시 한군데가 비어 있었다. 사층에서 엘리베이터 문이 열리자 그윽한 빵 냄새가 코끝을 자극했다. 제빵학원에서 나는 냄새가 교회 입구에서도 났다. 목사님은 오늘도 빵을 가져가실 모양인가? 가끔 손수 구운 빵을 목사님은 선물로 가져가기도 했다.

    어둑한 교회 안에는 윤희선과 그 일행이 먼저 도착해 있었다. 문 앞에만 전등을 켜 놓은 탓에 예배당은 유난히 깊어 보였다. 서너 명으로 구성된 그들을 그 일행이라 부르는 것은 윤희선이 있는 곳에는 언제나 그들이 있어 붙여진 별명이었다. 그들 중에 유난히 코가 뾰족한 한 자매가 정민이 들어서는 것을 보고 복장이 눈에 거슬렸는지 은근 비꼬는 기색으로 말했다.

    "어머, 우리 하나 수준이네!"

하나는 그녀의 초등학교 일학년 딸이었다. 검정 반팔에 카키색 헐렁한 멜빵바지가 어지간히 파격적인 모양이었다.

"하나 수준이면 곤란한데……."

자신의 기발한 패션을 그렇게밖에 표현 못 하나 하고 기분이 언짢아 말끝을 흐렸다. 그렇지만 자신의 그런 복장에다가 남다른 관심을 보이는 목사님이었다.

"멋지네요!"

'역시 감각이 남다르서.'

정민은 출발 전에 냉큼 빵을 집어 들었다. 향긋한 빵 냄새를 맡을 수 있을 뿐 아니라 뭐라도 손에 들려 있으면 자기도 심방대원의 한 일원으로 자부심이 일 것 같아서였다. 엘리베이터가 오길 잠시 기다리며 일행은 멋쩍게 서 있었다. 빵틀 안에서 한껏 부풀려진 빵이 식으면서 홀쭉 들어간 골을 손으로 오므리자 그것을 본 목사님이 특유의 조크를 날렸다.

"저 자매는 지금 봉합 수술이 한창이네!"

그 말이 왜 웃음을 자아내게 했는지는 몰랐다. 한바탕 호방한 웃음을 터트렸으니까.

목사님이 손수 운전하시는 봉고를 타고 시가지를 달렸다. 한적한 블럭에서 대로를 벗어나 좌회전을 해 조금 들어가자 좌측 도로변에 말끔한 주택 단지가 들어왔다. 한눈에도 근사하고 멋진 유럽풍의 부자 동네가 동화 속 마을처럼 조성돼 군락을 이루고 있었다. 하지만 이런 집들은 대낮에도 문을 꼭 걸어 잠그고 살아야 할걸? 집이 너무 멋지고 아름다워 멀리 외출하고 싶지도 않을 거야! 그리고 사람들은 자만심이 강하고 도도해서 머리에 뿔이 서너 개쯤은 나와 있을지도 모르지! 보아하니 집들은 개성 있게 생겼는데도 전부 똑같아 보이고 설계도 조잡해서 다 별로잖아! 봐, 역시 마당도 없지!

젊은 집주인은 의례적으로 묻는 질문에 자기표현을 솔직히 했다. 자기는 믿음도 아직 없고 교리에 대해서도 아는 바 없다고. 담임목사님의 눈빛은 그럴 때 유난히 빛나고 가르침은 차분했다. 심방 대원들은 그 지루하고 재미없는 반복을 벌을 서듯 감흥 없이 들어야 했다. 자세를 수도 없이 고쳐 앉고 무릎과 다리가 쥐가 날 즈음 가르침은 끝이 났다.

끝나기가 무섭게 주인은 일어나 주방으로 갔고 두 명이 따라갔다. 거실에는 윤희선과 목사님, 정민이 남아 있었다. 멀뚱히 앉아 있는 것도 멋쩍어 슬그머니 일어나 주방 쪽으로 갔다. 뭔가 할 일을 찾는 쑥스러운 표정을 짓자 집주인이 찻잔을 챙겨 내밀었다. 할 일을 받아 가지고 돌아와 목사님 앞에 공손히 차를 내려놓고 윤희선이 앉아 있는 소파로 가서 앉았다. 갑자기 대화가 사라진 썰렁한 거실이 삭막하고 어색했다. 정민은 유독 그런 분위기를 못 견뎌했다.

"저기 있잖아!"

나직한 귀엣말로 그의 반응을 살폈다. 시선은 조용히 차를 마시는 TV 앞의 목사님을 향하고였다.

"뭐가 있는데?"

윤희선도 나직한 톤으로 맞장구를 쳤다. 그 대목에서 가슴이 몹시 뛰고 콩닥거렸다. 혼란이 일어 말을 꺼낼 수가 없었다. 공연한 말을 꺼내 문제를 만드는 것은 아닐까? 좀 더 신중할 걸 그랬나 하는 복잡한 양상이었다.

"아니야, 아무것도."

"싱겁긴……. 그러니까 더 궁금하잖아, 뭔데?"

적당한 생각이 떠오르지 않아 엉뚱한 말로 대신했다.

"우리의 키가 커지는 수도 있나? 신앙생활을 하면?"

"그게 무슨 소리야, 뚱딴지같이?"

"글쎄. 뭐 그런 거에 관해서 아는 사실 없나 하고."

잠시 생각에 잠긴 윤희선이 목사님을 바라보고는 골똘한 표정을 지었다.

"그러고 보니 언젠가 책에서 본 건데, 하나님이 아담을 창조했을 때는 기골이 장대하고 아름다웠다는 거야. 그런데 죄를 짓고 쫓겨난 아담이 노동을 하게 되면서 온갖 시름과 노동으로 말미암아 처음의 그 아름다움이 사그라들었다는 거지. 원죄라는 것이 있잖아! 죄책감에 항상 시달렸을 테고."

거기서 문득 연상되는 것이 있었다. 그의 말을 빌리면 승화된 자신들의 새 모습은 혹시 죄를 짓기 이전의 아담과 하와의 모습으로 회복된 것은 아닐까? 하나님이 인정하시는 새 사람이 되어 낙원으로 복귀하는, 에덴의 회복 같은.

"하나님은 아담을 배필과 함께 낙원에서 살게 하셨는데 사탄의 꼬임에 넘어가 하나님을 배반한 거지. 그래서 사망의 길로 내치셨고. 그러나 어쩔 수 없는 인간을 불쌍히 여기셨대. 창세기에 보면 그것 때문에 고민한 하나님의 원대한 사랑의 계획, 아브라함을 시험한 대목들이 들어 있어. 인간을 구원하시려고 자기 아들을 내어 주시기 위해. 그러니까 예수님은 지상과 영원을 잇는 중요한 다리가 되어 주신 거지. 그런데 키가 커지는 것이 무엇을 의미하는지는 잘 모르겠네! 어린아이가 성장해 가는 것처럼 믿음이 커 가는 분량을 말하는 걸까?"

비교적 성실한 답변을 해 준 그녀가 정민을 그윽한 눈으로 바라보았다. 뭔가를 담고 있는 눈빛이었다. 그러나 정민의 시선은 여전히 다른 쪽을 보고 계신 목사님을 향하고 있었다. 엄청난 보물을 뜻밖에 발견하고 그 보물을 어떻게 할 것인가의 고민으로 혼자 신선한 혼란을 겪고 있었다.

그의 품에 안겨 형언할 수 없는 기쁨을 느꼈네!
불같은 체취와 안온한 평화!
꿈결처럼 감미롭고 포근한 안식처!
가슴이 파닥거리는 프시케…….

침묵 속에 긴 시간이 흘러갔고 불같은 체온이 온몸을 달군다고 느낄 때 그는 조용히 품에서 그를 떼어 놓았다. 약간의 거리감을 두고 어깨와 팔을 어루만졌다. 전율의 손길이 미칠 때마다 감당하기 어려운 벅참을 느꼈다. 그런데 호기심이 발동해 그를 확인하고 싶어졌다! 정말 그가 맞을까? 그가 와서 지금 자신을 만지고 있는 걸까? 그러나 눈이 붙은 것처럼 떠지지가 않네! 두려워서 감히 뜰 수가 없네! 그리고 터져 버린 울음이었다. 눈물과 콧물로 뒤범벅된 사나운 몰골! 무엇이 그렇게 애통하고 서럽게 했는지 몰랐다. 통곡을 할 정도로 그간 비통한 삶을 살아왔고 곤고한 날들로 점철되어 왔는지는. 그리고 시간이 흘러 문득 그가 떠난 것 같다고 마음에 확연히 느꼈을 때 그제야 눈을 떴다. 그런데 동창에 드리운 아침햇살이 방안가득 쏟아져 내렸다. 너무나 밝아진 실내였다. '설마 혼자서 해괴한 짓거리를 한 것은 아니겠지?'

아무 일도 생기지 않던 일상에 그것은 획기적이고 충격적인 사실이 아닐 수 없었다. 예고 없이 맞닥트린 그것은 기도 중에 일어난 엄청나고 은밀한 사건이었다.

은밀한 사건이 있기까지 과정은 순차적으로 연결돼 있었다. 사전 지식이 없는 상태에서 복잡한 심정과 맞물려 실증적 신앙의 대혼란스러움을 가져왔기 때문이었다. 현실과는 거리가 먼 일들을 어떻게 받아들여야 할까. 아니 그렇지가 않았다. 영적인 혁명의 은밀한 사건들은 일상과 밀접한 관계를 가지고 있었다. 모든 일의 전말은 그날, 손님을 기다리던 날 아침 현관 앞에 서 계시던 예수님을 본 것으로부터 촉발된 것이었다.

12.

수련회와 침례

굳게 내린 철문 앞에는 두 대의 버스가 정차돼 있었다. 실내를 냉각하느라 시동한 엔진이 후끈한 열을 밖으로 배출시켰다. 두 성도는 일행의 가방을 보는 대로 받아 짐칸에 옮겨 실었다. 가방 몇 개가 나란히 포개지는가 싶더니 웬 큼지막한 상자와 펑퍼짐한 보따리가 무차별로 던져졌다. 음향 기기로 예상되는 앰프와 스피커 일체, 수련장에서 쓰일 텐트며 장비, 교리 책자 등 여정에 필요한 물품들이 들어 있을 것이었다. 저리 될 줄 알았으면 맨 나중에 싣는 건데 하고 정민은 가방이 찌그러지는 것을 안타까워하며 바라볼 수밖에 없었다.

버스 앞은 소란스럽고 시끌벅적했다. 여느 때 같으면 잠자리에 들 시간이었지만, 사람들은 열기와 소음을 헤집고 두 대의 버스를 오가며 볼 일들을 보았다. 먼 여행을 떠나는 양 연신 귀에는 핸드폰을 대고 뭐라 말하기에 여념들이 없었다. 선두 차 중간에 작은아이가 앉아 있는 것을 확인한 정민도 뒤의 차량으로 올랐다. 곧 출발이 임박했음을 알리고 문이 닫혔다.

한밤의 시가지는 텅 비어 있었다. 대로 위에서 아파트 불빛이 비춘 그곳만 환하게 들어왔다. 이번 수련회에 동참하지 못한 윤성은 썰렁한 공기가 있는 화정으로 돌아갈 것이었다. 회사 일 때문이라는데 그 진부한 속내를 알 수가 없었다. 자신도 모험을 결행하고 나선 이번 여행이었다. 공연히 따라나섰다 민폐가 되면 어쩌나, 온전하지 못한 허리가 장거리 여행에 버텨주기는 할까, 하는 염려들로 갈등이 심했었다. 거기다가 교회의 수련회가 무엇을 의미하는지도 몰랐다. 막연히 추측되는 것은 어디 시원한 곳으로 이동해 예배하고 춤추며 며칠 놀다 오는

게 아닐까 하는 정도였다.

　자유로에 들어간 버스는 강변북로를 향해 내달렸다. 행주산성을 지나고 정적에 휩싸인 한강 둔치가 희미한 불빛 아래 어슴푸레하게 들어왔다. 불침번을 서는 한강의 수은등 행렬이 무료한 듯 나태해 보였다. 암흑의 바다처럼 정적에 휩싸인 한강 둔치를 차창으로 내다보는 동안 불안전한 심기가 차츰 가라앉고 만감이 교차되었다. 관광버스에 실려 어디론가 떠나는 사실이 믿기지 않고 꿈만 같았다. 울안을 벗어나 삼 년 만에 장도에 오른 역사적인 순간이었다. 누구한테 이 사실을 알려야 되지 않을까? 나 지금 어디 가는 줄 아니, 하고 설레서 말이었다.

*

　몸이 흔들리는 대로 내버려 두었다. 몽상의 암울한 공간을 탐색하고 있었으니까. 거기는 이름을 갖기 이전의 불투명한 체질들이 많았다. 한 목적 아래 떠도는 선한 심성의 생각 주머니들. 그렇게 한참을 탐색하고 있는 중 어떤 체질이 두각을 나타내며 선명한 빛을 띠었다. 그것은 이렇게 바짝 다가와 속살거리는 듯했다. 지루한 여정에 나를 데려가 보세요!

　옆자리를 비워 놓고 있는 중에 시간도 보낼 겸 관념의 그 실행 버튼을 눌렀다. 앞쪽에 앉은 윤희선은 아무래도 만족할 만한 교제를 나누고 그 후에나 올 것 같았다. 눈을 지그시 감고 정신을 모으니 어둠 속이 나타나며 사물이 희미하게 들어왔다. 놀랄 만큼 감촉이 차갑게 정강이에 느껴졌다. 풀숲에 밤이슬이 내린 증거였다. 느낌이 좀 언짢기는 해도 아랫도리 적실 염려는 없었다. 적당한 길이의 차림으로 나왔기 때문이었다. 좀 더 친숙한 눈으로 어둠 속을 들여다보았다. 밤이 무성히 내린 농작물 한가운데 흐릿한 영상이 보였다. 밭고랑을 가고 있는 자신의 그림자 같은 모습이었다. 한낮의 지열이 남아 있어 그곳은 습한 기운과 함께 후끈한 열이 올라왔다.

농작물이 바람에 일렁이는 것을 보며 길을 찾아나갔다. 그런데 늘어서 있는 옥수수 이파리들이 무섭고 섬뜩했다. 바람에 사각대는 옥수수 이파리라니!

풀숲에서 갑자기 가슴이 두근거리며 떨렸다. 야심한 시각 길을 가고 있는 사람이 누굴까? 설레는 심정으로 뒤를 따라가니 어둠 속에서도 그는 호기 있고 기품이 넘쳐 보였다. 소박한 농부 같아 보이기도 했다. 늘어진 옥수수 이파리를 능숙하게 처리하는 솜씨하며 느린 듯 보이는 걸음걸이가 여간 빠르지 않았다. 그러다 내심 누구인 것을 알아보고는 회심의 미소를 지었다. 살아온 이래에 가장 기쁘고 행복한 보물을 발견했다고 하면 뭐라고 하실까? 그런데 몸이 별안간 쏠리며 눈을 떴다.

차 안은 여전히 소곤거리는 소리, 끊임없이 돌아가는 냉각팬 소리, 차창 밖을 보니 칠흑 속이었다. 쉬지 않고 달려온 버스는 산속 어딘가를 내려가고 있는 것 같았다. 사람들은 여기저기 모여 이야기꽃을 피우고 있는데 그녀만 유독 오지를 않고 있었다. 출발 직전에 잠깐 눈이 마주쳤을 뿐이었다.

　몽상으로 다시 돌아가 그를 찾았다. 농로 끝에 그는 거반 다다르고 있었다. 대각선으로 이어진 논길로 그가 접어들었다. 폭이 좁은 논둑을 이삼 미터 간격을 두고 따라잡으며 깡충거렸다. 여전히 느린 듯해 보이는 빠른 걸음을 따라가려면 그렇게 깡충거리는 수밖에 없었다. 그를 따라 긴 논둑을 기분 좋게 깡충대고 있는데 위아래 논에서는 맹꽁이 떼가 시끄럽게 울어 제꼈다. 중저음의 바리톤으로 신명나게 울어 제끼는 맹꽁이들의 대협연이었다. 볼때기가 불룩해지면서 울어 대는 저들의 우스꽝스런 모습을 상상하며 즐겁게 그의 뒤를 따랐다.

　논 한가운데쯤 이르렀을 때였다. 앞만 보고 가던 그가 갑자기 걸음을 멈추었다. 그리고는 우향우를 하면서 시선을 먼 데로 보내었다. 계단처럼 내리막이 형성된 논이 해변의 그것처럼 굴곡을 이루었다. 덩달아 갑작스레 걸음을 멈추자 관성에 의해 상체가 앞으로 쏠렸다. 몸이 부딪칠 뻔했는데도 그는 시선을 주지 않고 여전히 먼 데만 응시했다. 침묵하는 가운데 광활한 우주를 올려다보고 있었다. 밤은 이미 깊을 대로 깊어 그 고요한 세계를 무한대로 개방하고 있었다. 그것은 유년의 동산에서 보았던 은하계의 신비로운 천체였다. 금광석을 깔아 놓은 듯 머리 위로 희뿌옇게 들어오는 밤하늘은 태초의 품속인 양 아늑하게 여겨졌다.

　뒷짐을 진 그가 여전히 곁을 주지 않고 먼 곳만 응시하고 있었다. 뭔가 내심 기다리고 있는 눈치였다.

또 한 광경을 보고 인상을 찌푸렸다. 백열등 아래 자신이 서 있고 그 앞으로는 사람들이 많이 앉아 있었다. 그들은 뭔가 어서 말하기를 고대하고 있는 것 같았다. 그런데 당혹감을 감추지 못하여 난감했다. 자신에게 쏠린 많은 눈들이 부담되고 조명은 너무 밝았다. 확실한 동기가 부여됐건마는 어떻게 말문을 틀까. 그 시선들과 따가운 조명 아래 어찌할 바 모르고 곤혹스러워하는 못난이! 자꾸 엉뚱한 상상만 하는 바보! 그런 수련장의 광경이 멀리서 들어오는 정경.

"무얼 그렇게 골똘히 생각해, 인상까지 쓰면서?"

인기척에 놀라 눈을 뜨니 윤회선이 앞에 와 있었다. 난감하던 차에 어깨를 툭 건드려 준 그녀였다. 얼떨결에 창가로 다가앉으며 옆자리를 내주었다. 연신 두 팔을 엇갈려 문지르며 사방으로 흩어진 조각들을 수습하기에 여념이 없었다. 그리고 긴 옷을 챙겨오지 못한 자신의 짧은 안목이 못내 후회스러웠다.

"왜 이렇게 추운 거야. 나만 그런가?"

으스스하다는 제스처를 해 보이며 호들갑스럽게 주위를 살폈다.

"에어컨이 너무 세서 그래. 피곤했나 봐. 벌써 자게?"

시간이 얼마나 흘렀는지 알 수 없었다. 여전히 두 좌석 건너 앞에서는 두런대는 소리가 끊이지 않았다.

"벌써 자긴!"

"그럼 무슨 생각을 그렇게 골똘하게 한 거야? 사람이 온 줄도 모르고?"

적반하장도 그쯤 되면 분수를 넘는 것이었다. 사람이 온 줄도 모르고라니! 자기 때문에 심기가 뒤틀려 가는 마당에 그런 소리를 들으니 더욱 부아가 났다. 혼자 우울한 노선을 걷게 하고 되지도 않는 상상을 하게 만든 사람이 누군데 그런 소리를 하는 것인가! 자기 생각만 중요하고 삼대방의 감정 따위는 안중에도 없다는 것인가! 그래서인지 그가 꼭 무슨 외간 남자와 밤새 노닥거리다 새벽녘에 들어온 행실 나쁜 여편네 같았다. 한편으로는 그가 자기 속내를 간파했을까 봐 은근히 신경도 쓰였다. 하나님이 아닌 이상 절대로 그럴 리가 없는데도 말이다.

"이제 얘기해 줄래?"

"……!"

무엇을 말인가 하고 되묻지 않았다. 갑자기 숨이 막혀 오는 답답함을 느꼈기 때문이었다. 실내 분위기도 그래서인지 산만하기만 했고 에어컨 소리도 자꾸 귀에 거슬렸다. 여기서는 더 볼 게 없는 심정으로 권태로운 시선을 차창 밖으로 보냈다. 다짜고짜 묻는 그의 관심사는 네가 본 것이 대체 무엇이며 그걸 어디에 두었는가에만 집중돼 있어 보였다.

*

울진에 도착한 것은 해가 중천에 떴을 때였다. 기사는 낯선 어느 동네 어귀에 버스를 세워 놓고 거기서부터는 걸어 들어가야 한다고 선언했다. 길이 협소해서 더는 들어갈 수 없으니 각자 알아서 짐을 챙겨 들고 가라는 것이었다. 사달은 거기서부터 일어났다. 차도 들어갈 수 없는 열악한 환경에다 수련장을 정하면 어떻게 하나! 얼마를 또 걸어야 한다는 말인가. 부석부석한 얼굴과 늘어진 몸뚱이로 짐 가방을 들고 일행을 따라잡자니 어지간히 짜증이 나고 맥이 풀렸다. 죽상을 하고 둑길을 따라 뒤처져 가는데 저만치 산중턱에 회칠한 건물이 하얗게 들어왔다. 혹시 저 유치하고 촌스런 건축물이 우리가 머물 장소가 아닌지 적이 의심이 갔다.

천 미터쯤 걸어 숙소에 올라갔을 때는 이만저만 낙망이 아니었다. 칠십 평 남짓 되는 허름한 내부에 눅눅하고 불결한 바닥, 곰팡이 냄새와 얼룩진 회칠한 벽 안에 사람들은 여기저기 앉아 여장을 풀었다. 영화에서나 보았던 난민수용소가 이런 광경이겠구나 싶었다. 늘어놓은 짐 가방을 요리조리 피해 어렵사리 들어간 자리는 문가에서 제일 뒤쪽인 후미진 구석이었다. 꼴찌로 올라와 보니 괜찮은 자리는 남들이 벌써 다 차지하고 있을 곳이라고는 오른쪽 구석의 화이트보드 아래뿐이었다. 천정을 보니 쥐가 오줌을 싸 얼룩이 지고 두 대의 프로펠러 선풍기가 실내의 세균과 먼지를 흩날리고 있었다. 그런 불결하고 지저분한 장소에서 맥을 놓고 앉아 있으려니 어지간히 심란하고 착잡한 노릇이 아니었다. 거기다가 생리적인 현상까지 생각하면 더욱 눈앞이 캄캄했다. 그런데 엉거주춤 앉은 자리가 또 그곳을 떠날 때까지의 자기 자리가 되는 줄이야!

여자들은 그래도 형편이 나았다. 남자들은 사택 마당가나 아까 걸어온 풀숲 아무 곳에다 텐트를 치고 임시 거처를 마련했다. 도착하면 얼마나 시원하고 환상적인 경관이 펼쳐질까 기대에 찼었는데 막상 도착해 보니 온갖 불편과 짜증, 그리고 열악한 시설뿐이었다. 더군다나 불볕더위에 수차례씩 오르내려야 하는 언덕은 생각만 해도 머리가 아팠다. 워낙 길도 가파른데다 알갱이 돌로 된 마사토라서 자칫 미끄러지면 실족하기 십상이었다. 그렇다고 숙소에만 있을 수도 없었다. 수련회의 모든 일정이 사택 마당에 잡혀 있었고, 세면장이나 화장실 이용에도 언덕을 오르내리는 일은 피할 도리가 없었다.

사람들이 여장을 풀고 내려간 어수선한 실내에서 창문으로 다가가 보니 숙소가 산중턱에 있는 까닭에 그래도 전망은 괜찮게 들어왔다. 끝이 보이지 않는 불모의 땅이 멀리까지 내다보였다. 그리고 기암괴석을 돌아 흐르는 강물도 좌측 산 아래로 들어왔다.

언덕을 내려갔을 때는 분위기가 훨씬 무르익어 있었다. 남자들은 불볕더위에 장비를 옮기고 적당한 위치에 마이크 설치도 하는 등 한창 야외 작업에 박차를 가하고 있었다. 마당을 가로질러 난간을 부여잡고 아래를 내려다보니 숙소에서는 보이지 않던 청정한 강이 축대 아래로 흐르고 있었다. 마음만 먹으면 당장이라도 뛰어들 수 있는 옥외 풀장이 있는 셈이었다. 성급한 아이들은 벌써 물에 들어가 인솔교사와 함께 첨벙대고 있었다. 그래 봐야 삼 일인데 어영부영하다 보면 지나가지 않겠어? 눈높이를 낮추고 현실을 긍정하다 보면 이것도 하나의 좋은 추억이 되겠지.

사택과 숙소를 잇는 모퉁이에는 푸른 비닐 돗자리가 깔렸다. 뒤로는 빼곡한 오죽 숲이 그늘을 드리우고 있었다. 흩어져 있는 일행이 전부

모여 시원한 그늘에 앉아 도착 예배를 드렸다. 산천과 푸른 공간을 바라보며 드린 예배라서인지 여느 때와는 분명 새롭고 다른 감동이 와닿았다. 그런데 오자마자 이게 무슨 망신살인지 몰랐다. 온갖 불평과 타박에 기분이 언짢아 있었는데 이런 일이 생기다니!

섬세한 오죽 숲이 발산하는 그윽한 향 때문에 정신이 어질해진 까닭일까. 열린 하늘 아래 듣는 말씀이 그냥 좋고 신선해서 감동을 받은 것뿐이었다. 뭔가 순간적으로 뜨거워지는 바람에 "예수님 영접할 분은 손을 들어 표하세요."라는 말에 맞춰 손이 번쩍 올라간 것일 뿐! 그런 솔직하고 진실한 행위가 무슨 사탄의 장난인지 예배 도중 자꾸 거기에 얽매이는 것이었다. 한 번 영접한 예수를 또 영접하는 못난이! 그것은 무식의 소치이고 정체성이 바로 서 있지 않은 반증이라고 누군가 조롱을 해 대는 것 같았다.

무겁고 심란한 기분으로 몸을 일으켰다. 옆자리를 권하던 윤희선이 벌써 올라갈 거냐며 붙들어 앉혔다. 올라갈 마음이 전혀 없는 그녀 앞에 철퍼덕 앉으며 심란해서 물었다.

"예수는 한 번 영접하는 거지 두 번 영접하는 게 아니지, 그지?"

다소 어린애 같은 질문에 웃음기를 머금은 그녀가 쳐다보며 말했다.

"손 들었구나!"

그렇다고 고개를 끄덕였다. 그 순간 그녀가 얼마나 커 보이고 부러운지 몰랐다.

"할 수 없는 거지 뭐 어쩌겠어! 지나가 버렸는데."

무거운 심정으로 언덕을 올라가며 오자마자 이게 무슨 꼴이냐고 자신을 한탄했다. 예배 전까지도 불평과 불만으로 심란해했었는데 전혀 다른 무게가 앞의 것을 눌러 버린 것이었다. 어떻게 해서든 자기 순수함에는 불미한 요소가 없었다는 것을 해명해 보이고 싶었다.

그러나 당일의 모든 일정이 끝나고 밤이 이슥하도록 해명 기회는 오지 않았다. 밤늦게 간이 테이블에 앉은 목사님을 발견하고 윤희선을 대동해 다가가면 또 다른 방해꾼이 나타나 끼어들기 일쑤였다. 그들은 남의 속도 모르고 밉살맞게 앉아서 오래도록 떠나지를 않았다. 결국 그 밤을 포기하고 숙소로 올라와 아무렇게나 드러눕는데, 번뜩 거기에 견줄 만한 생각 하나가 떠올랐다. 교인의 존경을 한 몸에 받는 목사님도 실언을 하셨다는 것, 울진에 도착하면 제일 먼저 당신께서 물고기를 잡아 매운탕을 끓여 주겠노라고 호언장담했었는데, 어떻게 된 사정인지 일정에 묻혀 그 약속이 사장돼 버린 것이었다. 스스로 손수 투망을 준비하는 등 은근한 기대에 차 있었던 것 같은데 어찌된 일인지 거기에 대해서는 한마디 언급도 없었다. 깨끗한 물에서는 물고기가 살지 않는다는 것을 답사까지 다녀오신 이가 모를 리가 없을 텐데.

*

이튿날은 고수동굴 관람이었다. 이미 구경한 사람이나 노약자는 남으라고 했지만 따분할 것 같다며 따라나서는 사람이 많았다. 서늘한 공기와 어둑한 조명과 패인 웅덩이가 신비로운 곳. 오랜 결정이 쌓이고 흘러 기암괴석과 희한한 모양새가 만들어졌다고 했던가? 몸을 수그리고 삼십 분 가량을 동굴에 머물다 나오니 바깥이 온통 눈이 부시고 화창했다. 습기가 흠뻑 배인 몸으로 일행에 섞여 언덕을 내려오는데 맞은편 산중턱에 빨간 지붕의 하얀 건축물이 녹음 속에 선명했다. 어떤 부자가 별장을 지었나 보다 했다.

다른 여행객들과 섞여 일행은 호수 같은 긴 강줄기를 따라 걸었다. 잔잔한 표면이 성근 철망 너머에서 작렬하는 태양을 받고 반짝였다. 담쟁이를 휘감고 올라간 포플러나무도 싱싱한 잎을 바람에 흔들며 머리 위에서 그늘을 드리웠다. 감회가 새롭다는 것은 이런 경우를 두고 하는 말인지 몰랐다. 마음을 엶으로써 전혀 다른 세상이 들어오고 저들이 한 동료로 보인다는 것을.

일행은 한 성도가 나눠 주는 아이스바를 하나씩 들고는 기념품 가게를 기웃거렸다. 구경하다가 만져도 보고 참견도 하다가 사기도 하면서 자연스럽게 저들과 친밀한 관계를 이루며 공감대를 형성해 나갔다. 암담했던 기억은 벌써 아득한 일처럼 지나가고 까마득히 잊어지고 없었다.

주차장에서 보니 아까 보았던 빨간 지붕이 다시 눈에 들어왔다. 동굴 입구에서보다 더 선명하고 가까운 거리였다. 녹음 속에 들어 있는 저 빨간 건축물이 뭘까 하고 동료에게 살짝 물어보는데, 동료는 여직 그것도 몰랐느냐는 식의 한심한 표정을 지었다.

"우리가 묵고 있는 숙소잖아요!"

*

　세끼 식사와 간식시간, 틈틈이 드려지는 예배, 물에 들어가 놀기, 수다 떨기, 경관 감상하기, 서먹한 관계 좁히기 등 하루 일과는 빼곡한 일정으로 가득 채워져 있었다. 찬양을 하고 설교를 듣다 보면 금세 끼니때가 되었고, 마당에 둘러앉아 노동자처럼 밥을 먹고 나면 또 오후 찬양을 준비해야 했다. 끊임없이 반복되는 예배와 수도 없이 오르내리는 언덕길은 어쩌면 고행일진데, 누구하나 거기에서 실족하거나 불만을 토로하는 사람은 없었다. 그렇게 치러진 빼곡한 일정은 한가로운 오후가 되면 약간의 긴장감과 함께 영락없이 잠이 되어 쏟아지곤 했다.

　숙소에는 여기저기 널브려진 옷가지와 가방들, 풀어헤쳐진 짐 보따리뿐이었다. 대각선 자락에 누군가가 잠들어 있는 것 말고는 한가하기만한 오후였다. 매미 소리가 동산에서 자지러졌고 간간이 들어오는 하늬바람도 얼굴을 타고 흘러내렸다. 측량할 수 없는 먼 하늘이 아득하게 들어오는 것을 누워 창문으로 내다보며 밀려오는 오수에 몸을 맡겼다. 그러나 조금은 불안한 마음에 눈을 떴다 감았다 하고 있는 중에 어떤 희끗한 사람이 들어왔다. 놀라 반사적으로 벌떡 몸을 일으켜 세웠다. 저 양반이 여기는 왜 올라왔을까?

　난처한 기색을 감추지 못하고 엉거주춤하는데 본인도 그러기는 마찬가지였다. 선 자리에서 실내를 한번 둘러보고는 그대로 나가는 거였다. 슬그머니 들어와 슬그머니 나가시는 목사님을 어떻게 할 수가 없었다. 여자 숙소에는 왜 올라왔고 왜 그냥 나간 것일까. 한 사람밖에 없는 것을 보고 그냥 나가는 것 같았다.

난데없는 목사님의 등장에 잠은 멀리 달아나 버렸다. 산만해진 기분으로 다시 눕자니 잠이 올 것 같지도 않았다. 부스스한 얼굴로 일어나 신발을 신고 언덕길을 내려가는데 사택 마당가 파라솔 밑에 권사님 두 분이 앉아 계셨다. 언덕을 내려오는 것을 멀리서 바라본 권사님은 어서 와요, 여기 아주 시원해! 하며 다정한 목소리로 불렀다. 언제 뵈어도 항상 인상 좋으시고 온화한 성품을 가진 고운 권사님이었다. 교회에서는 또 제일 연장자셨다. 권사님 곁에는 성품이 전혀 다른 성격의 조금은 젊은 권사님이 동료로 앉아 계셨다.

"그런데 다들 어디 갔어요, 권사님?"

잠시 방심하다가 일행을 다 놓쳐 버린 기분으로 여쭈었다.

"어디 가긴! 다 요 앞 강에서 놀지! 왜 자매님은 수영 안 하고?"

"네에……."

마당가 텃밭에는 하얀 십자가가 꽂혀 있었다. 누가 세워 놓았는지 목각에 두루마리 화장지를 감아 그럴싸한 분위기를 내려고 노력한 것 같았다. 불볕더위에 꽂혀 있는 하얗고 보잘 것 없는 십자가! 누군가의 발상인지는 몰라도 그 하얀 십자가가 왠지 초라하고 흉측해 보였다. 저 걸 왜 저기다가 세워 놓았을까?

그때 안채에서 파라솔 쪽으로 목사님이 걸어오셨다. 사택에 있다가 나오시는 모양이었다. 그야말로 동에 번쩍 서에 번쩍 하시네!

목사님을 보자 괜히 민망해서 직접적인 시선을 피했다. 풀어진 모습을 보인 것이 영 마음에 걸렸다. 그는 날씨가 좀 덥죠, 하면서 의자에 와 앉으며 난데없이 몸은 좀 어떠냐고 물어왔다. 내심 걱정하고 있었다는 눈치였다. 그러고 보니 이번 여행에 척추뼈는 한 번도 성을 내지 않고 있었다. 목사님의 재등장을 놓고 은근히 생각이 많았다. 숙소에는 왜 올라오셨고 여기는 무슨 일로 나타나셨을까. 그의 등장은 왠지 자연스럽지 않은 것 같았다. 한 성도가 보이지 않아서? 아니면 혹시 그저께 밤에 그녀와 같이 나타나 입을 달싹거리던 그 속내를 간파한 것은 아닐까. 그러니까 그 일은 별것 아니니 신경 쓰지 말라는……. 섬세하고 탁월한 목사님의 감성으로는 충분히 그럴 수 있었다. 아직도 자신을 정죄하고 있는 거라면 지금 풀려나라는!

정민은 자기 방식대로 그렇게 단정했다.

'그래요, 목사님! 저번에 그 영접이 다분히 수동적이었다면 이번의 영접은 바로 성령이 나를 움직인 반증이니까요.'

천정에서 돌아가는 두 대의 선풍기로는 더위를 식히지 못했다. 많은 사람들이 뿜어내는 열기와 체온이 높은 기온 상승과 맞물려 실내는 후텁지근하고 답답했다. 연신 부채질을 해 대지만 사람들은 찜통더위 속에서 달려드는 모기와 한판 실랑이를 벌이며 잠을 이루지 못했다. 구석 자리에 앉아 숨이 막혀 오는 것을 느끼며 슬그머니 일어나 문가 쪽으로 나갔다. 억지로 잠을 청하기보다는 바깥공기를 좀 쐬고 들어오면 나으려나 싶어서였다.

숙소 바깥은 열린 공간이라 그래도 숨 쉬기가 훨씬 편했다. 아직도 사택 마당에는 밤을 보내는 몇몇 사람이 모깃불 가에 빙 둘러앉아서 도란거리고 있었다. 언덕 위쪽을 보니 환한 불빛에 수풀이 희미하게 들어왔다. 으슥한 수풀을 들어가자니 저 밑의 사람들이 수상하게 볼까 은근히 신경이 쓰였다. 그러나 밝은 불빛 때문에 이쪽을 보는 것은 무리일 것 같았다. 평평한 둔덕을 찾아 수풀 위에 앉고 보니 어둠에 묻힌 산천초목이 온통 검은 대륙처럼 들어왔다. 칠흑 같은 어둠 속에 산천은 묻혀 있고 사택 마당에만 옹송그린 실루엣들이 앞에만 환하게 드러났다. 저들의 가슴에서 나왔던 발상!

초저녁에 보았던 작은 이벤트 하나를 떠올렸다. 모든 불빛이 소등되고 거기만 밝은 불꽃이 줄을 타고 어설피 내려오며 하얀 십자가를 불사르던 장면. 지붕에 올라간 주자가 성냥을 그 심지에 그어 대자 동시에 박수가 터져 나오며 환호했던 성도들. 어설프기는 했지만 그래도 재치 있는 한 소박한 이벤트가 성도들에게 감동을 준 것은 큰 의미가 있었다. 그런데 저들은 저렇게 앉아서 밤을 보낼 모양인가? 도통 일어날 생각들을 안 했다.

내일을 위해 엉덩이를 털고 일어나며 어둠에 묻힌 산천초목을 바라보았다. 그리고는 언제 올지 모를 이곳의 청정한 기운을 가슴에 담았다.

*

돌아오는 날은 아침부터 부산스러웠다. 벌려 놨던 짐들을 꾸리고 숙소도 정리하고 주변도 말끔히 치워야 했다. 강에서는 침례식도 있을 예정이었다. 해당되는 인원과 준비 요원들은 더 바쁘게 움직여야 했고 절차에 따라 서둘러야 했다. 헌데 성스러운 관문을 앞에 놓고 자꾸 신경이 날카로워지는 것은 무슨 연유인지 몰랐다. 누구나 한 번은 치르는 통과의식이라는데 경건하지 못하고 극도로 예민해져 가는 심경을 이해할 수 없었다. 어리석고 무지한 인간이 예수 앞에 나와 자기혐오를 벗고 다시 태어나는 과정이 그리 말처럼 쉽지는 않을 것이었다.

침례받을 인원은 십오 명이었다. 인솔자에 의해 어른과 아이가 분리되고 입을 옷들이 주어졌다.

"무얼 그렇게 겁을 먹고 그래요, 우리도 다 거친 일인데!"

불안에 떠는 것을 보고 가운을 건네주던 자매가 눈을 흘기며 말했다.

"왜 이렇게 떨리는지 모르겠어요!"

정말이었다. 사시나무 떨듯 이가 딱딱 부딪쳤다.

"자! 봐요. 어린애들도 다 멀쩡하지!"

활달한 성격의 자매는 어깨를 부여잡고 돌려세우며 한쪽에서 옷을 갈아입는 아이들을 가리켰다. 하나같이 앙증맞고 귀여운 천사 같았다. 아이들은 옥양목 천으로 된 가벼운 소재의 흰옷을 입고 있었다. 어른들은 뻣뻣하고 누런 광목천이었다. 내키지 않는 누런 자루 옷을 걸치고 일행을 따라 강기슭으로 내려가는데 이상하게 창피하고 부끄러웠다. 누군가 이 광경을 지켜본다면 영락없는 사이비종교의 그것일 것 같았다.

강에는 집행 요원들이 성경을 들고 물속에 빙 둘러서 있었다. 첨벙대며 놀던 어제의 소위는 다 물러가고 현장은 신성한 의식에 한껏 고무돼 있었다. 우리와 동일한 옷을 입고 흐르는 물 가운데 목사님이 서 계셨다. 잔잔한 물위에 예수님이 강림해 마치 신성처럼 서 계시는 것 같았다. 온화하고 인자한 목사님 인상은 광채라도 서려 있는 양 사뭇 진지하고 엄숙해 보였다.

집례자의 손에 의해 한 사람이 물에 잠기고 몇 초가 지난 뒤 꺼내졌다. 물속에 자기를 수장하고 새롭게 태어나는 과정이란다. 그래서인지 물에서 나오는 성도 몸에서 신성한 기운이 발산하는 것도 같았다. 동일한 방식으로 앞의 사람이 나갈 때마다 초긴장이 되었다. 어쩌다가 여기까지 오게 되었는가를 생각하면 머리가 아득해졌다. 이것은 엄청나게 섣부르고 성급한 행위가 아닐지 몰랐다. 꼭 상황이 청량한 물속을 경험하기 전의 그것과 비슷했다. 그때도 줄을 서서 들어가기를 기다리고 있었다. 멀리서 자유롭게 오가는 바깥사람들을 보고 심경이 착잡했었는데.

그때 집례자의 손에 의해 한 아이가 물에서 건져져 올려졌다. 건져진 아이 몸에서 홍건한 물이 골을 타고 흘러내렸다. 두려움을 참고 의식에 참예한 아이가 여간 대견하고 예뻐 보이지 않았다. 한쪽으로 동여맨 머리칼도 재치 있고 햇살에 반짝이는 모습도 여간 해맑아 보이지 않았다. 저 아이야말로 어쩌면 그 계단 위에 있었던 한 아이가 아닐지……

움츠려야 할 하등의 이유가 없었다. 용기를 얻고 나가 하늘을 올려다

보니 운전 중 돌풍이 불던 날 한강 둔치의 평화로움 위로 침묵하던 하늘이 거기에도 있었다.

13.

신비한 눈의 현상

호우(好雨)는 어떤 작용을 하는 것일까. 은혜의 단비라는 말은 또 어떤 경우를 두고 일컫는 말일까. 퍼붓는 빗속에서 우연치 않게 자기 정체성을 보게 된 그날은 비가 아주 많이 오고 있었다. 수련회를 다녀온 지 얼마 지나지 않은 팔월의 아침이었다.

밤새 아늑한 잠자리를 안겨 주던 비가 아침이 되자 더욱 세차게 퍼부었다. 거센 빗줄기가 앞이 안 보일 정도로 심히 퍼붓고 있었다. 승용차가 지날 때마다 뿌옇게 일어 오는 물보라와 안개가 차를 폭 파묻고 있었다. 정민은 거실 끝에 앉아 퍼붓는 비를 진작부터 내다보며 눈길을 한곳에다 고정시키고 있었다.

둥근 스테인리스 난간에 물방울들이 잔뜩 맺혀 있었다. 대롱대롱 매달린 일련의 물방울들은 제각기 흔들거리면서 말간 빛을 띠었다. 그것은 영롱한 결정체로서 하나의 완전한 질서였다. 신비로운 물방울들이 난간에 가지런히 맺혀 흔들거리는데, 터질 듯한 물 알갱이들이 어떤 경이감마저 들게 했다. 빗물이 물 알갱이로 탱탱하게 부풀어 오른 신비로운 결정체. 게다가 밤새 내린 많은 비로 난간의 먼지들은 말끔히 씻긴 터여서 물방울들은 어느 때보다 맑고 투명해 보였다. 물방울들은 마치 그네 타기라도 하는 양 제각기 흔들거리다 이윽고는 떨어지며 유리벽에 자기 몸을 부딪쳤다. 그러고 나면 난간 밑에는 언제 그랬던가 싶게 또 여전히 그만큼의 물방울들이 달려 있었다.

쉴 새 없이 맺히고 잠시 잠깐 머물다가 허망하게 부서지는 물방울들의 일사불란한 생. 그 분주한 소리 없는 반복은 곧 소멸로 이어지고 있었다. 정민은 한 치의 오차도 없이 벌어지는 물방울들의 질서 있는 생을 그저 우두커니 지켜만 보았다. 그런데 돌연 물방울들이 유리벽에 자기 행적을 남기면서 뭔가를 보여 주고 있는 것 같다는 생각이 들었다. 보는 이로 하여금 어떤 중요한 것을 느끼게끔 하려는…….

그 순간 뜨거운 무엇이 볼을 타고 흐르는 것을 알 수 있었다. 자기 의지와는 전연 상관없는 눈물이었다. 볼을 타고 흘러내리는 뜨거운 눈물이 참 이상하고 야릇하게 여겨졌다. 물방울들의 생성과 소멸을 하염없이 지켜보고 있을 뿐인데 자신도 모르는 사이 저들의 짧고 허망한 생이 전이돼 왔더란 것인가? 그러는 동시에 이번에는 또 이것이 과연 인간인가…… 하는 엄청나고 비통한 자의식이 노도처럼 밀려왔다. 이토록 더럽고 추한 인간이 진정 내 자신의 실체였던가 하는 깨달음이었다. 그 깨달음의 경지는 실로 엄청나서 자기혐오감으로 비통하게 파고들었다. 온갖 죄악의 더러운 실상을 부지불식간에 보게 되는 참 기이하고 어이없는 참상!

그것은 흉물스럽고 징그럽게 꿈틀대는 자기혐오였다. 끔찍하고 소름끼치는 벌레가 자신이었다는 것. 더욱이 알 수 없는 현상은 어떻게 지나온 날의 모든 행적이 적나라하게 펼쳐지는 것일까. 마치 신비한 투시경을 통해 지나온 과거를 한꺼번에 보는 것처럼 말이었다. 그러니까 그것은 네가 지금껏 살아온 것이 헛살았다는 것과 잘못 살아왔다는 것을 명백하게 입증하고 있었다. 다 부질없는 망상을 좇아 인생을 허비하고 낭비했다는 증거물들을 낱낱이 앞에다가 제시해 놓았다. 꼼짝 없이 수긍할 도리밖에 없는 명백한 죄의 실상이었다. 어떻게 그럴 수가 있는 거냐고 말도 안 된다고 항변할 여지도 없었다. 증거물들은 너무도 명백했으며, 그 명백한 증거물들 앞에 자신이 할 수 있는 일은 고작 그런 인간이었다는 것을 끔찍하게 받아들이는 것밖에 없었다. 깨끗하고 고상한 인간인 줄 알았다가 전혀 그렇지 않은 실체를 보고 말문이 막혀서 아연실색해하는 것이었다. 그리고 자신의 그런 죄과를 알게 하시는 이가 무자비하다고 생각했다.

절대자 하나님은 정확한 타이밍을 갖고 찾아오시는 것 같았다. 먼저 비를 통한 분위기 조성으로 차분한 마음을 갖게 하고, 자연의 한 유기체를 통하여 이미지를 전달하여 그것과 혼연일체가 되었을 때 홀연히 임재하신다는 것. 그리고 그에 대한 유기적인 현상으로서 인생의 허망함과 자기 죄과를 낱낱이 보게 하시어 '네가 그로 말미암아 영락없이 죄인'이라는 사실을 명명백백하게 인정하게 만드신다는 것.

그런 엄위와 권능 앞에 자기 정체성을 깨닫는 순간, 그러므로 너는 죄인이라고 하나님은 확실하게 언도하고 있었다. 당사자로서는 얼른 납득이 안 되는, 강력하게 항의해 마땅한 불합리한 언도였다. 내가 무슨 일로 죄인이고 무슨 짓을 했다고 죄인인가? 그러나 지각 있는 속내는 은근히 자기가 죄인이라는 것을 통감하고 있었다. 더욱이 임재하심을 두렵게 의식하는 것은 고향 마당의 살구나무 상공 위에서 들려왔던 그 엄청나고 무시무시했던 굉음을 기억하고 있어서였다.

승자 앞에 패자는 할 말이 없는 법이었다. 원죄가 조상으로부터 대물림되었다지만 본인의 행위가 없고서야 죄가 성립될 수 있는 것인가. 사람한테는 본질적으로 양심이란 것이 심어져 있다. 신이 인간에게만 심어 놓은 근원적 심지이다. 아담이 처음 에덴동산에서 하나님을 배반하고 눈이 밝아졌다는 현상이 바로 그것이었다. 아담과 하와가 사탄의 꼬임에 넘어가 선악과를 따먹은 직후부터 부끄러움을 느끼게 된 것은 결국 자기 안에 들어 있는 양심 때문이었다. 양심은 행위가 옳지 못하면 자기를 괴롭히고 그 괴롭힘으로 말미암아 죄의식을 느끼게 하는 인간만의 거울이다.

하나님은 인간에게만 양심을 심어 놓음으로써 바른 것으로 자기를 지키게 하고, 양심을 거스르는 대가로는 죄의식을 느끼게 함으로써 잘못된 것을 바로잡게 하시는 것이었다. 그러므로 미움과 시기, 욕망과 분노, 오만과 우월주의적 근성, 이기와 독선의 그 해괴하기 이를 데 없는 망상으로 가득 찬 속내를 어찌 나라고 인정하지 않을 수 있다는 말인가! 이것은 아주 공정한 재판장에 의해 내려진 명 판결이고 깨달음이었다. 그러니 그 절대적이고 불변한 법칙을 눈물로써 참회하고 뼈아프게 절감할 뿐. 더욱 가슴을 미어지게 하고 못 견디게 하는 것은 그럼에도 불구하고 너그러운 하나님의 자비와 관용이었다. 정민은 끔찍하고 흉물스러운 괴물을 벌하지 않고 오랫동안 지켜보시며 기다리셨다는 그 자비와 관용에 몸 둘 바를 몰랐다.

여기까지 생각이 미치자 그녀는 그런 자신이 너무나 형편없고 부끄러웠다. 잘못을 열거하기에도 한없이 초라하고 비참한 몰골이었다. 참담한 패자로서 자신의 내면을 들여다보니 소름이 절로 끼치는 끔찍한 괴물, 아니 흉물스러운 벌레였다. 그런 끔찍하고 흉물스러운 괴물을 하나님은 처음부터 알고 지켜보셨다는 것. 어디 그뿐이겠는가! 드러나지 않은 죄악이 얼마나 더 많고 자신도 모르게 만들어지고 있었겠는가! 그런데 이 오랜 세월에 걸쳐 일어났던 의문점들이 다 오늘을 염두에 두고 계획하신 하나님의 너그러운 계략이었다는 말인가? 여행 중에 일어난 사고로부터 최근 경각심을 일깨웠던 강변북로의 갑작스런 돌풍, 잠결에 어떤 목소리를 듣고 화들짝 깨어났을 때 너는 누구냐고 자신을 돌아보게끔 했던 원인 모를 그 물음까지?

정민은 어디로든지 도망치고 싶었다. 정말이지 한심하고 부끄러운 몸뚱이를 신실하신 그분이 보지 못하도록 꼭꼭 숨기고 또 숨고 싶었다. 무엇보다 그런 인간일 수밖에 없는 형편없는 자신을 사람대접해 주고 인격적으로 대해 주신 높으신 인성을 생각하니 몸 둘 바를 몰랐다. 그런데 불현듯 떠오르는 어떤 한 생각이 의문을 불러일으켰다. 생각조차 하기 더럽고 흉물스러운 광경이었다. 그것은 땅딸보에다 배불뚝이며 못생긴 데다가 철면피이고 누런 고무와도 같은 역겨운 표피를 보이고 있었다. 난데없이 안면 위에 바짝 붙어서 능글맞게 입을 싱긋 쪼개던 그 유들유들하고 징그러운 흉물! 그 소름끼치는 흉물이 혹시 자기 속에 들어 있어 그간의 악한 행실을 꾀하고 부추기지는 않았을까 하는 생각이 의구심으로 들었다. 오만가지 불신을 낳게 하고 선한 양심을 꾀어 멸망으로 떨어지게 만드는…….

그렇다면 난간에서 보았던 그 많은 사람들은 어떻게 생각해야 하는가! 모두 사색된 얼굴로 힘들어하며 절박해 있었는데, 그 사람들도 다 똑같은 문제로 힘들게 살아가는 것이었을까?

설마!

정민은 몸서리를 치며 벌레를 털어 버리듯 강한 부정을 나타냈다.

소리 없이 생성되어 말없이 소멸하는 난간의 물방울처럼 인간도 저리 짧은 생을 살고 가는 허망한 존재인지 몰랐다. 잠시 잠깐 머물다가 이내 부서지고 마는 한갓 물방울처럼 말이다. 비탄과 회한으로 얼룩진 몰골은 눈물이 말라서 피부를 심하게 잡아당겼다. 극심한 피로감이 몰려오며 알 수 없는 허탈감이 텅 빈 내부로 밀려들었다. 그 쓸쓸하고 적막한 정경은 인파가 빠져나간 텅 빈 도시의 광장 같았고, 아무것도 없는 공허한 내부를 휩쓰는 바람 같기도 했다. 형태가 있는 모든 것들은 산산이 부서져 버렸고 추풍낙엽처럼 떨어져 이리저리 뒹굴러갔다. 벌거벗은 사위로는 황량하고 스산한 바람이 감돌 뿐이었다. 그토록 야심 찼고 의욕 넘쳤던 열광의 파노라마는 그 주인이 벌써 거두어들인 지 오래인 것처럼 쓸쓸한 정경만 남았다. 거기 뒤안길에 남아 있는 적신된 존재가 들판에 서 있는 허수아비 같았다. 남루한 옷자락이 적신에 달라붙어 갈래갈래 나부끼는……

그때에 스산한 바람을 타고 조용조용 타이르는 말씀이 있었다.

"물욕의 덧없음과 너의 영혼을 더럽혀 온 온갖 것들을 제어하고 네 속에 잠재되어 있는 순수한 근원으로 돌아가라! 이제부터는 부단한 욕망을 버리고 원점에서 새 출발 하라.

패잔한 존재에게 서늘히 와 박히는 명령이었다. 핵심을 찌르는 예리한 한마디가 단호하고 무서웠다. 그것은 가고 있는 길에서 돌아서라는 것이었다. 죄악과 유혹이 만연한 세상에서 네 자신을 돌이키고 행할 바를 바로 알며 마음을 온전히 비우라는 것. 지금껏 산 것이 잘못되었고 무효화되었다는 것을 명심할진데 또 다시 거기에 머무를 것이 더 있겠는가.

서늘한 명령을 받고 한참 만에 자리에서 일어났다. 창밖에는 여전히 비가 끊이지 않고 퍼부었다. 그렇지만 아침보다는 확연히 소강상태로 접어들었고 시계도 훨씬 맑아져 있었다. 가늘어진 비 사이로는 산책로가 말끔히 드러났고, 노송 군락 초목들이 한결 싱그럽게 어우러져 있었다. 아파트 단지 안의 작은 세상이 오래간만의 풍성한 단비로 말미암아 그간의 묵은 때를 말끔히 씻고 나무와 숲들이 춤을 추고 있었다.

*

살벌한 공포는 어디로 갔을까. 항상 쫓김과 뜻 모를 불안과 열등감을 갖게 했던……. 그 되바라진 행위와 난폭한 소위들이 어떻게 하루아침에 가시고 신성한 파란으로 탈바꿈했을까. 선연한 당시를 떠올리면 지금도 낯이 뜨겁고 정신이 아득해졌다. 야생마처럼 날뛰고 괴성을 질러대던 우리 안에서의 사나웠던 행위들. 맹렬한 분을 삭이지 못해 화장실로 들어가 물을 마구 퍼부어 댔었지. 채워지지 않는 갈증 때문에 그때는 미칠 것 같았고 속에서 불이 났다. 자유로부터 단절된 세계 안에서 욕망과 울분을 삭이지 못하고 사면초가에 맞닥트린 인간 내면의 마성. 거기에 아랑곳하지 않는 하나님은 무료한 일상에 한 존재를 방치하고 미세한 틈도 허락하지 않았다. 욕망과 쾌락으로 말미암은 암울한 우리 속에서 자신을 내려놓게 한 것이었다. 인간은 타고난 본성이 악함으로 그것을 제거하지 않으면 더 나은 곳으로 오를 수 없다는 교훈이었다.

이제야 어느 정도 의문이 풀리고 가닥이 잡히는 것 같았다. 제멋대로 살고 행동했던 그것은 자유가 아닌 방종과 방황이었다는 것을. 그것을 생각하니 가만히 있어도 눈시울이 붉어지고 콧잔등이 시큰해졌다. 그것은 살아 있어서, 살아 있기 때문에 보고 생각하고 느낄 수 있는 감정들이었다. 신성한 파란이 혈관 속을 흐르며 생동감을 주는 참 기쁜 의식! 새 하늘과 새 땅이 눈앞에 훤히 열려 있었다. 호흡하는 순간순간마다 깨어 있는 이 시간이 얼마나 신성하고 아름다운지 몰랐다. 깨어 있는 이 아침의 평화가 얼마나 찬란하고 눈부신지 몰랐다. 그것을 이제야 깨닫고 알아 가는 것 같았다. 물질이나 욕망에 얽매이지 않는 참다운 자유의 삶을…….

14.

성령과 함께 내려온 천사들

싱그러웠던 여름도 가고 가을도 깊어 어느새 정점을 달리고 있었다. 여간해서는 변할 것 같지 않던 산천초목이 계절의 변화 앞에 자기를 발산하고 찬연한 색깔로 물들어 가고 있었다.

조금만 바람이 불어도 우수수 낙엽이 떨어질 것 같은 가로수 밑이었다. 깊어 가는 가을의 한 정점에서 언뜻 하늘의 일을 생각해 보았다. 천상에서도 지금쯤 잃어버렸던 한 존재가 돌아옴을 기뻐하는 천국 잔치가 열리고 있지는 않을까? 한 영혼이 돌아옴을 기뻐하는 하나님께서 고원 뜰 찬란한 십이 계단 앞에 스랍들을 모서 놓고, 잃어버렸던 한 영혼이 돌아옴을 너희들도 기뻐하고 축하하라! 그러고는 당신의 숨결이 담긴 성령 상자를 손에 드시고 지상으로 내려 보낼 몇몇 천사를 지명하여 은밀히 임무를 맡기시지는 않았을까? 왜냐하면 그럴 가능성을 예시하는 여러 정황들이 포착되었기 때문이었다.

대예배를 마치고 주보를 훑어보는데 난데없이 매우 낯익은 이름이 눈에 띄었다. 주보 뒷면에 생뚱맞게 자기 이름이 올라 있는 것이었다. 혹시나 잘못 보았을까 봐 눈을 의심하고 다시 들여다봐도 틀림없는 자기 이름이었다. 그것은 목사님의 횡포가 분명했다. 손수 주보를 담당하고 있었으니까. 기도에 능숙한 사람이 얼마나 많고 많은데 하필 또 나를 시킨담!

목사의 일방적인 생각은 공정하지 못한 것이었다. 기도를 잘할 줄도 모르는데 자꾸 기도를 시키면 어쩌자는 것인가?

자기한테 주어진 기도가 어지간히 버겁기만 한 정민은 그 버거운 짐을 누구한테 당장 일임하고 싶었다. 그때 문께 쪽에서 인사를 마친 목사님이 가운데 통로로 걸어오셨다. 기다렸다는 듯 기도 란의 이름을 눈으로 가리키며 불만스러운 기색을 드러냈다.

"목사님 저 기도한 지 얼마 되지도 않았잖아요!"

그렇게 말한 소치는 그래 봐야 한번 올라와 있는 이름이 바뀌지 않는다는 것을 알면서도 행여 짐을 벗어 볼까 해서였다.

"어허, 그러면 쓰나! 하겠습니다, 라고 대답해야지! 정민 자매는 할 수 있어요!"

근엄하면서도 어딘가 힘이 실린 부드러운 카리스마가 그녀를 압도했다. 온화한 인상 뒤에 숨어 있는 예리한 눈빛은 거역할 수 없게끔 강경한 일침을 놓고 있었다. 어수룩한 정민에겐 노련하고 냉철한 목사를 당해 낼 재간이 없었다. 그녀는 어쭙잖은 핑계 가지고는 먹혀들지도 않을 거라는 것을 절망스럽게 받아들이고 있었다. 이런 일이 있으려고 새벽녘에 그런 꿈을 꾼 것인가?

정민은 아무도 없는 강당에서 목사님과 둘이 서 있는 광경을 떠올렸다. 목사와 삼사 미터 간격을 두고 마주 서 있는 정민의 몸에는 황금 문양이 새겨진 고급 예복이 입혀져 있었다. 자기 몸에 그런 고급 예복이 입혀져 있는 까닭이 어딘가 수상쩍고 예사롭지가 않았다. 뒤의 단이 길게 늘어져 끌리는 품격 있는 옷이었다. 이런 고급스러운 옷을 왜 입고 있을까 의아해하는데 목사님은 그런 자신을 잠자코 지켜만 볼 뿐 무슨 언급은 없었다. 영문을 몰라 멀뚱히 서 있을 때에 정수리에서 뭔가 흘러내리는 느낌이 감지되었다. 걸쭉하고 차가운 액체 같은 것이었다. 그런 감촉이 유쾌할 것은 없었지만 그렇다고 불쾌하거나 어떤 이질감이 들지는 않았다. 다만 걸쭉한 무엇이 더디게 흘러내리는데, 기분은 꼭 심장과 폐를 관통하는 서늘한 느낌이었다. 예배 때에도 알 수 없는 꿈이 떠올라 몇 번이고 목사님을 쳐다보았었다. 황금 문양의 붉은 예복은 무엇이고 걸쭉한 액체는 무엇이었을까? 목사님은 왜 앞에 서 있었을까?

"네, 하겠습니다!"

정민은 마지못해 고집을 꺾고 볼멘소리로 대답했다.

"암, 그래야지!"

열린 예배, 기쁜 찬양, 은혜 받을 시간⋯⋯. 단상에서는 윤희선이 시원한 창법으로 선창을 이끌어 가고, 점심을 먹은 직후의 회중은 편안히 앉아 즐겁게 찬양을 따라 불렀다. 성도의 과반수가 빠져나갔고, 그 남은 반수가 드리는 조촐한 찬양예배였다. 오늘따라 윤희선의 목소리는 숲의 향기처럼 청아하고 맑게 울려 퍼졌다.

예배가 무르익을수록 정민의 마음에는 불안감이 급속히 퍼져나갔다. 편안히 앉아 있을 때는 몰랐는데 예배의 한 부분을 맡고 나니 몇 번이고 다잡은 마음과는 달리 긴장으로 근육 세포는 마비되고 머리는 새하얘져만 갔다. 처음에는 미약했던 것이 이제는 통제 불능에 이르러 극도의 긴장감에 빠져들었다. 그럴 때 목사님의 큐 사인이 불안하고 긴장된 시선에 들어왔다.

회중 앞에 자기 속내를 드러낸다는 것은 뭔가 자존심에 해당되는 문제였다. 어떻게 처음 만났던 날의 놀라운 일들과 신선한 충격을 고백할 수 있겠는가. 그것은 사랑 고백만큼이나 가슴 떨리고 부끄러운 행위였다. 그리고 열심을 갖고 살아왔던 날들이 전적으로 잘못되었고, 항상 잘난 체하며 으스대었던 것들도 당신의 의로움 앞에 모두 조각났다고 말할 수 있겠는가. 정민은 아주 어렵게 대충 그런 요지들을 기도로 표현하는 동안 시간이 정지된 느낌을 받았다. 정지된 시간 속에 오직 혼자 남아 있으며, 그 시간 속에서는 혀를 끌끌 차 대고 실망하는 소리만이 들려왔다. 그녀는 자신의 마음에서 우러나온 기도를 냉혹한 판관들이 마음대로 해석하고 분석하는 데서 고통을 느꼈다. 무너지듯 자리에 주저앉으며 어서 순서가 다음으로 넘어가기를 기다렸다. 그리고 회중이 빨리 자기를 잊어 주기 바랐다.

자아는 속절없이 무너져 내리고 있었다. 심중의 또 다른 자기가 표독한 눈을 뜨고 무섭게 질책하고 있었다. 왜냐하면 방금 전 자신의 행위는 그의 기대치에 턱없이 못 미쳤기 때문이다. 무엇보다도 심혈을 기울여 작성한 기도문을 침착하고 의연하게 드리지 못하고 회중을 의식한 나머지 제대로 읽지도 못한 것을 용납할 수 없었다. 정민은 마음에 상처를 입고 예배당을 재빠르게 빠져나왔다. 엘리베이터 문이 어서 열리기를 기다리고 섰는데 누군가 등 뒤에서 어깨를 토닥거렸다. 담임목사님이었다.

*

양심에 걸린다는 것. 그래서 마음이 편치 않다는 것. 그것은 자기 행위가 이미 부정했다는 반증이었다. 또한 그것은 스스로 감당해야 할 몫이었다. 그것을 뒤늦게 깨닫고 반성했다면 그것을 거울삼아 다음번에는 그렇게 하지 않으면 될 일이었다. 양심의 가책에서 벗어나는 길은 그런 자기를 용납하고 못난 자학을 떨쳐 버리는 일이었다. 그런데 그런 해답까지 가지고 있으면서도 그는 스스로를 정죄하고 있었다. 설사 그것이 괴로움을 벗어날 수 있는 돌파구와 묘약이 된다 해도 진정한 해결책은 아니기 때문이었다. 왜냐하면 완벽을 추구하는 성향에 입은 상처는 그것만으로는 완벽하게 치유되지 않을 것이기 때문이었다. 정민은 그런 연고로 이틀째 밤이 이슥하도록 침상머리에 무릎을 곧추세우고 앉아 잠을 이루지 못했다. 시월로 접어든 밤이 제법 차갑고 을씨년스러웠지만 심령이 상한 까닭에 이불도 끌어다 덮을 수가 없었다. 마음이 소제되어 청결하게 되었건만 다시 자기의 허물로 인해 더럽혀졌다고 느꼈기 때문이었다. 그녀는 깊은 밤 창문으로 들어오는 밤하늘을 올려다보며 문득 윤동주의 「서시」 한 구를 떠올렸다. 하늘을 우러러 한 점 부끄러움이 없기를…… 잎새에 이는 바람에도 괴로워했다는 그 구절이 그녀의 허한 속을 대변했다.

마음의 번뇌가 만든 권태 속에서 사흘이 지났다. 정민은 공원을 내다보던 중 느닷없이 외출이 하고 싶은 생각이 퍼뜩 들었다. 그래, 탁 트인

길을 한번 달려 보는 거야!

집안을 대충 훑어보고 서둘러 열쇠를 챙겨 들고 현관문을 나왔다. 행선지는 알 수 없으나 한적한 길을 달리다 보면 마음의 번뇌가 좀 가라앉지 않을까. 차안에서 잠시 어디로 갈까 고민하다가 일산 방면으로 차를 몰았다. 탁 트인 대로에 들어서니 지대가 높은 까닭에 주변 경관이 시원하게 들어왔다. 청명한 하늘 아래 맑은 대기와 화훼 농가, 그리고 정교한 비닐하우스들, 도로가의 긴 녹지대를 따라 마음을 안정해 가며 머릿속으로는 자유로를 떠올렸다.

장항동을 벗어나 자유로에 들어서니 한적했다. 반대 차선으로 어쩌다 차가 지나가는 정도였다. 아침햇살이 차창을 투과해 오롯이 쏟아져 들어왔다. 한적한 도로에서 아침나절 맞는 햇살은 응결된 가슴팍으로 포근히 녹아들었다. 길섶에는 화사한 코스모스 행렬이 끊임없이 이어져 있었다. 가늘고 여린 코스모스의 가을 풍경을 가슴으로 느끼려니 언뜻 이른 아침의 낯선 방문자를 저들이 꽃단장하고 맞이하는 것 같다는 기분이 들었다. 밤새 만든 꽃목걸이로 국빈을 정성껏 환영하는 북한 여성의 열정처럼 말이다. 그것은 김대중 대통령이 북한을 방문했을 당시의 평양 시가지를 연상하게 했다. 화사한 한복을 곱게 차려입은 북한 여성들이 길가에서 태극기와 조화를 든 손을 흔드는 광경과 아주 흡사한 모습이었다. 정민은 열광하는 코스모스 행렬을 따라가며 어렴풋이 동생과의 한 기억을 떠올렸다.

어느 날 헛간에서 동생과 말다툼이 벌어졌다. 육탄 공세가 들어가기

직전일 때 아버지가 그 광경을 보셨다. 동생과 똑같이 싸우는데 나만 갖고 나무라는 아버지의 태도가 이해가 가지 않았다. 싸움의 발단은 무엇이며 왜 무엇 때문에 싸우느냐는 등의 육하원칙은 묻지도 않으셨다. 둘이 싸우는데 어느 한쪽만 나무라는 것은 불공정할 뿐만 아니라, 그것은 큰딸의 위치를 무시하는 처사였다. 동생 앞에서 자존심에 심한 타격을 입고는 무턱대고 아버지 앞을 뛰쳐나갔다. 무조건 동생만 두둔하는 아버지는 옳지 못해! 아버지는 내가 보기 싫은 거야!

복받치는 설움을 안고 바깥마당으로 뛰쳐나왔는데 텃밭의 배추며 무들이 눈에 한가득 들어왔다. 뿌옇게만 들어오는 배추밭 고랑을 가로질러 이웃집 울타리 사이로 난 언덕을 무작정 뛰어올라갔다. 처음으로 가출을 생각했던 것 같다. 거기 동산에는 마을 전경이 한눈에 내려다보이는데 거기 서 있자니 그렇게 처량맞고 초라할 수가 없었다. 그때 동산 길섶으로 한 무더기 코스모스가 눈에 들어왔다. 풀을 베어 잔뜩 쌓아 올린 퇴비 더미 옆에 한창 무성하게 피어 있는 코스모스 무리였다. 더 생각할 겨를도 없이 등을 구부려 덤불 속을 헤집고 들어갔다. 향기가 진동했지만 그런 것은 문제가 되지 않았다.

꼬박 반나절을 들어앉아 아버지에 대한 원망을 곱씹었다. 동생보다 아버지가 더 섭섭하고 이해 안 되는 것이었다. 애꿎은 가지하며 줄기를 모조리 꺾어 가며 진한 꽃향기에 취하고 두엄 냄새에 취하고 감정도 무뎌져 갔다. 누가 벌을 준 것도 아닌데 스스로 들어앉아 벌을 받는 것이었다. 어쩌다가 동네 사람이 지나가면 괜히 간이 콩알만 해져서 몸을 움츠렸다. 너 거기서 뭐 하냐고 들여다보면 할 말이 없었기 때문이었다. 다 큰 계집애가 거기는 왜 들어가서 있는지 말이다.

두엄 냄새가 권태롭다고 느낄 때 동산에는 땅거미가 지기 시작했다. 불현듯 무섭다는 생각이 들었다. 언제까지 여기 있어야 할지 암담한 노릇이었다. 반나절을 펴지 못한 몸이 쑤시고 저려 마비 현상이 일어났다. 호롱불 밑에 식구들이 둘러앉아 저녁 먹는 모습이 생각나 몹시 시장기를 느꼈다. 성질대로 뛰쳐나온 것이 과연 잘한 짓이었을까. 나는 아버지한테 야단맞아야 했을까. 그렇지만 이제 와서 자발적으로 내려가자니 자존심이 상했다. 뭔가 적당한 구실을 찾아야 했다. 아버지 앞에 나의 행동이 옳았다는 것을 증명해야 했으니까.

동산 아래에서 들려오는 엄마의 애절한 목소리가 허공을 갈랐다. 저녁 먹으라고 나를 찾는 엄마의 속 타는 목소리였다. 딸의 행방을 놓고 누군가와 두런대는 소리도 허공을 타고 올라왔다. 나는 조바심이 생겨 엉덩이를 들썩거렸다. 이제 아버지에 대한 원망이나 노여움 따위는 그렇게 중요하지 않았다. 어떻게든 구실을 만들어 동산을 내려가야 했는데 그럴 만한 묘안이 서지 않는 것이었다. 그때 동산을 올라오는 어떤 발자국 소리에 귀가 쫑긋했다.

"언니! 어디 있어, 언니?"

나지막하고 작은 소리였다. 동생이 어둠 속을 올라온 모양이었다.

"언니, 있으면 어서 말해!"

나는 당장 뛰어나가 동생을 얼싸안고 싶었지만 그런 충동을 자제했다. 괜히 또 얄밉고 밉살맞은 생각이 들어 부아가 치밀었다. 어찌 됐든 여기에 있다는 것을 넌지시 알려야 해서 나는 헛기침을 해 댔다. 그러고는 마지못해 나오는 시늉을 하며 볼멘소리로 말을 툭 던졌다.

"너 여기 내가 있는 거 어떻게 알았어?"

그럼 그렇지 하는 양으로 동생이 어둠 속에서 조소하고 있었다.

"언니가 없어지고 나 많이 생각했어! 처음에는 솔직히 말해서 아버지가 언니를 야단칠 때 은근히 고소하고 통쾌했어. 언니라고 도량이 넓기를 하나, 좋은 게 있으면 나눠 가질 줄 아나. 무조건 우기고 제압해서 이기려고만 들고 말이야. 그런데 시간이 가면서 자꾸 언니가 걱정되고 은근히 불안해지는 거야. 엄마는 가만히 있지만 말고 나가서 어떻게 좀 찾아보라고 야단이지. 물론 아버지한테 나도 야단맞았어. 누가 언니한테 버르장머리 없이 대드느냐고! 그런데 문득 여기가 생각난 거야. 혹시 언니가 동산에 있을지도 모른다고. 왜 언니가 그랬잖아! 이 코스모스는 내 거니까 너는 절대로 손대지 말라고. 그래서 용기를 갖고 한번 올라와 본 건데 역시 있었네!"

망할 계집애라고 정민은 속으로 욕을 퍼부었다. 은근히 양심이 찔리기도 했다. 그리고 자신을 데리러 올라와 준 얄미운 계집애에게 가족애를 느끼며 어깨에다 손을 슬그머니 얹었다.

"캄캄한데 무섭지 않았니?"

"왜 안 무서웠겠어. 길도 잘 안 보였는데! 하지만 언니가 여기 있을 거라는 믿음이 갔어!"

정민은 동생의 어깨를 감싸고 비탈을 내려가며 다음부터는 그러지 말아야지, 하고 반성을 했다. 등교 때마다 손에 잡히는 대로 코스모스 망울을 터트리며 동생한테는 손도 못 대게 한 것이었다. 톡 소리와 함께 맑은 물이 손을 적시는 쾌감을 한 번도 동생한테는 주지 않은 것이었다. 그로 말미암아 활짝 핀 꽃들을 나중에 보았을 때는 온전한 꽃송이는 하나도 없고 다 불구의 찌그러진 꽃만 피어서 은근히 속으로 찔림을 받았다.

"그런데, 아, 아버지는?"

은근히 걱정되고 신경 쓰이는 부분을 정민은 묻지 않을 수 없었다.

"마실 가고 안 계셔!"

철망 너머로 깔린 이념의 망연한 흔적을 차안에서 보고 임진각 마당을 돌아 나오는 중이었다. 장거리를 달려왔건마는 그리 피곤하지 않을뿐더러, 굳이 내려 그곳 전망을 보고 싶지는 않았다. 오로지 침울한 심정으로 그곳의 아침 정취와 잿빛 평야, 철망 너머로 이어진 철교와 자기 내부의 공허함을 넘나들며 달려온 길을 되돌아가는 중이었다. 그리고는 입버릇처럼 곤경에 처한 자기 심경을 허공에다 토로했다. 울적한 심사를 그렇게나마 털어 버리고 싶었다. 크고 광대하신 하나님 앞에 소심한 인격이 저지른 행위는 너무 형편없고 부끄러운 것이었다.

통일동산을 막 뒤로 하고 구부러진 산허리를 미끄러지듯 달려 나갈 즈음이었다. 심령의 갈급함이 극도에 달한 상태에서 하늘의 광대하심이 절박한 그의 기도를 듣고 마침내 소통을 보내왔다. 임진강이 우측 먼발치로 검푸르게 들어오고 있었다. 저만치 전방에서도 보초선 군인과 노란 바리케이드가 눈에 들어오고 있었다. 꺾여 들어간 교량 위를 막 통과하려는데 갑자기 막혔던 체증이 뻥 뚫리는 시원함을 부지중 느꼈다. 연이어 어떤 고차원적인 음성이 시공을 가르고 들려왔다.

"애야, 너의 허물 따위는 기억하지 않는다. 너를 사랑한다!"

부지중에 들려오는 음성을 듣고 자기 안의 번잡함이 한순간 사라지는 것을 느꼈다. 들려온 음성은 희한하게도 치유의 묘약인 것이었다. 온몸이 시원해지는 경험을 하고, 그것을 경험한 사람만이 그것을 알고 있는 거라면 얼마나 애석하고 유감스러운 일일까. 그렇게 제한적이고 개별적인 하나님이라면 어떻게 보편적이고 만유 위에 유일한 신이라고 할 수 있겠는가. 그리고 그것은 너무나 비현실적이고 관념적이지 않겠는가, 하는 생각들이 동시에 밀려왔다.

사랑의 묘약으로 말미암아 그간의 모든 시름에서 벗어나 온 몸에 활기가 돌았다. 심중의 절박한 토로가 하늘에 상달되어 응답이 내려온 것이라고 온전히 믿었다. 가벼운 마음으로 기분이 호전되어 길을 달리는데 이번에는 원인도 알 수 없는 무엇이 가슴에 들어차는 찢어지는 고통을 느꼈다. 무진장하게 밀고 들어오는 힘 때문에 어찌할 줄 모르고 내가 왜 이래, 왜 이러는 거야, 하며 아연해했다. 마치 큰 바위가 비좁은 통로를 헤집고 들어와 미련하게 앉으려는 것 같았다. 그것은 자기 몸이 분해될지도 모른다는 극한 공포감을 갖게 했다.

눈으로 볼 수 없고 확인할 수도 없는 절박한 지경에 놓여 사고를 떠올렸다. 그런데 편안한 상태로 가슴이 들어서며 안정이 되는 것이었다. 방금 전에 지옥을 경험했는데 전혀 새로운 양상으로 바뀌는 것이었다. 곤경에 처했던 지경은 언제 그랬던가싶게 흉중에는 전혀 다른 양상이 일어나고 있었다. 고통을 호소했던 가슴에는 경이로운 원천이 들어서고 있었다. 아름다운 소우주가 심중에 건설되는 현장? 아늑한 마음속 광장에는 천상의 정령들이 성전 높이 날아오르며 환희의 신세계를 건설하고 있었다.

황홀한 눈으로 그런 내면을 들여다보며 몇 번이고 차창 밖을 확인하였다. 왜냐하면 자기가 보고 있는 현상이 꿈인지 생시인지 몰랐기 때문이다. 만약 꿈이라면 깨지 말았으면 했다. 그런데 여전히 자기는 운전 중에 있었고, 올 때와 마찬가지로 길가 전경들은 한산한 오전 풍경을 나타내고 있었다. 좀 더 편안한 자세를 갖기 위해 운전석에 머리를 바투 기대었다. 자신에게 일어나는 현상들이 정말 소중하고 좋아서, 그 소중한 일들을 최대한으로 누리고 싶어서였다. 그러나 사소한 움직임으로 만에 하나 그것이 사라지면 어쩌나 하는 염려가 일었다.

시야에서는 찬란한 꽃들이 경이롭게 피어나고 있었다. 그것은 우주 근원의 힘과 소통을 이룸으로써 구원받는 자에게 주어진 표징이었다. 그 성결한 꽃들은 최상의 상태에서 교감을 지속하며 성령의 숨결을 부어 대고 있었다. 그렇게 성령이 채워지는 내면을 황홀한 눈으로 바라보는 동안 상황은 점입가경이었다. 어떻게 환희가 채 가시기도 전에 또 다른 환희의 꽃이 그 위에 퍼지며 찬란히 피어오르는 것일까. 혹시 영혼이 머물렀던 태초의 원천 같은 곳은 아닐까? 생명이 모태로 이양되기 전에 머물렀던 본향 같은 곳 말이다. 그리고 그 신비로움은 인간의 잠재의식 속에 들어 있는 선한 본질이 그토록 갈구하고 염원하던 어떤 유토피아는 아닐까? 정민은 끊임없이 피어나는 신비한 꽃들을 보면서 희열에 젖어 갔다. 그러면서 한편으로는 조바심을 내기에 이르렀다. 처음에는 그런 현상이 사라지면 어쩌나, 다시 거두어 가면 어쩌나 안달했었는데 이번에는 자기 안의 만족이 채워지자 그것이 언제까지 나를 붙들고 있을 것인가 은근히 조바심이 났다.

속도 게이지가 안정된 80km를 유지하고 있는 가운데 인터체인지가 저만치 앞에 들어왔다. 일산으로 진입하는 인터체인지였다. 서서히 속도를 늦추면서 원에 가까운 급커브를 여유롭게 돌았다. 몸을 가차 없이 밀어붙이는 급박한 회전도 희열이 절정에 오른 상태를 흩트리지 못했다. 희열로 가득한 심령을 이렇게 표현할 수 있지 않을까. 출항 이래 풍랑은 좀 거셌지만 항해는 유래 없는 만선이라는 것! 배 안에는 온갖 신비한 각종 어종과 금은보화들로 풍성히 차고 넘쳐 났다. 선장은 이루 말로 다할 수 없는 만선의 기쁨을 안고 가슴이 터질 것 같아서 연신 심호흡을 해 댔다. 갑자기 불어난 차량들 속에 들면서 마음이 다급해졌다. 은근히 조바심도 일었다. 항구에 배를 대려면 지금쯤 서둘러야 할 텐데, 돛을 내리고 장비도 점검하고 이 많은 보화들도 빠짐없이 다 챙겨 들어야 할 텐데……. 일산 시가지가 저만치 눈에 들어오자 더욱 조바심이 났다. 어떻게 할지를 몰라 달리면서 허공에다 이렇게 주절거렸다.

"하나님! 언제까지 저를 붙들고 계실 건가요?"

만약에 정말 만약에 그런 소리를 하지 않았다면 어떤 상황이 계속되었을까. 오래도록 같은 상태가 지속됐을까? 그 모순된 마음은 끝내 간사한 입을 통해 경솔한 한마디를 내뱉게 하고 말았다. 신령한 에너지로 가득 채워진 작은 그릇은 하늘 양식을 더는 탐내지 않은 것이었다. 신령하고 좋은 영의 양식은 얼마든지 비축해도 좋았을 텐데 말이다. 심중의 통장에 두둑이 예치해 두었다가 심령이 고갈되면 찾아서 채우고 또 채우고 긴요하게 쓰일 텐데…… 참 어리석은 바보 같으니!

허공에다가 그런 소리를 지껄이고 지하차도를 내려갈 때였다. 환희에서 희열로 들끓던 심중의 운동력이 갑자기 뚝 끊긴 것을 돌연 감지했다. 자유로를 타는 내내 최고의 경지에 자신을 올려놓았던 신비한 에너지원이 거짓말처럼 한순간에 뚝 끊긴 것이었다. 아아! 그것은 마치 수만 볼트의 막중한 에너지로 돌아가던 인체의 모든 기관들이 연료가 끊김으로써 일시에 올 스톱한 것 같았다. 어떻게 그 섣부르고 어쭙잖은 말 한마디에 막강한 에너지가 멈추어 버릴 수가 있을까. 경솔한 한마디가 부른 돌이킬 수 없는 실수로 말미암아 극한의 공황을 느꼈다. 참 허망하고 어이없는 허탈감이었다. 신령한 에너지가 이제 자기한테서 거두어진 사실을 받아들여야 했다.

N백화점을 들르려고 한 블럭을 더 가 우측으로 핸들을 돌렸다. 맞은편 공터에 차를 대기 위함이었다. 안쪽으로 깊숙이 들어가 둔덕 가까이 주차를 하고 키를 집어 드는데 희열로 들끓는 가슴이 벅찬 호흡을 주체하지 못했다. 벌렁대는 가슴을 진정시키려고 잠시 앉아 있다가 차에서 내리는데, 눈에 들어오는 온 일대가, 깨끗한 도심과 청명한 하늘, 맑은 대기가 그렇게 투명할 수가 없었다. 주차된 많은 차량 위로는 눈부신 햇살이 찬란히 부서져 내렸다. 그토록 투명하고 맑은 도심에 어

리둥절하여 정신이 어질했다. 이방의 도시에 방금 내린 외지인처럼 격세지감을 느꼈기 때문이었다. 확연히 달라진 도심에 신선한 충격을 받으면서 소나무 둔덕을 지나 횡단보도의 신호를 대기하는데 이번에는 대각선 자락의 키 높은 건물이 찬란히 빛나고 있었다. 빼어난 위용과 그 기상이 어딘가 예사롭지 않고 신성해 보였다. 도심 속에 해를 머금고 있는 장관이 여간 눈부시고 찬란해 보이지 않았다. 앞의 건물도 옆의 건물도 마찬가지였다. 마치 하늘 위의 도성이 땅 위로 내려온 광경 같았다.

건너편에도 사람들이 신호를 대기하며 일렬로 늘어서 있었다. 조금 비껴 백화점 앞에도 사람들이 많이 모여 있는데 뭔가는 분명 새로워지고 달라 보였다. 대로를 달리는 차량들, 신호를 받고 서 있는 택시들, 행인들, 모두가 신성한 공기 속에 정화된 도심을 아름답게 수놓고 있었다. 뭔가는 새로워졌고 확연히 달라진 도심이었다. 방금 전까지 무수한 영광이 심중에 들끓었던 것처럼 도심도 그렇게 생명력 넘치게 부상하고 있었다. 그것은 불과 얼마 전에 보았던 남쪽 상공의 찬란한 영광을 눈앞에서 보는 듯하였다. 정신없이 뛰쳐나갔던 바깥마당에서 하늘의 영광을 바라보았을 때의 그 벅참과 환희! 어떤 사악함도 불의함도 거기는 존재하지 않은 것처럼 눈앞의 이 도심도 신성하게 변화되어 있었다. 새롭게 구현된 천상의 도회와 거리를 오가는 수많은 사람들……. 그것은 정녕 육신의 눈이 아닌 성령에 감동된 눈으로 현상을 볼 때 인지할 수 있는 새 하늘과 새 땅이었다.

신호가 열리면서 일시에 사람들이 쏟아져 나왔다. 새로운 감회에 젖은 정민도 그들과 횡단보도를 건넜다. 팔차선의 넓은 대로를 횡단하는 와중 그녀는 웬일인지 술 취한 사람처럼 비틀거렸다. 다리가 풀려 제멋대로 흐느적댔기 때문이었다. 똑바로 걸으려고 애썼지만 이상하게도 풀린 다리가 말을 듣지 않았다. 심령 속에는 여전히 하늘의 영광이 가득차서 천국을 느끼고 있었는데, 몸만은 자기 의지대로 되어 주지를 않았다. 벌건 대낮에 대로상에서 그것도 멀쩡해 보이는 여자가 술에 취해 비틀거리는 꼴이라니…….

그때 맞은편에서 다가오는 사람들과 도로 한가운데서 만나게 되었다. 어떤 여인이 앞에 와 서더니 느닷없이 인사를 해 왔다. 젊고 평범해 보이는 여인은 아이 손을 잡고 서서 난데없이 "축하해요, 축하해!" 하면서 반색을 하는 것이 아닌가? 곁을 지나는 다른 사람들도 돌아보면서 "어쩜! 어쩜!" 하고 선의의 눈길을 보내며 축하를 해 왔다. 그녀는 영문을 몰라 멀뚱히 쳐다보며 미소만 지었다.

모르는 사람들의 진심 어린 축하를 받는 것은 참 기쁘고 행복한 일이었다. 백화점을 들어가 물건을 사고 돈을 지불하는 과정에도 고양된 의식은 조금도 흐트러지지 않았다. 그렇지만 너무 이상한 일이었다. 참 기이한 현상이었다. 그럴 리가 없을 텐데…… 하고 돌아오는 차 안에서도 의구심을 가져 보았다. 어떻게 생면부지의 사람들이 자기한테 축하한다는 말을 건네 온 것일까? 유독 아이 손을 잡고 앞에 와 섰던 여인은 더더욱 이해되지가 않았다. 어떻게 무엇을 축하한다는 말이었을까? 성령과 함께 내려온 천사들이 혹시 잠깐 사람으로 변모해 축하를 해 온 것은 아닐까? 왜냐하면 오는 중에 무슨 일이 일어났었고, 어떤 시간대를 거쳐 그 횡단보도에 이르렀는지를 알지 못하고서는 그런 인사말은 해 줄 수가 없기 때문이었다.

15.

슬픔 고난 시련

한낮의 햇살이 따사롭고 포근했다. 공원의 녹지대를 바라보다 좀 더 가까이 햇살을 받아 보고 싶은 마음에 조심스럽게 목발을 짚고 베란다로 나갔다. 정오를 넘겨서인지 아파트 앞의 주차장은 반 이상이 비어 있었다. 그때 공원의 푸른 숲 사이로 먼발치에서 들어오는 차 한 대가 보였다. 청색 카니발이 미끄러지듯 605동 앞으로 들어오는 것이었다. 들어오는 청색 카니발을 물끄러미 바라보고 있는데 화단 앞으로 들어온 카니발이 눈 아래에서 멈추더니 잠시 뜸을 들이다가 네 개의 문짝이 동시에 열렸다. 열린 차 문에서 남자들이 무더기로 쏟아져 나왔다. 내린 남자들은 평상복 차림의 수수하고 젊은 남자들이었다. 하나, 둘, 셋, 넷, 다, 여, 일 아니 여덟, 아홉, 열 명쯤은 되었다. 어떻게 저리 많은 사람들이 차 한 대에 모두 타고 있었을까 싶을 정도로 많은 사람들이었다. 내린 사람들은 곧바로 주차장 가운데를 경계한 야트막한 둔덕으로 걸어가 여기저기 흩어지며 일렬로 앉았다. 아기 단풍나무 밑에서 담배를 꺼내 무는 사람, 이상한 듯 주변을 둘러보는 사람, 서로 마주 보며 이야기하는 사람, 뭔가 그런 분위기가 이상하고 낯설었다. 어디서 온 사람들이며 무엇을 하는 사람들일까. 여차 하면 곧 무슨 일을 벌일 것 같은 태세고 긴장된 분위기가 느껴졌다. 그런 예사롭지 않은 분위기를 저들한테서 보며 조금 더 예의 주시하고 있었다. 여자의 직감이라는 것은 때로는 무서울 정도로 정확한 적중률을 보이니까. 설마 그럴 리야 없겠지만 혹시 우리 집을 겨냥하고 온 사람들은 아니겠지?

이상하고 낯선 광경을 우연치 않게 보게 되면서 예사롭지 않은 기류에 정신이 아득해졌다. 그리고 저들한테서 시선을 거두어들이며 거실로 들어와서는 뜻 모를 불안감에 휩싸였다. 어떤 공포감이 불현듯 스쳤기 때문이었다. 그때 정적을 깨고 인터폰이 요란스럽게 울렸다. 불안한 심정으로 인터폰을 드니 경비실이었다. 경비 아저씨는 누가 와서 문 열어 달라고 하면 절대로 열어 주지 마세요, 하면서 당부하듯 주의를 줬다. 드디어 올 것이 오고야 말았구나!

일 년 전이었다. 그날은 양력으로 정월 초하루였고 오전 시간이었다. 모처럼 윤성도 집에 있어 홀가분한 마음으로 차를 마시며 TV를 보고 있었다. 그간 하던 일을 마무리 짓고 사무실에서 가져온 책상이며 물건 몇 개가 어수선히 거실에 놓여 있었다. 곧 새 일을 시작하면 그곳으로 다시 옮겨 갈 물건들이었다. 벌려 놓은 물건 가운데서 각오를 새롭게 다지며 여유롭게 휴식을 취하고 있는 중에 전화벨이 울렸다. 지금 가니 차 한 잔만 부탁한다는 담임목사의 전화였다. 목사님의 느닷없는 방문 소식에 정민은 갑자기 정신이 어수선해졌다. 여느 때 같으면 희색이 만면했겠지만 그날은 이상하게 하나도 반갑지가 않았다. 뭔가 방해받는 느낌이고, 지금의 이 여유로움을 깨러 오시는 것 같은 불편함마저 느껴졌다. 그리고 한 해를 시작하는 첫날에 그가 오는 것은 아무래도 예사롭지가 않았다.

"지금 목사님이 오신다네."

"왜 무슨 일로?"

갑작스러운 소식에 윤성도 소파에 기댄 몸을 일으켰다.

"그야 모르지. 무슨 일로 오시는 건지."

회색 슈트 차림의 목사님은 사뭇 진지하고 엄숙해 보였다. 그는 자신의 생각 속에 담긴 구체적인 계획을 신자 앞에 꺼내놓았다. 긍정도 부정도 할 수 없는 곤란하고 난감한 계획안이었다. 요지를 파악하고 거기에 별반 질문을 하지 않는다는 것은 그 제의에 동의하지 않는다는 의사표시도 되었다. 이런 좋은 방법이 있는데 집을 융통하자는 목사님의 일방적인 제안이었다. 지하는 최대한 넓게 파서 교회로 쓰고, 일층은 가게로 세를 놓고, 이층도 월세를 주고 삼층은 우리더러 집값이 빠질 때까지 살라는 말이었다. 교회가 밑으로 내려가면 지역 주민들이 구름 떼처럼 몰려올 것을 예상하는 말씀이었다.

윤성이 신문사를 퇴직하고 사업을 시작한 지 얼마 안 돼서였다. 시골로부터 전화가 걸려 왔다. 큰오빠가 어제 교통사고로 사망했다는 소식이었다. 난데없는 부음에 경황이 없는 정신으로 서둘러 준비를 하는데 인터폰이 울렸다. 등기우편물이 왔으니 도장을 갖고 내려오라는 경비실의 연락이었다. 내일은 또 작은아이 갑상선 수술도 잡혀 있는 터여서 오후에는 입원도 시키러 가야 했다.

은행에서 온 우편물을 미심쩍어 뜯어보는데 온몸이 굳어지고 손끝이 떨려왔다. 이자가 벌써 삼 개월이 밀렸다는 내용이 대체 무슨 소린지 얼른 납득이 가지를 않았다. 시일 내에 입금하지 않으면 절차에 의해 조치에 들어가겠다는 은행의 엄포였다. 뭔가 잘못되었기를 간절히 바라면서 윤성의 사무실로 전화를 걸었다. 그렇지 않아도 시골에 같이 내려가려면 전화를 해야 했다.

"은행에서 이런 우편물이 날아왔는데 혹시 우리 집 잡혀 먹었어?"

"……."

희망을 갖고 물어보는 사람한테 그는 잔인한 사람이었다. 그가 지인으로부터 투자금을 유치해 새 사업을 시작하고 육 개월이 경과된 어느 화창한 날 날아든 불의한 소식이었다. 그 불의한 소식은 장차 다가올 환란으로 이어지며 그들을 세상 밖으로 내몰았다. 한꺼번에 엄청난 재앙이 몰아닥친 그날은 참 운수가 사납고 이상한 날이었다. 또 그러기에 앞서 한 달 전이었다. 배드민턴이나 치자는 딸아이의 제안에 흔쾌히 따라나섰다. 4월의 하늘이 맑았고 토요일이었다. 한 삼십 분가량을 쳤을까, 몸은 더워지고 열이 나며 땀범벅이 되었다. 잔디 둔덕에 앉아 잠시 쉬는데 하늘이 노랗게 들어오고 시야가 아득했다. 거기에 속까지 메슥거렸다. 저질 체력의 한계를 느끼고 일어서는데 현기증이 돌았다. 딸아이의 부축을 받으며 차 쪽으로 걸어가는데 차가 손에 닿지를 않았다. 그것이 전부였다. 아주 잠깐 동안 실신을 한 모양이었다. 다행히도 정신은 곧바로 돌아왔는데 머리가 뻐근했다. 아픈 곳을 만져 보니 오른쪽 이마에 커다란 혹이 생겨 있었다. 몸이 무너져 내리면서 차 꽁무니에 부딪쳤다고 했다. 그런데 이번에는 또 오른쪽 다리에 힘이 들어가지 않았다. 이튿날 교회도 못 가고 월요일이 되어서야 대퇴부에 금이 간 것을 확인할 수 있었다.

녹색 손잡이가 달란 두 개의 목발에 상한 몸을 의지하는 것은 살랑대는 봄바람에도 괜히 울적해져서 곧잘 자기 처지를 돌아보고는 했다. 그럴 때 찾아온 윤희선과 길은자가 반갑고 고맙기만 했다. 어제 걸려 온 윤희선의 전화에 내가 다리 수술을 받아서 꼼짝 못 하는 신세가 됐다고 하자, 그 마음 내가 잘 안다며 고생 좀 하겠다고 걱정 아닌 웃음을 터트렸었다. 언젠가 그도 목발을 짚고 다닌 것을 본 적이 있었다. 그들은 마트에 들러 돈가스 재료를 잔뜩 사 들고 왔다. 얼마나 많은 양인지 이걸 누가 다 먹느냐고 하자 아이들 돈가스 좋아하지 않느냐고 하면서 두고두고 해 주라고 많이 사 왔단다. 그리고 남으면 자기들도 좀 싸 가지고 간다고 많이 만들었다. 무지한 우리는 그때까지도 다음 날 어떤 일이 들이닥칠 것을 예측하지 못했다. 그런 일이 닥칠 것을 미리 알았더라면 먹어 보지도 못할 돈가스에다 괜한 수고는 들이지 않았을 텐데.

아까부터 저들은 명령이 떨어지기만 고대하고 있는 듯했다. 명령이 떨어지면 근질근질한 몸을 일으켜 금방 쳐들어올 기세다. 태풍 전야의 거대한 해일이 거실을 쑥대밭을 만들 것이다. 그런 것을 예상하니 무엇부터 해야 할지 얼른 가닥이 잡히지 않았다. 불안한 심정으로 괜히 거실만 오락가락할 뿐 도무지 무엇부터 해야 할지, 무엇을 해야 하긴 하는 건데 행동으로 옮겨지지는 않는다. 머릿속이 하얗고 혼란스럽기만 했다. 이 황당무계한 사태를 어떻게 감당하고 받아들여야 하는 건가. 혼자 감당하기에는 곧 들이닥칠 엄청난 파장이 너무 무섭고 두려웠다. 윤성에게 전화를 걸어 보았다. 알려 봐야 별 소용도 없겠지만 그래도 같이 있으면 낫지 않겠는가. 빌어먹을…….

그때 인터폰이 또 요란스럽게 울렸다. 받아 보니 조금 전의 경비 아저씨였다. 경비 아저씨는 자기가 할 수 있는 일은 다 했다는 암시를 보내며 이번에는 저들이 올라감을 알려 주었다. 왠지 알 수 없는 배신감을 느끼며 불안감이 증폭되었다.

이내 엘리베이터가 문밖에서 멎는 소리가 들렸다. 연이어 천둥 같은 초인종 소리, 또 한 번 눌러 대는 초인종 소리에 심장이 덜컹 내려앉았다. 그러나 평정심을 찾고는 문 앞으로 다가갔다. 사상 초유의 사태 앞에 인간이 어떻게 대처하는가를 보여 주어야 할 것이었다. 목발을 짚고 현관문을 순순히 열어 주었다. 노량진이라고 했으니 그가 도착하려면 얼마나 걸려야 할까.

*

목발을 짚었다고 거부당하면 어쩌나 했는데 받아 주었다. 낯선 풍경의 이곳은 무수한 사람들이 드나드는 공간이었다. 남녀노소를 불문하고 다양한 연령대가 찜질방을 이용했다. 젊은 남녀들이 반바지 차림으로 돌아다니는 것을 보면 무슨 해변에 온 것 같은 착각이 들기도 했다. 학생들이 많이 눈에 띄었고 젖먹이를 데리고 나온 부부도 있었다. 소풍을 나온 것 같은 일가족, 볼때기 가득 계란을 까 넣은 식성 좋은 아줌마들. 후덥지근한 마룻바닥에서 잠을 설쳐 가며 그 이색적 풍경에 낯설어 했다. TV가 머리맡에서 밤새 떠들어 댔고 부대시설을 이용하느라 사람들이 쉴 새 없이 오갔다. 새벽녘에 잠이 들었는데 눈을 떠 보니 아침이었다.

별로 기분이 좋지 않았다. 얼굴은 퉁퉁 부었고 온몸이 찌뿌둥한 게 무슨 군더더기가 잔뜩 붙어 있는 느낌이었다. 어젯밤 늦게 들이킨 아이스커피가 아무래도 원인이 된 것 같았다. 잠결에 그가 출근한다는 것을 얼핏 들은 것 같았고, 작은아이도 학교에 갔는지 보이지 않았다. 퉁퉁 부은 얼굴로 구석진 곳의 화장실을 다녀와 안마 의자에 가서 앉으니 아직도 여기저기 자고 있는 사람들이 많았다. 또 다른 진풍경이 시작되는 아침이었다. 북적대던 어젯밤의 사람들은 거의 빠져나갔고 시간에 구애받지 않는 몇몇 사람들이 추레한 모습으로 남아 있었다. 열 시가 넘었는데도 여직 잠을 자거나 하릴없이 앉아들 있었다. 늙지도 젊지도 않은 이 남자들은 어떻게 일하는 시간인데도 나가지 않고 여기 있는 것일까. 청소 아줌마는 그럴 때 불도저 같은 사람으로 등장했다. 드넓은 공간을 돌아다니며 청소기를 휘둘러 댔다. 시끄러운 소음을 뿜어내며 청소기가 다가올 때면 다들 알아서 일어나 자리를 비켜 주었다.

갑자기 생활이 없어지니 할 일이 없는 백수이기는 마찬가지였다. 하루 종일 찜질방에 있을 수도 없고 그렇다고 어디를 돌아다닐 처지도 안 되었다. 무료한 시간을 어떻게 보낼까 궁리하다가 화정에 가 보기로 했다. 큰아이를 만나 같이 올 생각이었다.

대로를 달려 대곡역쯤에 이르자 안온한 색감의 고층 아파트가 무슨 성처럼 느껴졌다. 그것이 하루 만에 남의 것이 되어 버린 차가운 현실이 믿기지 않았다. 정문 쪽으로 들어가 상가 주차장 앞에 차를 대놓고 길가로 나와 벤치에 앉아서 유동하는 인파를 구경하는데 누가 와서 어깨를 툭 건드렸다. 같은 동의 사람을 생각지 않게 만난 것이었다. 가끔 엘리베이터에서 마주치던 사 층 아주머니였다. 오픈된 가방에 성경책을 넣고 다니는 체수가 자그마한 멋쟁이 아주머니였다. 아주머니는 연민의 눈으로 옆에 다가와 앉으며 벤치에 걸쳐 놓은 목발을 자꾸 쳐다보았다.

"어떻게 그런 일이 다 있어 그래? 맨날 집에 있으면서 뭐 했누. 집도 못 지키고!"

"그러게 말이에요."

아주머니는 어제 일어난 일들을 다 알고 있다는 듯 치욕스러운 일을 다시 떠올리게 했다. 얼마나 많은 아파트 주민이 어제 일을 지켜보며 수군거렸을지 짐작이 갔다. 아주머니는 손을 토닥이며 위로의 말을 건넸다.

"힘을 내요. 분명히 무슨 뜻이 있겠지."

"……"

저녁마다 기도회가 열렸다. 담임목사는 여기와는 비교가 안 될 정도로 성도의 수가 많은 대형교회로 가셨다. 교회를 이끄는 통솔력과 심도 있는 설교가 높이 평가되면서 불려 간 것이 아닌가 싶었다. 많은 학식과 예리한 통찰력으로 성경을 풀어 전하는 좋은 말씀을 모두가 신뢰하고 따랐었다. 그런 목사님이 어느 날 예배 말미에 갑자기 자신의 사임 의사를 밝힌 것이었다. 금시초문이었던 까닭에 회중은 놀라고 술렁거림이 한동안 멎지 않았다. 생각지도 못한 사의표명은 엄청난 충격이 아닐 수 없었다.

기도회를 마치고 밖으로 나오니 열 시가 넘어 있었다. 교회를 출발해 한 블럭을 더 가 갓길에 차를 세우고 우두커니 앉아 있었다. 어디로 갈지 정해진 곳이 없었지만, 일단 교회는 벗어나야 했다. 밴은 두 좌석밖에 안 돼 짐칸에 타고 있는 아이들은 다리를 뻗지 못했다. 그것도 짐이 가득 실려 있는 틈바구니에 쪼그리고 앉아 있는 것이 많이 불편해 보였다. 그 원성이 집을 날려 버린 당사자한테로 가는 것은 당연지사였다. 속사포처럼 쏘아 대는 순화되지 않은 면박에 그가 문을 쾅 닫고 나가버렸다, 두 아이와 차에 남아 있는데 처량하기가 그지없었다. 대체 어디로 가야 하는 건지 대책이 서지 않았다. 찜질방에서 삼 일을 보내는 동안 피폐해진 심신이 또 그곳으로 가는 것을 아무도 원하지 않았다. 차에 짐이 실려 있는 것은 네 식구가 낮에 컨테이너 단지를 다녀온 때문이었다. 삼 일을 보내는 동안 필요한 물건들이 속속 드러났기 때문이었다. 아이들 교과서와 참고서 일절, 그리고 갈아입을 옷가지와 준비물들, 부수적인 개인 용품까지 목록이 꽤나 되었다.

그쪽에서 적어 준 약도와 주소를 갖고 찾아간 곳은 컨테이너가 높은 담을 이루는 외진 곳이었다. 입구를 찾아들어가자 마당 한쪽으로 컨테이너를 개조한 허름한 사무실이 나왔다. 윤성이 들어가 온 목적을 말했다. 이삿짐을 찾아가기 전 일 회에 한해 컨테이너를 내려 줄 수 있다는 정보를 입수하고 찾아간 것이었다. 그러나 꺼낼 물품이 어디에 들어가 있는지 알 수가 없어 두 개를 전부 내려야 했다. 서너 개씩 포개 올린 많은 컨테이너 박스 중에 어떤 것인지 찾아내기란 쉽지 않았다. 삼 일 전에 들어왔을 거라고 귀띔을 하자 관리자는 어느 한곳을 찾아가 유심히 살펴보았다. 먼발치에서 지켜보더니 지게차로 큰 덩치의 컨테이너를 운반해 내렸다. 관리자는 다시 올려놓아야 하니까 부지런히 찾으라고 한마디 하고는 가 버렸다. 후끈한 열기를 헤집고 컨테이너 안을 들여다보니 들어 있는 짐들이 과연 낯이 익었다. 마구잡이로 얹어 놓은 빼곡한 짐들 안에 꺼낼 물건을 가려내기가 쉽지 않았다. 물건들이 입구부터 꽉 들어차 있어서 도무지 어디에 무엇이 들어가 있는지 알수가 없었다. 결국 앞쪽에 있는 물건부터 들어내야 해서 인부를 사야했다.

한참 만에 인부가 오고 그럴 듯한 박스들을 들어내었다. 테이프를 뜯어내고 내용물울 확인하고 자기 물건들은 스스로 알아서 찾아내야 했다. 흙바닥에 벌려 놓은 수많은 박스와 책가방들……. 빨리 끝나지 않을 것을 예상한 인부들은 품값의 일부를 내어 주고 책임감 없이 가 버렸다. 뙤약볕 속에서 아이들은 이 상자 저 상자를 넘나들며 자기 물건들을 찾느라 여념이 없었다. 쇳덩이라도 녹일 것 같은 강렬한 태양이었다. 컨테이너 성 안에서 도탄에 빠진 죄인들의 적나라한 실상이 더위 속에 녹아내리고 있었다. 흙먼지 바닥에 책을 벌려 놓고 당장 필요한 물건들을 골라내고, 옷가지를 찾아내 땅에 닿지 않게 상자 위에 걸쳐 놓고, 아끼는 물건들은 한쪽으로 분리하고, 해도 해도 끝이 보이지 않는 대책 없는 상황에 그만 큰아이가 울음을 터트렸다. 그것을 보자

화가 난 윤성이 더운데 왜 너까지 그러느냐고 버럭 소리를 질렀다. 목발을 짚고 옆에서 모든 것을 참견할 수밖에 없는 정민이 가만히 있지 않았다. 아이한테 왜 그러느냐고. 그 아이가 무엇을 잘못했느냐고.

갓길에 차를 세운 채로 멍히 앉아 있는데 차들이 별로 지나가지 않았다. 어둠이 덮인 도로는 인적이 끊기고 점점 깊은 밤중으로 치달았다. 듣기 싫다고 자기만 훌쩍 가 버리면 그뿐인가! 속 좁은 인간! 그때 어두운 차안에서 벨이 울렸다. 사무실 위층에 빈방이 하나 있는데 잠만 자고 일찍 나가면 괜찮다는 윤성의 전화였다. 그러니 거기라도 좋으면 사무실로 오라는 연락이었다. 의향을 물으니 아이들도 좋다는 것이었다. 오늘은 너무 피곤한 날이고 모두 지쳐서 일단 가 보기로 했다. 세를 놓으려고 깨끗이 수리한 방이었다. 그들은 거기서 피로한 몸을 대충 씻고 이불도 없이 각자 겉옷을 덮고는 새우잠을 잤다. 밤이 깊어서 아무 생각들이 없었다. 한기를 느끼며 잠을 잤는가 싶었는데 일어나라고 윤성이 흔들었다. 아이들을 일으켜 앉히고 나가자고 말한다. 부스스한 얼굴로 정신없이 계단을 내려가는데 들킬까봐 가슴이 조마조마했다. 아직 밖에는 어스름이 깔려 있어서 아이들한테 더 자라고 권했다. 차를 이동해 적당한 장소를 물색해 세웠다. 조금 눈을 붙이고 있으려니 훤하게 날이 밝아 왔다. 세수도 못 하고 나온 까닭에 물티슈로 얼굴을 닦고 차 안에서 화장을 했다. 그리고 시간을 보고 교회로 출발했다. 큰 아이는 흔들리는 차 안에서 렌즈를 끼느라고 낑낑거렸다.

주택가 한적한 도로변에 삼각형 형태로 올라간 아담한 교회 앞으로 사람들이 속속 모여들었다. 화사한 옷차림에 밝고 건강한 표정들, 모두가 생기 넘치고 활력이 있었다. 얼굴에 드리운 미소들이 아름답고 싱그러워 보였다. 먼발치서 알아보고들 인사를 해 왔다. 녹음이 우거진 나무 그늘 밑에 주차를 하고 교회 마당을 걸어 식당으로 들어갔다. 찬양 연습이 거기서 있기 때문이었다. 식당 안에는 벌써 많은 대원들이 나와 있었다. 문 앞에서 제일 가까이 서 있던 지휘자가 돌아보며 의외의 반색을 해왔다. 그러더니 앞서 자리로 가면서 식탁 밑의 의자를 꺼내주었다. 이 무슨 난데없는 호의인가 어리둥절했다. 그런 일은 여직 없었기 때문이었다. 다른 대원들이 지휘자의 행동을 수상쩍게 바라보았다. 자기 위치로 가는 지휘자가 뭔가 애정이 듬뿍 담긴 눈으로 그윽하게 쳐다보았다. 감성적인 그의 눈빛에 담겨 있는 애잔함이 무얼 말하는지 가늠이 안 되었다. 어젯밤 기도회를 마치고 나오다가 얼핏 보니 윤성이 그의 남편과 무슨 이야기를 주고받던데, 혹시 우리 이야기를 꺼낸 것인가? 눈치가 백단인 소프라노의 한 권사님이 한 치 건너에서 뚫어지게 바라보았다.

　오후 4시, 성전 모퉁이에 기대 있다가 비전센터로 올라갔다. 오후 예배가 끝나고 모두 집으로 돌아간 시간이었다. 어렵게 말을 꺼냈는데 불굴의 의지 권사님은 흔쾌히 허락해 주었다. 거기 있는 게 괜찮다면 그렇게 해요! 그리고 기도방에는 이불도 구비되어 있다고 알려 주었다. 홑이불을 깨끗이 시치어 갖다 놓은 거니 새것이나 진배없다며 필요하면 갖다 덮으라고 했다.

윤성의 말에 절대적인 희망을 걸고 있었다. 비어 있는 집이 하나 있는데 그곳을 알아보는 중이다, 들어가게 될지 어떨지는 시간이 좀 걸린다는 것이었다. 시간이 걸리더라도 거기로 들어가게 되기를 간절히 바랄 뿐이었다. 삼사 일이면 되지 않을까 싶어서 권사님한테 비전센터를 말한 것이었다. 그리고 비전센터 이 층에 대해서는 어느 정도 그 쓰임새를 알고 있었다. 가끔 드나들던 곳이고 모임도 몇 번 거기서 가졌었다. 그렇지만 부담 없이 드나들던 때와 직접 들어와 머물고 있는 것은 확연한 차이가 있었다. 감수해야 될 부분이 적잖이 있었기 때문이었다. 누구라도 상시 이용이 가능하게끔 열려 있는 공간이다 보니 수시로 교인들이 드나들었다. 누구를 만난다고 들어오고, 순예배를 드린다고 모여들고……. 어떨 때는 불 켜진 비전센터를 보고 청년들이 올라와 문을 두드렸다. 그럴 때가 제일 난감하고 민망했다. 창피함을 무릅쓰고 일어나 얼굴을 보여 줘야 했으니까.

어쨌든 우리 식구는 거기 있는 첫날 따뜻하고 아늑한 잠자리를 가질 수 있었다. 오래도록 비워 둔 방이라 냉기는 돌고 썰렁했지만 불굴의 의지 권사님의 사랑과 정성이 담긴 포근한 이부자리가 있었다. 몸을 지긋이 눌러 주는 목화솜 이불의 두께감과 풀 먹인 호청의 바삭거림, 피폐된 심신을 이부자리에 누이고 그 밤 한없이 깊은 잠 속으로 빠져들었다. 무엇보다도 한 땀 한 땀 정성들여 꿰맨 권사님의 사랑의 이불을 덮고 자려니 마치 난파된 섬에서 일시적으로 쉼을 얻는 기분이었다.

소식을 듣고 동생들이 찾아왔다. 하나는 전농동에서, 하나는 부천에서였다. 정신은 피폐하고 다리는 분질러져 목발 신세를 하고 있는 제 언니 꼬락서니를 보니 웃음도 안 나오는가 보았다. 멀쩡한 집을 남에게 넘겨주고 그래 있을 공간이 없어 교회 신세를 지나, 어떻게 이런 일이 다 있느냐고 물어볼 필요도 없나 보았다. 서로 간의 안색만 살필 뿐 속마음들을 내색하지 않았다. 같이 나가서 이른 저녁을 먹고 비전센터로 다시 올라와 별로 상관없는 이야기로 그간의 쌓인 회포를 풀고 있는데 큰아이가 들어왔다. 전농동에 사는 동생이 피자를 시켜 주고 조카를 데려가고자 했다. 학교가 자기 집에서 가까울 거라고 하면서 데려간단다. 그래 주면 나는 고맙지. 거기다가 마다하지 않고 따라나서는 큰아이를 대견해하며 보내 놓고 올라오니 왜 이렇게 마음이 헛헛하고 복잡할까.

그때 오지 여행에서 돌아온 인내마을 순장도 기도회에 참석을 했다. 푸근한 심성으로 순원들을 자기 피붙이처럼 챙기는 굳건한 반석 같은 권사님이었다. 마침 권사님이 안부를 묻기에 그간 있었던 일을 대충 털어놓았다.

"우리 그렇게 되었어요."

"어휴, 그런 일이 있었구나! 가만있어 봐. 잘하면 거기 들어갈 수도 있겠다."

"……. 네?"

굳건한 반석 권사님은 의미심장한 표정으로 집으로 돌아갔고 정민도 비전센터로 올라갔다.

체육대회가 근처 초등학교에서 열렸다. 전교인의 참석을 요망하는 체육대회였다. 다들 그곳으로 갔는지 아래층은 조용했고 교회 주변도 한산한 편이었다. 아무도 없는 그 시간대를 이용해 이사를 할 참이었다. 가능하면 남들 눈에 띄지 않고 신속히 말이었다. 환란을 당한 날로부터 꼭 칠 일째 되는 날이었다. 윤성이 말하던 그곳은 일찌감치 무산돼 버렸다. 한 달간만 여유가 있다는 것인데 이사 비용을 들여서 들어가 보았자 곧바로 나와야 하는 문제가 있었다.

임시 거처는 삼 층에 있었다. 삼 층에 방이 있다는 사실을 전혀 알지 못했다. 거기 삼층에는 목사님의 사택이 있었고 사택 옆으로 나란히 계단 위에 방이 하나 붙어 있었다. 게스트룸으로 전에 선교사가 쓰던 방이었고, 지금은 임시 목사님이 사용한다고 했다. 니은 자 모양의 특이한 구조를 이루는 방인데 창문이 크고 넓어서 바깥에서 보면 크게 보이지만 자투리 공간을 꾸민 방이었다. 그렇다 해도 사생활이 보호되는 공간이었고 측면으로는 교회 정문도 내려다보였다. 짐을 올리는 기사는 방 하나 더 없느냐고 물어서 심히 난감하게 했다. 자기가 보기에도 세간을 들일 만한 공간이 아니었던 것이다. 그렇지만 거기 있게 된 것도 여러 권사님과 장로님의 도움으로 이뤄진 것이었다. 가나안 땅을 정복하듯이 우여곡절 끝에 들어가게 된 방이었다.

이사할 방을 보겠다고 전날 순식구들이 올라왔다. 그런데 냉장고와 책장이 그대로 있는 것을 보고 순식구들은 말이 안 된다고 속들이 상해 한마디씩 했다. 남의 물건이 있는 방에서 어떻게 생활을 하라는 건가.

순장을 비롯해 순식구들은 사모가 올 때를 기다려 만나 보기로 했다. 한 번 더 부탁을 드리고 사정을 해 보고자 하는 것이었다. 한참 만에 사모가 올라오고 껄끄러운 면담을 가졌다. 굳건한 반석 권사님은 이러지도 저러지도 못하는 순식구를 대신해서 조심스럽게 총대를 메었다.

"기왕에 방을 비워 주시는 거 깨끗하게 비워 주셔야지요. 여기서 어떻게 생활을 하라고요!"

그 말에 사모는 난색을 보이며 안색이 바뀌었다.

"집이 좁아서 안 돼요! 이것들을 다 가져가면 거실 창문을 가릴 거예요!"

예상치 못한 반응에 순 식구들은 어안이 벙벙했다. 그것은 일반적인 상식을 벗어난 강력한 거부 의사였기 때문이었다. 사모라면 적어도 이래야 되지 않는가 하는 나름의 기준점들을 가지고 있었다. 그렇기 때문에 일언지하에 거절하는 사모를 황당해하는 것이었다. 이층의 비전홀을 생각하면 어느 정도 답이 나오는데 사택이 좁다면 얼마나 더 넓어야 하는가. 침묵이 불편하게 흘렀고 또 침묵 속에 공기는 탁해지고 분위기는 무거웠다. 총대를 멘 권사님이 다시 한 번 말을 꺼냈다.

"사모님이 그렇게 말하면 안 되지요. 사랑을 베푸셔야지요."

권사님의 말은 조용조용한 가운데 무게가 실려 있었다. 사모가 나간 다음에도 순식구들은 아무도 말을 꺼내지 않았다. 그렇게 말할 줄 아무도 예상하지 못했기 때문이었다. 어떻게 할지를 놓고 심각하게 고민하고 있는 중에 목사님이 이쪽 방을 노크하셨다. 한 시간쯤 지났을 무렵이었다. 그때까지도 순식구들은 움직이지 않고 있었다.

"집사람이 실수를 한 모양인데 내가 대신 사과할게요. 짐은 오늘 중으로 내갈 거예요. 그리고 이 일은 없었던 걸로 해 주었으면 좋겠어요. 교인들이 알아서 좋을 것은 없으니까요."

"……."

먼지 구덩이에서 방을 정돈하고 있는데 밑에서 뒷마무리를 하던 윤성이 불렀다. 내려가니 휴게실 테이블에는 배달해 온 음식이 그득 놓여 있었다. 체육대회에 갔던 강도사님이 볼일이 있어 왔다가 식사를 시켜 놓고 갔다는 것이었다. 너무나 많은 양을 시킨 것에 놀랐다. 이것을 어떻게 다 먹으라고!

짐 정리가 얼추 되어 갈 무렵 계단을 올라오는 많은 발소리가 들렸다. 쿵쾅거리며 올라오는 발소리에 놀라 은근히 불안해졌다. 체육대회가 끝난 모양이었다. 기분 좋게 내어 준 것도 아니고 어쩔 수 없이 상황에 밀려 비워 준 것이다 보니 감정이 좋을 리 없었다. 한동안 목사님 보기가 민망하고 죄스러울 것 같았다. 그때 열린 문으로 누군가 들어서며 말을 앞세우고 혀를 끌끌 차 댔다.

"어떻게 이런 일이 다 있어 그래! 집안이 망했나 봐! 그렇다고 목사님 방을 함부로 뺏으면 되나!"

굳건한 권사님과 연배가 비슷한 상식 있는 권사님이었다. 권사님은 이쪽저쪽 방안을 살피며 눈살을 찌푸렸다.

"일이 이렇게 되었네요. 죄송해요, 권사님!"

"말도 안 되는 거야, 이건! 안 되는 일이야!"

"······."

직선적이고 가시가 있는 말에 무슨 할 말이 없었다. 작은아이가 옆에서 듣고 있는 것만 신경이 쓰였다. 혼자 있을 때 들었으면 괜찮으련만······. 그 불편한 진실은 앞으로의 일이 꽤나 시끄럽고 복잡할 것이라는 걸, 먹구름이 밀려오는 것처럼 내다보게 했다. 아무 기척도 없이 불쑥 들어와 야단을 치고 나가는 권사님을 어찌해 볼 도리가 없었다. 상식 있는 웃어른으로서 오랫동안 보아 왔는데 안 좋은 일로 대면하고 보니 그 믿음의 정도가 미심쩍었다. 권사님은 거기 들어온 사람의 입장 같은 것은 안중에도 없고 목사님의 입장에서만 몰아붙였다.

아마 권사님도 목사님의 말을 듣고 방을 보러 올라왔을 것이었다. 안 식구의 실수를 무마하기 위해서라도 얼른 방을 비워 준 목사님이 자기 감정을 배재하고 권사님께 좋게 말했을 리 없었다. 문밖에서는 한바탕 휘젓고 나간 권사님의 낭랑한 목소리가 다시 들렸다. 목사님 저녁 어떤 걸로 먹을까요, 하는.

시무룩해 있는 아이에게 뭔가 적당한 말을 해 주어야 했다. 어떻게 말해야 될지 몰라 이렇게 말을 꺼냈다.

"우리가 여기 있게 된 거 얼마나 다행스럽니? 그렇지만 너도 알다시피 여기 있고 싶어서 있게 된 거는 아니잖아. 있고 싶다고 해서 또 있게 되는 것도 아니고 말이야. 그런데 우리는 권사님들의 도움으로 다행히 여기 들어오게 되었어. 생각해 보면 너무나 감사하고 다행한 일이지. 하지만 또 어떻게 생각하면 앞으로의 일이 은근히 걱정되기도 해. 말

많은 교회 사람들이 우리를 어떻게 볼 것인가 하고 말이야. 한동안 우리를 놓고 쑥덕공론들이 일겠지. 하지만 어쩌겠니. 이렇게 된 이상 우리가 감내해야 할 부분은 감내해야지. 긍정적으로 생각하자. 여기 있게 된 것도 어쩌면 하나님의 뜻이고 하나님이 거처를 마련해 주신 건지도 모르잖아! 측근의 사람을 들어 쓰신다고 성경에는 되어 있거든. 뜻대로 어떤 대상을 부르시거나 보내실 때 하나님의 방법으로 말이야. 그러니 너도 괜히 주눅 들고 낙담할 필요 없다. 살다 보면 이런 일도 있고 저런 일도 다 겪는 거야. 중요한 것은 하나님이 보실 때 어떠냐는 거지. 사람은 눈앞의 현상만 가지고 판단하지만 하나님은 위에서 먼 장래까지 다 보고 계획하시거든. 아까 그 권사님이 그렇게 화를 낸 것은 우리가 다른 사람의 힘을 빌어서 목사님 방을 빼앗았다고 생각하는 거야. 그것은 사람의 단순한 생각이지 하나님의 깊으신 생각은 아니거든."

"……."

딸아이는 아무 대꾸가 없었다. 그것이 더 신경 쓰이고 마음에 걸렸다. 언짢아진 감정을 털어 버리지 못하고 시무룩하게 앉아 있는데 불굴의 권사님한테서 전화가 왔다. 지금 올라갈 테니 문 좀 열어 줘요! 얼른 일어나 나가 보니 권사님은 커다란 들통에다 무엇을 해 이고 올라오는 중이었다. 권사님은 얼른 받으라고 하면서 목사님네 것도 가져왔다고 하며 다시 내려갔다. 방으로 받아 들고 와 열어 보니 식구 수대로의 삼계탕이 올망졸망 들어 있었다. 어떻게 이 많은 걸 해 갖고 오셨을까. 두 어른의 너무나 다른 행동에 쓴웃음 지으며 아이러니를 느꼈다. 아군과 적군의 극명한 차이점 같은 거랄까, 살벌한 충돌이 예상될 것도 같은⋯⋯.

　우려했던 일은 실제로 일어났다. 자기감정을 노골적으로 드러내며 적개심에 불타는 사람들.

　첫날 아침을 그곳에서 맞았다. 어려운 고비를 아슬아슬하게 넘겼고 모처럼 쉴 공간이 생겨서인지 늦잠을 잔 것 같았다. 깨어 보니 훤하게 날이 밝아 있었다. 그렇지만 마음을 놓을 수 없게 이목이 집중되는 교회 건물이었다. 부리나케 준비를 하고 목발을 챙겨들었다. 오늘은 은혜받을 좋은 날이었다.

　노란 팬지꽃이더니 붉은 베고니아로 어느새 바뀌어 있었네! 온통 검붉은 색으로 뒤덮은 정문 앞 계단이 정열을 내뿜는 것 같았다. 차도를 건너는데 인도 앞에서 예쁜 권사님이 반갑게 손짓을 해 주었다. 조금은 호들갑스럽고 유별난 점이 없지 않았다. 매주 먼 거리에서 오는 권사님인데 적극적이고 활달한 모습이 내성적인 자신과는 대조를 이루었다. 초등학년을 담당하고 있는 주일학교 반장교사였다. 항상 일찍 도착해 간이 테이블에 앉아 있는 모습을 종종 보아 왔다. 안녕하세요, 하면서 어색하게 인사를 건넸다. 권사님은 마치 거리감이 느껴졌던 성도가 비전센터에 들어와 허물없는 사이가 된 것처럼 친숙하게 맞아 주었다. 험난한 길을 걸어온 자신이 집사님이 남 같지 않다는 것이었다. 권사님은 가는 사람을 테이블에 앉혀 놓고 어떻게 된 사연을 들으려고 했다. 그런 일이 권사님에게도 있었군요? 하면서 쓸쓸하게 웃어 보였다.

　일이 벌어져서야 우리는 그 사람이 많이 참고 있었다는 것을 알 수 있었다. 대예배가 끝나고 찬양연습을 한 후 열정을 쏟아 부은 대원들이 식당에서 줄을 길게 섰다. 그 시간이면 식당에는 찬양대원밖에는 없었다. 줄을 선 순서대로 음식을 담아가지고 자리에 와 앉는데 주방에서 미심쩍은 권사님이 굳건한 반석 권사님을 불렀다. 미심쩍은 권사님의 목소리는 한층 높아 있고 카랑했다. 굳건한 반석 권사님은 정민 앞에다가 음식 접시를 놓고 무슨 일인가 싶어 주방으로 불려갔다. 영문은 모르지만 걸리는 데가 있어 불안한 마음으로 주방 쪽을 주시했다. 두 사람이 뒷문을 열고 바깥으로 나가는 것이 보였다. 곧이어 험하고 날카로운 소리가 식당으로 날아들었다.

"당신이 뭔데 목사님 방을 함부로 빼앗아? 이 교회가 당신 거야? 당신 마음대로 해도 되는 교회야?"

식당 뒤뜰에서 벌어지는 현장이 고스란히 날아들었다. 미심쩍은 권사의 험악한 인상이 눈에 보이는 듯했다. 일방적으로 야단을 맞고 있는 반석 권사의 붉어지는 모습도 눈에 보이는 듯했다. 분노가 치밀어 하는 소리지만 잘못된 표현은 아닌 것 같았다. 교회는 그 누구의 소유도 아닌 하나님의 것이었다. 각자 위치에 청지기를 세워 관리만 하는 것뿐이었다. 그런데 오늘 같은 일이 생겨 언성이 높아지고 다툼이 이는 것은 굳건한 반석 권사님의 행위가 잘못되었다는 것을 지적하는 것일까? 비어 있는 게스트룸을 새로 온 목사님이 사용하는 데는 별 문제가 발생하지 않았다. 이미 사용하고 있는 게스트룸을 사정이 딱한 성도에게 주려고 내어 달라는 데서 일차적인 요인이 초래되었다. 그리고 그 대상이 교회에 이바지한 사실이 없는 평신도인데서 말썽이 되고 물의를 빚는 것이었다. 거기다가 그런 논의의 대상에서 자신이 배제되었다는 것에 분개한 사람 심리가 거칠게 항의하는 것이었다. 엄밀히 말하면 교회 차원의 일이기도 한 문제였다.

사람의 방언과 천사의 말을 할지라도 사랑이 없으면 아무 소용이 없는 거라고 성경에는 쓰여 있다. 딱한 처지를 보고 도와주려는 사람들과 그 행위를 못마땅히 여기며 나무라는 사람들은 어떤 차이점이 있을까. 어찌 되었든 원인의 발단이 바로 자신인 까닭에 고개를 쳐들지 못하고 심한 당혹감을 느꼈다. 밥을 씹지도 못하면서 그 힐난과 질책을 뼈아프게 듣고 있었다. 당장 뒤들로 나가 자신이 죄인이라고 잘못했다고 용서를 빌고 싶었다. 우리로 인해 애먼 권사님이 수모를 당하고 있는 것은 부당한 처사였다.

날카로운 소리에 갑자기 눈들이 휘둥그레졌다. 무슨 일로 싸우는 건지 영문을 모르는 대원들이 서로 얼굴만 쳐다보았다. 곧 알아보고 수색에 들어갈 모양이었다.

정민은 밥을 먹을 수가 없어 일어섰다. 가슴에 화살이 박힌 것 같았다. 권사님 볼 면목이 없어 그릇을 주방 입구에 갖다 놓고 식당 문을 먼저 나왔다. 담벼락에 한 두 송이 핀 장미꽃을 보며 걷는데 장로님이 앞쪽에서 걸어오셨다. 자신의 초라한 몰골이 부끄러워 괜히 위축이 되었다. 항상 멀리서만 보는 어려운 장로님이었다. 장로님은 앞에 와 서더니 온화한 눈빛으로 쳐다보시며 이정민 집사님, 하나님이 집사님을 사랑하십니다! 라고 위로의 말을 해 주셨다. 깍듯이 예의를 갖추어 대하는 장로님 앞에 어떻게 해야 할지를 몰랐다. 그렇게 말씀하시는 장로님께 너무 죄송하고 송구스러울 따름이었다. 심려를 끼쳐 드려 죄송하고 물의를 일으켜서 더욱 면목 없을 뿐이었다. 오갈 데 없는 처지를 사택 건물에 있게 해 주신 것도 감사한데 도리어 하나님이 집사님을 사랑하신다는 차원이 다른 언어로 상처받은 심사를 위로해 주는 것이었다. 장로님은 얼마 전 물의를 일으키며 사임한 목사님이 사의 표명을 할 당시 목양실에 들어가 목사님을 붙잡고 목사님이 가시면 우리는 어떡합니까, 하고 만류하던 불굴의 의지 장로님이었다. 식당으로 들어가는 장로님을 뒤로 하고 교회 앞으로 갔다. 찬양예배까지는 아직 시간이 남아 있었다. 안으로 들어가니 여러 집사와 권사님들이 기억자로 된 장의자에 앉아서 환담을 나누고 있었다. 그들 앞에서 조금 떨어져 이야기를 듣고 섰는데 한 권사가 헐레벌떡 옆문으로 뛰어 들어왔다. 몹시 화가 난 얼굴이었다. 눈은 분노로 이글거렸고 안색은 창백했으며 두 주먹을 불끈 쥐고 씩씩거렸다. 그는 정민 앞을 가로막고 서서 이상하게 좌로 우로 방향을 틀어 댔다. 누가 건드려 주기만 하면 금방 달려들 기세였다. 뭔가 따질 것이 있어 부리나케 달려온 것 같았다.

방금 전 식당에서였다. 갑자기 큰소리가 나는 것을 수상쩍게 여기고 그가 주방으로 들어갔다. 뒷문을 열어보니 두 권사가 험악한 표정으로 맞서 있었다. 왜들 그러느냐고 묻는데 미심쩍은 권사가 방금 전에 해대던 그 언성으로 글쎄 내 말 좀 들어보라고 하며 울분을 터트렸다.

"거 있잖아! 왜 네 옆에서 노래하는!"

"누구요. 이정민 집사요!"

"이 뭔지 그 목발 짚고 있는 애, 그 집사를 글쎄 이 권사가 목사님 방을 뺏어 가지고 거기 있게 한 거야!"

"……. 뭐요?"

"그 집사 집안이 망했나 보지. 빈털터리로 어제 삼 층에 들어와 있더라고. 아무리 갈 데가 없어도 그렇지, 그래. 어떻게 그런 일이 다 있어! 목사님이 얼마나 속이 상했으면 나한테 그런 말을 다 하느냐고. 자기 순식구라고 돌보는 건 좋은데, 교회가 자기 것도 아니고 어떻게 목사님 방을 함부로 빼앗아! 이게 말이 된다고 생각해?"

젊은 권사는 거기서 더 들을 필요도 없다는 듯이 득달같이 성전으로 뛰어갔다. 병문안까지 가서 기도를 해 주고 왔는데 이런 일로 뒤통수를 쳐? 그때 문 앞에서 들어오는 불굴의 의지 장로와 정면으로 마주쳤다. 분명 이 장로와 권사 몇이서 한통속이 되어 일을 저질렀겠지, 하며 한바탕 퍼부으려고 달려갔는데 막상 가서 보니 섣불리 말을 꺼낼 수가 없었다. 거기 사람들이 많이 모여 있고 목발을 짚고 있는 몰골을 보니 얼른 입이 안 떨어졌다.

소문의 확산은 전염병처럼 번져 나갔다. 한바탕 돌풍이 몰아칠 것 같았다. 이런저런 수군덕거림이 들리는 듯했다. 뒤통수에 따가운 시선이 느껴지기도 했다. 청문회를 열어 청문회! 난데없는 남자 집사의 걸쭉하고 장난기 어린 목소리도 성전 가운데서 들렸다.

정민은 어깨에 얹어진 무게를 목발에 싣고 교회 정문을 나섰다. 다리가 후들거리고 떨렸다. 천근의 몸으로 길을 건너 비전센터 현관 앞에 다다랐다. 올라야 할 계단이 너무 많았고 높았다. 맥이 풀린 두 다리에 힘이 빠졌다. 이런 것이 고난이고 자기 십자가인 것인가. 어깨에 짊어진 핍박의 무게가 의식을 무겁게 짓눌렀다. 무엇 때문에 애먼 사람들의 지탄의 대상이 되는 것이며 저들을 분노하게 만드는가.

*

"이모는 매일 이렇게 늦는가 보구나!"

동대문에서 옷 가게를 하고 있는 동생의 집이었다. 주로 남성복을 판다고 들었는데 한 번도 가 보지는 않았다.

"대체로 열한 시는 넘어야 들어오더라고."

"그럼 너 혼자 있는 시간이 많겠구나."

"그런 편이야."

정민은 딸아이가 머무는 방을 들여다보았다. 한 살이 아래인 조카애 방인데 조카는 호주에 가 있었다. 선 자리에서 방과 집안을 한 번 둘러보고는 현관을 나왔다.

"이모 오면 만나지 못하고 그냥 갔다고 전해라! 우리는 주일 날 다시 만나고!"

올라왔던 길을 기억해 내며 아파트를 나오는데 급경사의 내리막이 황량하고 캄캄하게 들어왔다. 아까 올라올 때는 몰랐는데 지금 보니 내리막이 경사가 급하고 생소한 언덕같이 느껴졌다. 내리막이 무슨 밤중에 음습한 습지대로 빨려 들어가는 것 같았다.

평탄한 지대로 내려오니 차량들이 갑자기 많아지며 복잡해졌다. 전 농로터리를 벗어나 강변북로로 접어드는데 주체할 수 없는 서러움이 밀려왔다. 가슴속에 뭉친 것들이 한꺼번에 올라오는 것 같았다.

의외로 빨리 찾아온 고난이었다. 어떻게 찾아올지 은근히 두렵고 겁나던 그것이 어느 순간 현실 앞에 다가와 있었다. 허허벌판을 가다가 갑자기 엄습한 어둠처럼 험난한 여정을 현실 앞에 슬그머니 갖다 놓은 것이었다. 어둠 속에 홀로 남겨진 미아, 극한의 외로움, 그러나 절망하지 않을 것은 우리가 어떻게 이 고난을 극복하고 담대히 이겨나가는가를 이미 알고 있는 까닭이었다. 눈앞의 현실은 절망스럽고 참담하지만, 그 나중을 알고 있기에 희망을 갖고 위안을 받는 것이었다.

시야를 멀리 두고 엑셀에 힘을 주었다. 어둠 속에 한산한 강변북로가 피곤한 몸을 서두르게 했다. 자유로에 접어들자 저만치 일산톨게이트가 눈에 들어왔다. 큰길을 벗어나자 우회전을 하고 다시 좌회전을 받자 갑자기 가슴이 답답해져 왔다. 적응이 안 된 곳으로 들어가는 것이 무거운 짐을 짊어진 기분이었다.

열한 시가 넘어 있었다. 교회 마당에서 비전센터를 올려보니 희미한 불빛이 새어나왔다. 사택 쪽에도 불이 훤하게 밝혀져 있었다. 고단하고 긴 하루가 어렵게 저물고 있었다. 몰골을 수습하며 계단을 올라 현관을 들어서는데 작은아이가 나왔다. 책상 모서리에 누런 봉투가 눈에 들어왔다. 누가 왔었느냐고 묻자 아까 지휘자 집사님이 다녀갔다고 했다. 봉투 안에는 파운드케이크가 나란히 누워있었다. 지휘자의 감성적인 손길이 따뜻한 마음을 놓고 갔나 보았다. 작은아이는 수박과 봉투가 또 있다고 말했다. 수박은 냉장고에 있고 봉투는 여기 있다고 서랍에서 꺼내 왔다. 이게 다 무엇이냐고 화가 나서 물었다. 교회에서 아까 전에 오라고 해서 내려갔더니 누가 전해 주라고 하더라며 강도사님이 주었다는 것이었다.

왜들 다 이러는지 알 수 없었다. 그렇다고 받아오면 어떻게 하느냐고 애꿎은 아이를 나무랐다. 이런 것이 나를 더 힘들게 하고 비참하게 만든다는 것을 왜 모르느냐고. 엊그제는 순장이 봉투를 가방에 찔러 놓고 가는 바람에 오늘에서야 겨우겨우 돌려주었는데, 내일은 또 교회에 가서 같은 수고를 해야 하는 번거로움이 생긴 것이다. 이 모든 게 성가시고 귀찮았다.

16.

시험에 빠진 사람들

사무실 문을 열고 들어서자 강도사는 옆의 의자를 내어 주며 앉으라고 권했다. 처음 들어와 본 낯선 사무실이 생소하고 신기했다. 파티션 너머 책상들마다 서류철이 놓여 있고 잡다한 물건들 하며 컴퓨터가 한 대씩 놓여 있었다. 여느 사무실과 별반 다르지 않은 교회 사무실이었다. 오늘은 쉬는 날인데도 나오셨네요, 혼자 계시네요, 하며 어색한 분위기를 인사말로 대신했다. 그러고는 잠시 사이를 두었다가 가지고 온 봉투를 책상 위에 슬그머니 올려놓았다. 되돌아온 봉투를 강도사는 유심히 바라보았다. 이 봉투를 대체 왜 가져왔을까 하는 눈빛이었다. 정민은 짐작 가는 바가 있어 궁금한 것은 묻지 않았다. 기도를 대신 부탁드리며 마음만 받겠다고 감사함을 전하며 그를 달랬다. 강도사는 주는 분의 성의를 봐서라도 받으라고 몇 번이고 권유했다. 정민은 분명한 선을 그었다.

"집이 없어져서 그렇지 생활이 안 되는 건 아니에요. 여전히 남편은 직장이 있고 고정된 수입이 들어오는걸요. 조금만 절제하고 아끼면 충분히 생활이 가능해요. 아, 그리고 저번에 시켜 주신 음식 잘 먹었어요."

"······."

강도사는 정민의 의지가 확고부동하자 더는 권하지 않았다. 체념한 듯 씁쓸한 표정만 지었다. 부탁받은 사람의 소임을 다하지 못한 아쉬움 때문일 거라고 정민은 생각했다. 그럼 이만 가 보겠다고 일어서는데 극구 따라 나서며 그쪽 방향에 있는 문을 열어 주었다. 바깥으로 나오니 옆의 담벼락이 보이며 식당 뒤들로 연결이 가능했다. 조약돌이 깔린 정갈한 뒤뜰 마당을 문득 돌아보았다. 수돗가가 있고 주방이 있는 뒷문 옆이었다. 어제 큰소리가 났던 지점이 바로 여기라는 것을 알 수 있었다. 그렇다면 코앞이 사무실인데 사무실 앞에서 그 야단들을 떨었다는 말인가? 교역자들이 그 생소리를 듣고 얼마나 놀라고 민망했겠는가! 정민은 어제 있었던 그 생경한 장면을 떠올리며 정신이 아찔해졌다.

길을 건너 다시 비전센터로 들어서는데 계단 입구에서 내려오는 목사님과 정면으로 마주쳤다. 피할 수 없는 외나무다리 상황이었다. 자신의 초라한 모습이 싫어 그냥 가시기를 바라고 섰는데 한 계단 위에서 목사님은 걸음을 멈추었다.

"어디 갈 데는 좀 알아보고 있어요?"

대뜸 그렇게 물어 오는 목사님께 뭐라고 답해야 할지 얼른 생각이 나지 않았다. 섭섭한 마음도 들기도 하고 반감이 생기기도 했다. 이제 겨우 삼 일 지났는데 성급하게 물어 오는 저의가 무엇인가.

"아, 네! 알아보고는 있지만 어떻게 확답을 드릴 수가 없네요. 죄송하고 할 말이 없습니다."

얼떨결에 둘러대며 알아보고 있다고 거짓말을 했다. 그리고 더는 거짓말을 할 수 없어 있는 그대로 말씀을 드렸다. 실망의 빛이 얼굴에 역력하며 표정에 나타났다. 만족스런 대답을 듣지 못하고 팽 하니 나가는 뒷모습을 안타깝게 바라보았다. 너무 조급해하시는 것 아닌가! 그렇지 않아도 불편한 곳에 들어와 고개도 못 들고 있는데 그새 나가기를 바란다? 쓰는 방을 뺏었다고 화가 나 있는 것은 알겠는데 노골적으로 감정을 드러낼 건 뭐람!

계단을 오르며 심정이 착잡했다. 헐벗은 자에게 옷을 내어 주고 양식을 주는 것은 내게 꾸이는 거라고 예수님은 말씀하셨다. 그런 예수님을 따르면서도 자신은 정작 거기에 반하는 행동을 하신다? 그런 쪽으로는 아예 생각을 안 하고 있는 것 아닌가? 이제 겨우 삼 일 지났을 뿐인데 갈 데를 알아보고 있느냐는 물음을 어떻게 받아들여야 하는가. 부임한 지 얼마 되지 않아서 자기 양이라는 의식이 없으신 건가. 정말 내가 생각하는 것처럼 목사님이 그런 정도밖에 안 된다면 자질을 의심해 봐야 하는 것 아닌가? 아니라면 그 한마디를 놓고 섭섭한 쪽으로만 생각하는 내 편협함이 문제가 있는 것인가.

어디 좀 갈 데는 알아보고 있느냐는 물음이 왜 이렇게 가슴팍을 움켜쥐는지 몰랐다. 그냥 통상적인 인사치레일 수도 있지 않는가. 그렇지만 인사라고 보기에는 무리수가 있었다. 목사님의 억양이나 눈빛이 차고 날카로웠다. 상황이 상황이니만큼 인사라면 그렇게 묻지 않았어야 했다. 어디 불편한 점은 없나요? 내가 그 방에 있어 보니 알겠는데 불편한 점이 많더라고요. 앞으로 우리 잘 지내봅시다, 이렇게 말해야 되지 않는가? 진짜 목사님처럼 말이다.

*

삼 일 전까지만 해도 정민은 자신이 비전센터에 들어와 있게 될 줄을 알지 못했다. 그러나 마음을 차분히 가라앉히고 생각을 정리해 보면 어렴풋이 하나님의 의도를 알 수가 있었다. 여러 정황을 통해 우리에게 닥쳐올 환란과 고난을 미리 알려 주셨다는 점이다. 확실하고 분명하게 말이었다. 한 번 정해진 일은 변경될 수 없고 부득이한 일로 피해 갈 수도 없다는 것. 그것을 대변하는 꿈이 불길하고 예감이 좋지 않았다.

먹을 것이 늘 풍족하고 화기애애한 식당! 외출을 하고 돌아와 몹시 배가 고픈 상태로 교회 식당에 들어갔다. 거기만 들어가면 배고픔이 해결되었기 때문이었다. 밥이 어디 있지, 반찬들은 어디 있나, 하고 주방을 둘러보며 먹을 것을 찾았다. 그런데 여느 때 같으면 쉽게 눈에 띠던 음식들이 오늘은 이상하게 눈에 보이지 않았다. 밥솥과 냉장고, 찬장과 식탁 위, 그 어느 곳에도 먹을 것이 들어 있지 않았다. 식당과 주방은 텅 비었을 뿐 썰렁한 공기만 감돌았다. 꼭 누가 일부러 감춰 놓은 것 같은 분위기였다. 오늘은 참 이상한 날이라고 생각하며 배가 고픈 상태로 터덜터덜 돌아서 나오는데 마침 식당으로 누군가가 들어오는 것이었다. 반갑고 좋아서 호들갑스럽게 수선을 떨었다. 아니, 어디 갔다 이제 오세요, 오늘은 식당에 먹을 것이 왜 보이지 않는 거죠? 어디다 감추었어요, 어서 먹을 것을 내어 주세요, 하며 어린애처럼 응석을 부렸다. 그런데 주방 쪽으로 그 집사님은 가지도 않고 내가 묻는 말에 시큰둥한 반응을 보였다. 뭔가 냉랭한 낌새를 채며 재차 물을 때에 마지못해 곤란한 표정을 지으며 입을 열었다. 집사님이 오면 음식을 주지 말라고 했어요! 아니, 누가요? 누가 왜 음식을 주지 말라고 했단 말인가, 무슨 일로?

커다란 유리문을 달구는 불볕더위는 오후가 되면 더 뜨겁게 내리쬐었다. 서향이기 때문에 어쩔 수 없이 받는 불볕이었다. 커튼을 해 달자니 쓸데없는 짓 같고 브로마이드 한 장으로 붙이니 책상 앞은 그래도 한결 나았다. 그런데 종잇장이 제법 무게가 있는지 자꾸만 떨어져 내렸다. 마주보이는 앞의 건물은 내부가 훤히 들여다보여 서로 간의 사생활이 보호되지 않았다. 민망한 광경을 어쩌다 보게 되면 얼른 고개를 서로 돌렸다. 거기다가 사이에 있는 골목은 또 동네 아이들의 아지트였다. 오전부터 모여드는 아이들이 온종일 집을 들락거리며 놀고 밤이 이슥하도록 들어가지를 않았다. 문을 열어 놓으면 바깥보다 더 시끄럽고 문을 닫으면 숨이 턱턱 막혔다. 아래에서 떠드는 소리가 확성기를 댄 것처럼 커져 삼 층으로 올라왔다. 정민은 신경이 곤두설 수밖에 없었다. 너희들 조용히 좀 놀면 안 되니, 하고 소리를 질러 봐도 아이들은 들은 체도 안 했다. 흘끔 올려다보고는 그만이었다.

헌금으로 운영되는 교회 건물에 평신도를 있게 한 것은 민감한 사항이었다. 사정이야 어찌 되었든 그런 일은 없었기 때문이었다. 대놓고는 말 안 하지만 그 문제를 놓고 교인들 간에는 논쟁이 심심치 않게 일었다. 긍정적인 사람과 부정적인 시각을 가지고 보는 사람들. 극명하게 그들은 두 부류로 나누어졌다. 중립적인 사람들을 제해 놓으면 양극화 현상이 뚜렷했다. 그것은 변방에 머물던 한 교인을 핵심에 들게

함으로써 공동체 안의 다양한 사람들을 많이 만나 보게 했다. 어떤 사람은 소문을 듣고 동정의 한 표를, 어떤 사람은 인사를 해도 무반응에 냉랭한 시선을, 어떤 사람은 다가와 말없이 손을 잡고 조용히 눈을 응시하기도 했다. 힘내라는 뜻이 담겼을 것이었다.

이목이 집중되는 곳에 살면서 미움도 사지만 대다수의 교인들한테는 따뜻한 격려와 위로의 말을 들었다. 그러나 한쪽에서는 애먼 소리가 들려 섭섭한 마음이 들기도 했다. 아무러나 어찌 되었든 기한은 다가오고 주축이 되는 교인들 앞에 한 표를 행사하는 기회가 부여될 것이었다. 검증 절차를 놓고 임시 목사님의 거취 여부를 묻는 결정의 날이 다가오고 있는 것이다.

어수선했던 봄과 오해가 깊었던 여름을 거치면서 공동체는 많은 분란과 잡음으로 피폐해져 있었다. 예배는 산만하고 자기주장이 강한 사람들은 아무 때나 목소리를 높였다. 사태에 민감해진 감성이 적대감으로 표출되었기 때문이었다. 겸손과 인내, 사랑과 배려, 자기 성찰이 배제된 교회에 염증을 느끼고 반석 내외는 정든 교회를 떠났다. 공동체는 체계가 무너져 분열되었다. 분열된 분파는 파벌이 생기며 끼리끼리 뭉쳐 어울렸다. 거기서 눈길이 가는 것은 목사님 주변의 목사님 파였다. 목사님 주변에는 다양한 사람들이 뜻을 같이했다. 요리에 해박한 지식을 갖고 있는 장로님 부부, 미심쩍은 권사님을 비롯해 따지려고 달려왔던 찬양대 권사, 글을 써서 예배시간에 자기가 원하는 사람을 주는 정신이 산만한 남자 집사. 그리고 새로운 얼굴들과 교회 일에 항상 열심인 젊은 부부까지.

그들은 교회 마당에서 종종 목격되었다. 방안에서 먼발치로 그들을 바라보며 시기와 질투어린 시선으로 혼자 비아냥거렸다. 왜 저렇게 자주 몰려다니는 거야. 아주 신바람들이 났군! 정작 지척에 사는 자신은 목사님과 이렇다 할 친분도 없고 교제도 없기 때문이었다.

　아무튼 그런 가운데서도 불굴의 의지 장로님과 권사님을 비롯한 성도들은 자기 믿음을 가지고 신앙생활을 굳건히 해 나갔다. 각자 맡은 바 자기 위치에서 소임을 다하는 성숙된 모습들을 보였다. 부목사님은 찬양사역에 열정을 쏟았고 강도사님은 비전센터에서 중고등부를 가르쳤으며 지휘자는 그 감성과 섬세함으로 앙상블과 찬양대를 이끌었다. 그러면서 새로운 방도를 모색해 가는 가운데 어떤 서포터의 난데없는 등장이 회중의 이목을 집중시켰다.

　목사님은 예배 말미에 귀한 한 분이 오셨다고 회중에게 소개했다. 회중의 눈이 앞으로 나온 한 사람을 주목했다. 중년 남자는 자신이 모 방송국 사장이라고 자기를 소개했다. 듬직한 체구와 수더분한 인상의 중년 사내였다. 방송국 사장이 여기는 무슨 일로 행차했을까, 하고 의구심을 가졌다. 사장은 차분한 어조로 다음과 같은 말을 했다. 암행의 목적으로 이곳저곳을 돌다가 오늘은 마침 일산을 오게 되어 이곳을 지나는 길에 교회가 마음에 들어 들어왔다는 것이었다. 그리고 설교를 듣고 일단 놀랐다고 말했다. 여러 교회를 돌며 많은 설교를 들어 보았지만 이처럼 말씀이 좋고 은혜가 되는 설교는 처음 접한다는 것이었다. 그래서 자신은 단상에 서신 목사님을 강력히 추천하는 바이며 적임자라고 칭찬을 해 댔다. 누구도 그것을 부인할 수 없다고 못까지 박았다.

정민은 그 사람의 말을 액면 그대로 받아들이기 어려웠다. 일관성이 없고 조작된 면이 보였기 때문이었다. 처음 들어온 사람이 어떻게 우리 교회의 사정을 빤히 알고 있는 것일까. 단상에 선 목사님이 아직은 담임이 아니며 검증 절차가 남아 있다는 것도 말이었다. 더욱이 목사님의 자질에 대한 판단은 그간 목사님을 접해 온 교인들이 하는 것이지 누가 좋다고 해서 좋은 것은 아니지 않는가. 그리고 예배가 아직 끝나기도 전인데 사심이 농후한 개인적인 발언을 저렇게 막 해도 되는 것인가.

모 방송국 사장의 말은 뭔가 앞뒤가 안 맞고 어설펐다. 난데없이 등장해 여기 목사님이 좋다고 칭찬하는 것은 왠지 아부성이 짙어 보이고 진정성이 없어 보였다.

한 표를 행사하려는 사람들이 속속 도착했다. 자발적으로 성도들의 참여율이 높은 편이었다. 빈자리가 거반 메워지고 있다. 다 왔는지를 점검하고 출입문은 철저히 통제됐다. 바리게이트가 쳐지는 것이다. 자칫 회중석에서 이상한 행동이라도 발각되면 덜미를 잡혀 끌려 나갈 것 같은 엄중하고 살벌한 분위기였다. 진행을 돕기 위해 세 분의 목회자가 재단에서 선정되어 왔다. 단상에 선 목사님들은 체구가 우람하고 매우 과격해 보였다. 갈색 양복에 우락부락한 인상이 사뭇 진취적이고 위협적이다. 행동이나 제스처, 목소리도 그에 걸맞게 아주 괄괄했다. 그것은 어리석고 형편없는 결정을 하지 말라는 사전의 경고이며 무슨 엄포같이도 보였다. 반면에 우리의 목사님은 오종종한 얼굴에 작은 체수로 비워 놓은 찬양대석에 다른 한 분과 앉아 있었다. 초조한 기색이 멀리서도 역력해 보였다.

결과는 예상을 뒤엎고 부결로 나왔다. 의당 통과되리라 믿었던 쪽은 찬물을 끼얹은 듯 조용했고 역시 예상대로라는 쪽은 느긋한 단상의 일로를 걸었다. 목사님은 그간 많은 노력과 호소로 담임이 되길 바랐는데 결과는 그 반대로 나왔다. 간절히 담임을 원했던 만큼 본인에게는 치명적인 상처가 될 것이었다.

쓸쓸한 거리처럼 교회 주변은 텅 비고 한산했다. 그날 이후로 목사님네 식구들은 아예 종적을 감추었다. 누구도 목사님을 본 사람이 없고 아무도 그 가족을 거론하지 않았다. 늦은 밤 컴퓨터 앞에 앉아 사택의 현관문 소리를 어쩌다 들을 뿐이었다. 그리고 여러 날이 경과한 후에 비전센터 앞에서 두 분을 잠깐 만날 수 있었다. 선교를 떠난 어떤 집사가 자신이 타던 자전거를 주고 갔는데 바퀴에 바람이 빠져 그것을 사무실 앞에서 손보고 있을 때에 두 분이 승용차에서 내렸다. 얼굴 대하기가 계면쩍어 주춤거리다가 정민은 어디 다녀오세요, 하고 인사를 드렸다. 목사님은 기도원에서 설교를 하고 온다고 했다. 그런데 아주 놀라운 일이 발생했다. 확연히 달라진 목사님 얼굴을 본 것이었다. 예전에 계단에서 마주쳤을 때는 뭔가 짜증스럽고 의욕이 넘쳐 보였는데 이번에는 그렇지가 않았다. 큰일을 치르고 부쩍 해탈의 경지에 오르신 것일까. 얼굴은 좀 수척해 보였지만 욕망이나 속박에 얽매이지 않는 편안한 상태에 이른 얼굴이었다. 정감 넘치고 따뜻한 목사님 모습이 보였다. 반년을 같이 살았는데도 한 번도 볼 수 없었던 얼굴이었다. 이런 모습이 예전에는 왜 감추어져 있었을까. 사모도 겸손한 자세로 온화하게 미소 짓고 있었다. 정민은 어디 가실 곳은 정하셨어요, 하고 물으려다가 그만 두었다.

마주 보는 건물 너머로 저녁 해가 설핏 넘어가고 있었다. 누군가 계단을 올라와 문 앞에서 노크를 했다. 집사님 계세요, 해서 나가 보니 강도사님이었다. 시골에 다녀왔다며 뭔가 묵직한 상자를 안으로 들여놓았다. 인사를 하고 옆쪽을 보니 목사님네 것은 한 상자, 우리 것은 두 상자였다. 열어보니 갓 캔 듯 보이는 붉은 고구마가 가지런히 누워있었다. 엊그제는 지휘자 집사님이 올라와 참치 세트를 주고 가더니 이번에는 강도사님이었다. 올라오는 사람들 거의가 사택을 방문하는데 강도사님은 고난받는 성도를 더 염두에 두신 것이었다. 저녁으로 아이들과 고구마를 쪄서 먹으며 강도사님에 대한 고마움을 느꼈다. 주 안에서 하나 된 사람들이 관심을 가져줄수록 정민은 여기서 얼른 벗어나야 된다는 결의를 다지게 되었다. 저들에 대한 고마움과 감사가 민폐와 신세로 느껴지며 정신을 일깨우고 있는 것이었다.

불안한 속에서도 숨통이 트이는 곳은 교회였다. 윤성은 아침 일찍 일어나 청소를 하고 밑에 내려가 차를 닦고 오는 등 부지런을 떨고 현관 앞에서 먼저 기다렸다. 신뢰가 무너지지 않았으면 그런 남편이 꽤 괜찮을 것이었다. 그러나 한번 책잡힌 사람의 심리적 거리감과 당한 사람의 까칠한 심정이 그들을 같은 공간에 다른 생활로 만들었다. 냉랭한 기류 속에서 함께 가는 시간은 결코 행복하지 않았다. 삼십 분 남짓 걸리는 거리를 가는 동안 누구도 말을 꺼내지 않았다. 당사자는 어떨지 모르지만 그럴 때 정민의 속에서는 열불이 나고 열통이 터졌다. 적대감으로 가득한 마음의 분노가 치밀기 때문이었다. 분노는 내면의 무서운 흉기이며 살인적 미움이었다.

내면의 살벌함을 감추고 교회에 도착하면 각자 식당의 자기 자리로 가서 앉았다. 언제나처럼 능숙하게 자기 안의 추함을 감추고 천연스럽게 앉아 거짓된 표정을 연습하는 것이었다. 어쩌다 주위 사람과 눈이 맞으면 산뜻한 인사도 나누고 표정도 관리하면서 말이었다. 그러면 내 안의 치열함이 점차 누그러지고 마음이 평온해지기 시작했다. 연습을 반복하는 사이 무겁던 마음이 풀리고 찬양하는 시간이 정녕 행복하며 밖에서의 안 좋은 일들이 아득하게 멀어져 갔다. 대략 한 시간가량 연습하는데 뜨거운 하모니와 반복되는 연습이 번잡한 마음을 신기하게 정화시켰다. 그렇게 얼추 다듬어진 모습으로 성전을 들어가면 경건하고 엄숙한 분위기가 의식을 압도하며 새롭게 바꿔 주었다. 있는 그대로의 모습으로 거룩한 예배에 참예하는 영광을 얻는 것이었다. 화사한 회중의 모습과 하나 되어 가슴이 벅차오르는 현장!

예배의 부름을 통해 신앙고백을 하고 찬양을 부르며 자리에 앉아 준비된 설교를 듣는다. 그러면 상처 나고 찢긴 심령이 영적인 말씀의 위로를 받았다. 말씀 속에는 희한하게 가지고 있는 내부 고통을 치유시키는 원천적인 힘이 기능했다. 온전한 평화와 심오한 은혜가 가슴을 파고들며 뜨겁게 하는 것이었다. 그래서 말씀은 살아 있고 운동력이 있어 골수를 쪼개기까지 하는 거라고 기록돼 있나 보았다.

처한 상황이 지금은 안 좋고 빛이 보이지 않는 암흑 속 같지만 이 또한 지나간다는 것. 우리가 받는 고난에는 분명히 무슨 까닭이 있을 거라며 다 용서할 수 있을 것 같은 긍정적인 생각으로 바뀌는 것이었다. 밖에서의 암담했던 일들이 이 순간 별 것 아니게 느껴지며 이 믿음과 마음으로 극복해 나갈 수 있을 것 같은⋯⋯.

그러나 교회를 벗어나고 길을 달려 세상으로 나가면 여전히 마음 한 구석이 허전하고 아렸다.

17.

혼인 잔치

겨울이 성큼 다가왔다. 매서운 추위가 옷깃을 여미게 하고 도시의 마른 풍경을 꽁꽁 얼어 붙이고 있었다. 아침에 보니 후미진 검불 숲에 서리꽃이 하얗게 내려앉았다. 어깨를 움츠리고 걷는 사람들, 종종걸음 치는 사람들, 하얀 가스를 내뿜으며 달리는 차량들에서 이내 겨울이 깊었음을 알 수 있었다.

앙상한 가지가 애처로워 보이는 것은 무슨 까닭일까. 통증이 다소는 완화됨으로 정상을 찾아가는 안정된 심리 때문일까. 사람들은 찜질방이다 헬스클럽이다 운동들을 하러 다니는데 이렇게 한곳에만 붙박여 섰으니 그 추위가 얼마나 내면을 파고들겠는가.

N백화점이 있는 길가 모퉁이에는 담요를 뒤집어쓴 행려병자가 무릎을 구부리고 앉아 있었다. 신호를 기다리고 섰다가 갑자기 안됐다는 생각이 들어 돌연 뒤로 돌아서서 그 앞으로 가서 앉았다. 오래도록 씻지를 않았는지 얼굴은 꼬질꼬질하고 거무죽죽했다. 그의 얼굴을 유심히 들여다보며 방금 전과 같은 측은지심으로, 추운데 옷을 더 입지 않고요, 하고 했다. 이제 소년티를 갓 벗은 앳된 얼굴이었다. 소년은 시무룩이 대꾸가 없었다. 불쌍하게 앉아 오들오들 떨고 있는 모습이 안돼 보여서 지갑을 열어 누런 지폐 한 장을 무릎 위에 슬쩍 얹어 놓고는 일어섰다. 연신 고개를 끄덕이던 소년이 손을 뻗어 돈을 집어넣고는 흘끔 올려다보았다. 동정을 베푼 여자가 어떻게 생겼는가를 확인하고픈 모양이었다.

때맞춰 신호가 열리자 가뿐히 횡단을 하는데 어떤 아주머니가 따라 붙으며 호들갑을 떨었다.

"나도 댁처럼 처음에는 그랬다니까요. 몰라서 그렇지 저런 사람은 동정할 필요가 없어요. 왜냐하면 우리가 도와주는 건 저 사람 같지만 실제로는 엉뚱한 사람이 다 뺏어 간다니까요!"

날씨는 음산하고 하늘은 잔뜩 찌푸려져 있었다. 공중을 올려다보면 금방이라도 눈발이 날릴 것만 같았다. 어느 핸드폰 회사에서는 이번 성탄절에 눈이 내리면 신규 가입자들한테 돈을 준다는 속되고 재미난 이벤트도 내걸고 있었다. 화정역 광장에는 많은 사람들이 집결해 있었다. 마른 분수대광장 앞으로 자선냄비가 들어서고 뒤쪽 길모퉁이로는 남자들만 둥그렇게 둘러서서 무엇엔가 집중하고 있었다. 서성이는 사람들 앞으로 많은 사람들이 오가고, 반가운 연인들이 만나고, 전철역 입구로는 따끈한 국물의 포장마차, 줄지어 늘어선 버스들, 택시들. 이런 저런 모양새로 화정역 광장은 성탄 전날의 들뜨고 차분한 분위기를 여실히 보여 주고 있었다.

하늘에는 영광! 땅에는 평화!

광장 앞의 대형 쇼핑몰 입구에도 거대한 트리가 세워져 있어 이번 성탄절의 고무된 분위기를 한껏 고조시키고 있었다. 사람들은 저마다 성탄의 참 의미와 세밑 동정에 참여하려고 바깥에 나온 것 같았다. 평소보다 유동인구가 훨씬 많이 눈에 띄는 활기 넘치는 광장을 보면 그런 것을 짐작할 수 있었다. 그렇지만 캐럴 송이 사라지고 십자가를 동경하지 않는 이 세대의 북적거림은 어떤 의미의 성탄절일까. 유동하는 인파 속에서 홀연히 지나간 세월의 무상함을 느끼며 정민은 잔뜩 찌푸려진 날씨를 올려다보았다. 참으로 빠르고 덧없는 한해가 올해도 저물어 가고 있었다.

*

잠결에 부스스 눈을 떴다. 아직도 깊은 밤중이 눈에 들어왔다. 그런데 웬 사람이 방문 앞에 앉아 있는 것이 보였다. 웬 사람이…… 방문 앞에 앉아 있는 것일까. 이상한 생각이 들어 방 안부터 살펴보았다. 발치께의 장롱과 어스름한 공간에 내려앉은 천장, 구석진 곳의 옷걸이, 오른쪽 창으로는 망사 커튼이 아슴푸레 늘어져 있고, 머리맡의 화장대와 그가 앉은 어깨 너머로 작은애 방이 보였다. 미관상 별로 달라진 것은 없어 보였다. 그런데 웬 사람이 방문 앞에 앉아 있는 것일까. 이 야심한 시각에 남의 집에 들어와서? 그런데 더 이상한 것은 낯선 사람이 방문 앞에 앉아 있는데도 무섭거나 섬뜩한 생각이 들지 않았다. 어두워서 얼굴은 알아볼 수 없었지만 나쁜 생각으로 들어온 것 같지는 않았다.

침상에서 이따금씩 문 앞의 동태를 살피며 생각을 해 보았다. 어떻게 집에는 들어왔으며 화장대 의자는 언제 끌어다가 앉은 것일까. 저 의자는 내가 화장을 할 때나 손님이 와서 식탁 의자가 모자랄 때 말고는 항상 밑으로 집어넣고 쓰는 사각 의자였다. 방문은 상시 열려 있어서 그렇다손 쳐도 어떻게 중량감이 느껴지는 의자를 아무 기척도 없이 가져다가 앉은 것일까. 아니, 그렇다면 방에도 들어왔다는 얘기 아닌가. 비몽사몽간에 이런저런 생각을 하다가 자기도 모르게 잠이 들었는지 기억은 거기서 끊겨 있었다.

다음 날 아침 눈을 뜨자 어젯밤 그 일이 선명히 기억이 났다. 그렇지만 꿈이었는지 생시였는지 분간이 잘 안 갔다. 정말 이상하고 모를 일이었기 때문이다. 이번에도 그가 아닐까를 조심스럽게 생각해 보았다. 예상하지 못한 일이 일어날 때마다 홀연히 나타나셨다가 감쪽같이 사라지는 능력을 가지고 있으셨으니까. 청량한 물속에서의 공간 이동이 그랬었고, 손님을 기다리던 날 아침 뜻밖에 현관 앞에 서 계셨던 일도 그렇지 않은가? 초인종 소리에 현관문을 열었을 때 생각지도 못하게 그가 환한 얼굴로 자신을 내려보고 있지 않았던가! 그러나 이번에도 그라고 단정하기에는 어딘가 미심쩍은 부분이 있었다.

*

열흘 만에 그를 다시 볼 수 있었다. 이번에도 화장대 의자를 끌어다 놓고 조용히 앉아 있었다. 그런데 누군가와 같이 온 듯했다. 주로 시선은 이쪽 방향에 두고 이따금씩 고개를 돌려 옆 사람과 이야기를 하는 것을 보면. 그런데 벽에 가려 그 사람은 볼 수가 없었다. 대화 내용도 전연 들려오지 않았다.

이번에도 자신이 사용하는 화장대 의자를 가져다 앉아 있는 그가 낯설지 않았다. 누군지는 정확히 모르나 사모의 정을 갖게 하는 인품과 한 공간 안에 있다는 것. 그것만으로도 왠지 편안하고 좋아서 단꿈을 꾸게 되니까. 혼자 머릿속으로 무구한 상상을 그리며 평안한 안식에 들어 눈을 감았다. 그런데 시간이 얼마나 지나갔을까. 아니, 별로 지난 것 같지도 않았다. 어떤 느낌에 번뜩 눈을 떴는데 그 사람이 침상 앞에 와 있었다. 정민은 그의 어깨너머로 얼른 문 앞부터 건너보았다. 대동한 사람은 언제 돌아갔는지 보이지 않았다. 침상 곁에는 말 없는 그의 온화한 인상이 조용히 정민을 내려다볼 뿐이었다.

*

어둠이 내린 공간에 그가 앉아 있었다. 언제나 변함없는 표정으로 홀연히 등장하는 그, 험준한 산과 해로를 건너 먼 길을 달려온 것일까. 이번에는 다른 경로를 타고 온 것일까. 먼저보다 빨리 온 것을 보면 그도 나로 인해 기뻐하고 즐거워하는 것이 분명하지 않을까. 이번에도 누군가를 대동했는지 몰라 주위를 살펴보았다. 무엇을 찾는 눈빛을 그가 알아보고는 이번에는 아무도 데려오지 않았다라고 무언의 눈길을 주었다. 언제나 동일한 시각에 동일한 모습으로 나타나는 그였다. 왜 무슨 일로 사물이 혼곤한 시각에 이따금 나타나 자신을 바라보는 것일까. 그렇지만 언제까지고 침묵한다 해도 답답하지 않을 것이었다. 사모하는 분과 단둘이 한 공간에 있다는 것, 그것만으로도 행복하고 좋아서 달콤한 상상에 젖으니까.

그런데 어찌 된 영문인지 몰랐다. 순간 황홀한 마법에라도 빠져들었는가? 상상하지도 못할 사태에 놀라 그만 소스라치고 말았다. 심장 박동이 멎는 것 같은 짜릿한 아픔이 온몸을 전율로 휘감았다. 그가 황송하게도 침상에 올라 조용히 팔베개를 해 주는 것이 아닌가! 왼손으로는 팔베개를 해 주고 오른손으로 살포시 자신을 안는……. 그런 일을 어떻게 받아들여야 할지 혼란스러웠다. 어떻게 현실과는 동떨어진 이 은밀한 일들을 받아들여야 하는 걸까. 이 기이한 사태를 한정된 식견과 안목으로 어찌 해석해야 하는 건가.

정민은 그 사실들에 관해 궁구하면서도 마음속으로는 이미 그에 대한 사모의 정을 쌓아 가고 있었다. 실제로 많은 날들을 그 일로 인해 상심해 가며 마음을 끓였다. 왜냐하면 그가 따뜻한 체취의 감미로움만 남기고 갑자기 일절 소식을 끊었기 때문이었다.

그의 무정한 태도는 정민에게 의구심을 증폭시켰고, 또 부당한 처사처럼 느껴졌다. 그렇지만 별다른 묘책이 있을 리가 만무했다. 그를 만날 수 있는 통로는 오직 그가 찾아와 주는 것뿐이었다. 무슨 연고인지 그는 가뭄에 농작물이 바짝 타들어가는 것처럼 사람을 애타게 하고 벌써 달포째 소식 두절이었다.

*

상심에서 비롯된 행동이었을까. 아이를 들쳐 업은 정민은 어떤 강한 동기에 이끌려 집을 나섰다. 그녀는 다 저녁때인 동산 길을 걸어갔다. 얼마간 오솔길을 가다가 언덕을 내려가 도심의 어떤 건물로 들어갔다. 어둡고 침침한 계단을 올라갔다. 거기 안에서는 남자 세 사람이 한창 무슨 작업을 하고 있었는데, 불도 켜지 않은 채로여서 실내는 컴컴했다. 안쪽으로 더 들어가 보니 벽이나 천장에다 무슨 장식물을 달고 붙이고 했다. 어떤 사람은 의자에 올라가 옆 사람이 집어 주는 것을 하나하나 천장에 매달고, 어떤 사람은 강당에 올라가 큼지막한 액자를 움직여 벽에 걸기도 했다. 홀 중앙에는 그런 것을 관장하는 사람이 이것저것을 지적하며 잘 되었는가를 보아 주고 있었다.

정민은 지시를 내리고 있는 사람 앞으로 가 모습을 보였다. 자기 존재를 넌지시 알려 그쪽에서 먼저 알아보게 하려는 소심함이었다. 그러면 얼떨결에 자신을 그쪽에서 알아보고는 어, 정민 자매가 왔네! 하고 반갑게 맞아 줄 것을 예상하고였다. 물론 그의 앞에서 서성이는 것은 자신의 마음을 송두리째 가져간 그 사람인지 알 수 없기 때문이었다. 그분이라면 먼 길을 마다 않고 찾아온 자신을 얼마나 반가워해 주실까. 그 한 생각만 하고 서성이는 것인데 상황은 생각대로 되어 주지 않았다. 그 사람은 반색은커녕 자신을 보고도 못 본 체 시큰둥한 반응이었다.

그럴 리가 없다고 생각하며 이번에는 더 가까이 가서 얼쩡거려보았다. 예상으로는 그가 소년처럼 해맑게 웃으며 오호, 정민 자매가 왔네! 하고 맞아 주어야 할 터인데 어찌된 영문인지 그는 생판 딴 사람 같았다. 기대하는 마음이 컸던 만큼 그것은 정민에게 큰 상처가 되었다. 그래서 슬금슬금 문께 쪽으로 뒷걸음하다가 얼른 몸을 숨겼다.

울적한 심사를 가지고 터덜터덜 계단을 내려왔다. 정말 기분이 엉망이고 울고 싶을 뿐이었다. 거기다가 올 때와는 달리 사방이 캄캄해서 어디가 어딘지 분간이 안 되었다. 설상가상으로 더듬다가 그만 발을 헛딛고 구덩이에 빠지고 말았다. 엉겁결에 부여잡은 손에는 흙과 풀이 한 모숨 움켜져 있었다. 가뜩이나 속이 상해 미치겠는데 누구한테 하소연도 못하고 죽을 맛이었다. 그때 위에서 힘 있게 누군가 끌어올리는 손이 느껴졌다.

어둠 속이어서 잘 알 수 없었다. 그러나 어렴풋이 짐작 가는 바는 있었다. 따뜻한 체취와 으레 그 다정함으로 그는 너의 상한 마음을 내가 다 안다는 듯 살며시 어깨를 토닥여 주었다. 얼마나 고대했던 손길이며 느끼고 싶었던 체취였는지 몰랐다. 절박함이 극에 달해 있던 순간에 그가 나타남으로써 서러웠던 감정이 눈 녹듯 사라지는 순간이었다. 그런데 이번에는 등에 업혀 있던 아이가 느슨해진 포대기 사이로 구덩이 속으로 쑥 빠져 버리는 것이 아닌가? 정말 왜 이러는 거야!

그런데 이 일이 대수롭지 않은 듯 그는 빠져 버린 아이에 대해서는 꺼내 줄 생각이 없는 것 같았다.

*

전에는 없었는데 이런 집이 언제 생겼을까. 이 외진 산중에 웬 낯선 산장이……

마을 앞산을 넘어오다가 정민은 전에 없던 집을 발견하고 의아해했다. 들어가 보니 낡은 헛간 같은 내부에 건축 자재가 수북이 쌓여 있었다. 먼지 낀 목재들이 실내에 너저분히 방치돼 있고, 그 위로는 죽은 날벌레와 거미줄이 태곳적처럼 걸려 있었다. 목재 더미에 쌓여 있는 먼지들로 보아 사용한 지 오래된 폐가나 그대로 방치되어 버려진 낡은 시설물 같았다. 다만 통유리로 된 커다란 유리 벽면이 무슨 최근의 트렌드처럼 눈앞에 조망을 훤히 이루고 있었다.

햇볕이 오롯이 들어오는 실내는 아늑하고 정겨운 응접실 같았다. 따사로운 햇살이 무한대로 쏟아져 들어오는 아늑한 유리 응접실. 왼쪽 산비탈에는 겨울 정취가 초로하게 깔려 있고, 주변에는 건사하지 않은 나무들이 버려진 조경수처럼 웃자라 있었다. 정면 앞으로는 시야가 탁 트이면서 먼데 아래까지 조망되었다. 정민은 목재 더미 위로 올라가 자리 잡고 앉았다. 거기에 올라앉아 시간을 보내려는 것이었다. 외부의 영상과 소음이 차단된 장소에서 누구와 사전 약속이라도 되어 있는 것처럼.

정민은 온종일을 꼼짝도 않고 앉아 있었다. 무료한 햇살 속에서 아지랑이를 볼 뿐이었다. 그러다가 무슨 기척에 놀라 갑자기 청각을 곤두세웠다. 임이 오는 발자국 소리가 정적을 깨고 산마루에서 들린 것이었다. 민감한 주파수에 마른풀 밟는 소리가 여지없이 감지된 것이었다. 틀림없는 임의 발자국 소리였다. 동산을 내려와 수풀을 지르밟으며 산비탈로 임이 내려오시고 있구나! 힘찬 발걸음이 여전히 변함없으시구나!

드디어 문 열리는 소리에 고개를 돌려 보니 붉은 기색의 해 같은 임이 들어오시는구나! 여전히 위풍이 당당하고 늠름한 기색은 감히 내 님을 따를 자가 없구나! 그런데 실내를 다 돌고 여기를 보시려는가? 어떤 규칙을 세워 보시려는가? 언제쯤 고개를 돌려 이 애타는 심정을 바라보시려는가? 임의 싸늘한 표정이 석연치 않아 보이는구나!

산장에서 내려온 정민은 산 아래 넓은 평원을 걸었다. 유리벽 안에서 조망되던 저 아래 낮은 지대였다. 평온한 들녘에는 햇살이 한동안 머물다 가 버렸고, 뭉게구름만 산허리에 걸쳐 음산한 그림자를 드리웠다. 아직도 긴 잠에서 깨어나지 않는 겨울 정취가 들판에 그대로 깔려 있었다. 넓은 들녘은 암갈색으로 일관했고 도랑은 아직 해빙되지 않았으며, 동산 기슭에는 지난해 묵은 낙엽 몇 잎이 잔솔가지에 붙어 바짝 메말라 있었다. 한적하고 쓸쓸한 들녘이었다.

우주적인 그의 심미안에 자신은 어떤 모습으로 들어 있는 것일까. 혹어 효용 가치를 따져 보며 시험하는 중은 아닐까. 어떤 행위가 그를 거슬리게 했고 냉랭하게 얼어붙게 했을까. 혜안이라도 있어 깊은 속내를 알아볼 수 있다면 이렇게 답답하지는 않을 텐데. 그러면 그의 뜻대로 나를 고쳐 가며 그가 싫어하는 것을 하지 않을 텐데. 유리벽 안에서 마주쳤던 그 눈빛을 생각하면 심장이 얼어붙는 것 같았다. 싸늘하고 차가웠기 때문이었다.

어떤 행위를 지적하고 나무라는 것이었을까. 오래도록 거기서 당신을 기다리고 있었다는 사실을 모를 리가 없을 텐데. 그때 아득한 거리에서 어떤 움직임이 반짝 포착되었다. 그 움직임은 투명한 시계 너머로 한적한 평원 위에 뚜렷했다. 이내 그인 것을 알아볼 수 있었다. 단호한 발걸음은 휘어진 길을 돌고 교량 위를 건너며 산 이쪽을 향해 오고 있었다. 그것을 보자 또 가슴은 요동치기 시작했다. 다시 돌아오시는 발걸음은 어디서 오시는 중일까. 정면에서 그가 오시다니 꿈만 같았다.

정민은 그리움으로 점철된 자기 심령이 그의 마음을 움직였다고 생각했다. 그리고 날씨도 화창하고 바람도 불지 아니하고 한적한 이 평원 위에 자기 혼자뿐이라는 사실! 이번에는 비켜 갈래야 비켜 갈 수도 없는 운명의 외길이라는 것. 만에 하나 그가 도랑으로 건너뛰거나 동산으로 오르지 않는 한 절대로 자신을 비껴갈 수 없었다. 그런 확고한 신념을 가지고 그 자리에 붙박여 서 있는데, 이쪽을 그쪽에서도 의식한 듯 잠시 멈칫하는 기색이 보였다. 몇 미터 전방에 그가 이르자 가슴은 터질 듯 부풀어 올랐다. 확고한 의지가 불같이 타오르려는 순간이었다.

일념의 간절한 소망은 그러나 이번에도 무정하게 비켜 가고 말았다. 냉정하게 스쳐 갈 줄을 예상이나 했었겠는가. 먼 데 시선을 던지며 꼿꼿하게 지나가시는 임은 전연 생경스러웠다. 한쪽 어깨를 툭 건드리고 지나간 것이 무슨 불길한 예고처럼 오래도록 그쪽 어깨를 아프게 했다.

*

　방문 앞이 갑자기 부산하고 소란스러웠다. 창문 너머로 수그린 하얀 모자들이 어른거렸다. 무슨 일인가 싶어 내다보니 창문 너머에는 웬 낯선 사람들이 분주히 음식을 만들고 있었다. 흰 가운의 흰 모자를 눌러쓴 젊은 청년들이었다. 그 청년들은 방문 앞의 하얀 장막 안에서 신명나게 음식을 만들고 있었다. 능숙한 손놀림으로 보아 모두 요리에 능통한 베테랑들 같았다.

　일순 착각을 한 것은 무슨 호텔 주방이나 커다란 식당을 방문 앞에 차려 놓은 것 같아서였다. 일렬로 서서 도마질을 해 대는 모습들이 무척이나 신명나고 능숙해 보였기 때문이었다. 마치 큰 잔치를 눈앞에 놓고 일사불란하게 움직이는 신명난 모습들이었다. 그러나 짐작 가는 바 전혀 없는 것은 이처럼 많은 일꾼들을 집안에 거느린 적이 없는 까닭이었다. 참으로 의아해하지 않을 수 없었다. 거기다기 더 알 수 없는 것은 어떤 여인이 아까부터 등 뒤에 앉아서 머리를 빗겨 주고 있다는 사실이었다. 자신을 침상 머리에 앉혀 놓고 정성스럽게 머리를 빗겨 내려가는 손길이 여간 섬세하고 기품 있어 보이지 않았다. 정민은 그런 그녀에게 어디서 온 누구시냐고 감히 물을 생각도 못하고 겸연쩍어만 했다. 흰옷 입은 고운 자태가 어딘가 거룩해서 자기와는 신분이 다른 것 같아서였다.

　정민은 문밖의 분주한 움직임이나 방안 분위기로 보아 집안에 혼사가 있다는 것을 어렴풋이 짐작했다. 혼사의 주인공이 더군다나 자신이라는 사실에 의아해 마지않으면서 만면에는 함박웃음이 번져나갔다. 좋은 것을 내면에 감추지 못하는 순수함 때문이었다. 결혼을 하다니참 희한한 일이지 않는가? 오래전에 자신은 결혼한 사실이 있지 않는가? 그런데 또 결혼을?

*

장막이 거두어지고 음식을 장만하던 손길도 떠나가고, 집안에는 다시 어둠이 내리고 있었다. 방안은 다시 고요한 침묵에 휩싸였다.

흰옷 입은 여인들은 신방을 꾸미기에 여념이 없었다. 그들은 각자가할 일들을 알아서 묵묵히 맡은 일만을 했다. 어떤 여인은 청소를 하고어떤 여인은 화장대를 꾸미고 어떤 여인은 향유 같은 것을 들고 와 몸에 발라 주기도 했다. 신부는 그런 호사스러운 손길이 왠지 어색하고쑥스러워 어쩔 줄을 몰랐다. 남의 손길에 익숙하지 않은 소박한 정서때문이었다. 그저 엉거주춤 한쪽으로 비켜서서 여인들에게 방해될세라 조심스러워할 뿐이었다. 그런데 어디서 온 여인들일까. 혹시 하늘의 영광을 보며 경배하던 그 여인들은 아닌지 모를 일이었다.

신방이 구색을 갖추자 여인들은 하나둘씩 방을 빠져나갔다. 말끔히정돈된 방안에는 수줍고 어여쁜 신부만 남아 있을 뿐이었다. 그런데 숨결조차 고른 신부의 어여쁜 몸에 눈부시고 화려한 드레스는 입혀져 있지 않았다. 오직 마음이 성결하고 깨끗한 신부로 거듭나 신랑을 기다릴 뿐이었다. 또한 신부의 하얗게 바랜 마음에는 무슨 일이 곧 일어날 것인지도 들어 있지 않았다. 오랜 침묵과 기다림으로 희어진 가슴에는 어떤 단상도 떠오를 데가 없기 때문이었다.

마침내 신랑의 발소리가 밤이 내린 공간으로 들려왔기에 신부는 귀를 기울였다. 이제나 저제나 문밖의 소리에 예민하게 청각을 곤두세웠다. 그러나 잘못 생각하고 있었다는 판단이 불현듯 뇌리를 스쳤다. 금방 있으면 신랑이 올 것이라는 어리석은 착각. 신부는 그때서야 퍼뜩 제정신이 돌아왔다. 구름을 탄 기분에 그동안 멍청이가 되어 있었다는 말인가. 어떻게 그리 빨리 올 것이라고 단정해 버렸단 말인가.

신랑을 만날 기쁨에만 들떠 있던 신부는 자신의 어리숙한 모습을 한탄하며 부끄러워했다. 집을 예비하러 가신 신랑은 의외로 늦어질지도 모른다는 것. 성결한 신부로 거듭나 있지만 그것은 바로 지금이 아니며 먼 훗날의 약속일지도 모른다는 것. 그러나 언제 도착할지 알 수 없는 신랑을 신부는 성결한 마음으로 항상 맞을 준비를 하고 깨어 있어야 한다는 것. 그것을 뒷받침하는 선물 두 가지가 이미 당도해 있지 않았는가.

세상 유혹과 사탄의 위험에 노출된 신부를 염려하며 신랑은 영적인 선물 두 개를 이미 보냈었다. 거기에는 경각심을 일깨우고 항상 깨어 임마누엘과 동행하라는 권면의 뜻이 내포돼 있었다. 그리고 세상 유혹에 휘말리지 말고 생명나무에 비견되는 믿음을 굳건히 세우며, 자신이 세상에 올 때까지 등을 밝히고 있으라는 소망의 기쁜 메시지를 담고 있었다.

*

아담하고 조용한 분위기 있는 카페였다. 거기에는 테이블이 여러 군데 놓여 있었고, 그 가운데쯤 자신이 서 있었다. 멀뚱한 태도로 보아 들어온 지 얼마 안 되는 신입인 것 같았다. 그때 어떤 사람이 카페 문을 열고 들어섰다. 우람한 체구에 긴 코트를 걸친 기골이 장대한 사내였다. 그 장대한 사내에게서는 첫눈에도 위압감이 절로 느껴졌다. 체수가 육중한 데다 발을 내딛을 때마다 코트 자락이 저절로 펄럭였다. 권세도 여간 있어 보이지 않았다. 마치 제국의 마왕 같은 차림새였다. 집체가 움직이는 것처럼 진동이 느껴졌다. 무슨 사내가 저리 덩치가 남산만 하고 권세가 있어 보일까를 두렵게 생각하는데 성큼, 그 사내가 이쪽으로 다가오는 것이었다.

창졸간에 일어난 일이었다. 기겁을 하고 놀라서 보니 그 손안에 자신이 들려 있지 않은가! 곰 발바닥 같은 두꺼운 손안에서 온몸에 소름이 끼쳤다. 사내는 자신을 보고 예쁘다고 얼러 대며 사정없이 까불어 대었다. 마치 사람을 공기 돌 다루듯 천장으로 높이 던졌다 받기를 수도 없이 반복하며 농락을 해 대었다. 위험천만한 지경에 놓여 숨넘어

갈 기세로 식겁을 하며 굴욕을 견뎌야 했다. 그때 음흉한 시선 너머로 또 다른 짐승의 얼굴이 겹쳐 보이고 있었다. 분명 사람이었는데 가까이서 보니 짐승인 것이었다. 옷 속의 부숭부숭한 털하며 특유의 고약한 냄새, 권세의 상징처럼 굴곡지어 늘어진 목덜미! 영락없는 짐승의 그것이었다. 또 경황 중에 문께 쪽을 보니 이번에는 밧줄을 든 사람이 돌연 들어서고 있었다. 상대적으로 왜소해 보이는 작은 체수였다. 그 사람은 들어선 자리에서 들고 있는 밧줄을 표적을 향해 몇 번 가늠하더니 힘껏 천정이 낮은 실내 공간으로 집어던졌다. 호선을 그리며 날아간 밧줄이 올가미가 되어 정확하게 짐승의 두상을 통과하였다. 기가 막히고 날렵한 솜씨였다. 헐거운 올가미가 육중한 몸을 통과하자 순간을 놓치지 않는 문께 사람이 그 자리에서 재빠르게 밧줄을 잡아당겼다. 육중한 몸이 푹 꺾이면서 덩치 큰 짐승이 땅으로 풀썩 주저앉았다. 그때서야 손을 놓은 짐승이 들고 있던 자신을 내려놓았다.

내려와서도 그 오싹함과 소름끼침에 몸서리를 쳤다. 그런데 문가의 사람은 자그마한 체구에서 어떻게 저리도 대단한 실력이 나올 수 있을까. 거기다가 불평 한마디 없이 질질 끌려가는 짐승은 또 어떻고? 우둔하고 미련해 보이는 짐승은 문께로 끌려가면서 갑자기 사람으로 변했다. 처음 상태로 돌아간 짐승 아니 괴물은 결박되어 끌려가면서도 수작을 걸었다. 질질 끌려가는 우스꽝스런 모습을 하고서도 능글맞게 추파를 던지는 것이었다. 자기가 끌려가는 것에 관해서는 전연 아랑곳하지 않고 "갔다가 다시 올게, 꼭." 하는 것이었다. 그 말 속에는 예쁘게 단장하고 자기가 올 것을 기다리고 있으라는 굴욕적인 암시가 들어 있었다.

*

화원에 들어가 정신없이 꽃을 꺾어 대고 있었다. 눈을 현혹시키는 온 갖 꽃들이 화원 안에는 가득 피어 있었다. 이 꽃들을 꺾어다가 집안을 예쁘게 장식해 놓아야지 하면서 팔이 모자랄 정도로 한 아름 꺾어 가지 고 막 돌아 나오는데 화원으로 어떤 사람이 들어서고 있었다. 그는 호 리호리한 키에 발목까지 내려오는 하얀 슈트를 입고 홀연히 이쪽으로 다가왔다. 그리고는 자신을 향해 온유하고 그윽한 눈빛을 보냈다. 자 신의 허물이 생각나 가까이 가지 못했던 청량한 물속에서의 그와 동일 한 분이었다.

눈같이 흰 성결한 그분 앞에서 욕심을 부린 자신이 은근히 부끄러웠 다. 성결하신 그의 눈에 이런 내가 얼마나 한심하고 미련한 속물로 보 였을까. 한 아름 안고 있는 꽃들 너머로 목을 움츠리고 바라보는데, 뜻 밖에도 그는 안고 있는 전부를 버리라고 말씀하셨다. 속으로 '이렇게 예쁜 꽃들을 왜 버려요?' 하면서 의아하게 그를 바라보았다. 그는 생명 이 없는 것은 겉을 화려하게 꾸며도 죽어 있을 뿐이라고 말했다. '그럴 리가요?' 하면서 잔뜩 안고 있는 꽃들에다 코를 박고 킁킁거려 보았다. 과연 아무 향기도 없고 느낌도 없는 보기만 그럴 듯한 꽃이었다. 미련

없이 그것을 바닥에 쏟아 내렸다. 괜히 무익한 것들한테 현옥되어 시간을 빼앗긴 것이 부끄러웠다.

그런 순종적인 태도가 마음에 들었는지 그는 자신이 가지고 있던 나뭇가지 중 한 개를 건네주었다. 막대기 같은 길쭉한 나뭇가지였다. 그런데 자세히 살펴보니 움이 막 돋으려고 몇 군데 불그레한 기색이 돌고 있었다. 상기된 모양이 아기의 볼 같고 붉은 기색이 생명력 있어 보였다. 그런 나무를 받고는 기분이 좋아져서 인사를 드리려고 고개를 들었다. 어! 그런데 어디를 가셨지? 화원 안을 둘러보지만 그는 아무 데도 보이지 않았다.

18.

새로운 시작

동장군이 물러나고 얼음 밑으로 봄이 오는 소리가 들리는 듯했다. 문밖을 나가 보면 매섭던 바람이 가라앉고 양지에는 포근한 기운이 감돌았다. 지난 가을 모두가 떠난 허허로운 벌판에 정민은 혼자 남아 새로운 봄을 맞이하고 있었다. 창밖을 내다보면 교인을 실어 나르는 차량이 이따금 눈에 띠고는 했다.

내정된 목사님과 일 년을 같이 보내고 지난 가을 다시 투표로 결정을 보았다. 부목사님과 경합을 벌여 이번에는 가결이 났다. 찬양 사역에 열정이 많았던 부목사님은 결과에 깨끗이 승복을 하고 멀리 태국으로 사역을 떠나셨다. 다른 교역자들도 개척을 해 나가는 등 살길을 찾아 떠나고 새 목사님의 재량에 따라 교회는 일반인에게 매도가 되었다. 유치원 부지로 등록이 되었던 터라서 말썽이 그간 많았었다. 교회가 유치원으로 개조되는 것을 많은 성도가 아프게 지켜보았다. 비전센터도 같은 시기에 이웃 교회에 매도가 되었다. 교회는 멀지 않은 가좌지구로 이전되었다.

푸른 잔디 동산 마당으로 수련회를 나왔다. 새로 찾아간 교회였다. 옆에도 유명한 모 교회에서 수련회를 나와 있었다. 숙소가 나란히 붙어 있는 까닭에 거기 목사님도 자기 숙소 앞에 서서 교인을 맞이했다. 정민은 숙소를 들어가려고 입구로 막 들어서는데 갑자기 우리 목사님이 팔을 붙들어 세웠다. 몸을 돌려 양팔을 붙잡고는 얼굴을 빤히 들여다보며 주방을 향해 자기 집사람을 큰소리로 불렀다. 여보! 여기 이 집사님한테 먹을 것 좀 내다 줘요!

정민은 괜찮다고 극구 사양하며 만류했다. 목사님은 아니라고 강경한 어조로 말했다. 집사님 얼굴에서 궁색한 기색을 분명 보았다는 것이었다. 정민은 어찌 할 줄 모르고 당황하며 면목 없어했다. 뭐라고 말할 수 없이 백골난망하고 감사해서였다. 어떻게 그것을 알아차렸을까. 무수한 교인들 중에 아직 등록 심방도 받지 않은 자신을 말이었다.

지금도 의구심이 발동해 가끔 이해가 안 될 때가 있고는 했다. 어떻게 이목이 집중되는 교회 건물에 들어가 있으려고 했었는지. 약물에 취한 것처럼 정신이 혼미한 상태였을까. 마치 꿈길을 걷는 것마냥 아득하고 선명하지 않은 정신으로 말이었다. 여러 날 쉬지 못해 피폐해진 심신이 아무 데나 들어가 몸을 뉘이고 싶었던 건지도 모르겠다. 또 불편한 다리를 해 가지고는 어디를 돌아다녀 볼 엄두도 못 내었다. 한편으로는 이런 생각도 부득불 들었다. 비전센터에 들어간 것은 전적으로 하나님의 의도가 아니었을까. 고관절을 다쳐 목발을 짚은 것도 그렇고 위기가 닥칠 때마다 매순간 절묘하게 이어진 사건들이 기이했다. 또 절박한 상황에서 부탁을 드렸을 때 이불까지 흔쾌히 내어 주신 권사님의 일도 그쪽으로 생각을 모으게 했다. 하나님은 고난이 필요한 성도를 바깥으로 내보내지 않고 당신의 집에 두시면서 직접 고난을 겪어 가게 하신 것일까. 거기서 다양한 사람들을 많이 만나 보며 어떻게 고난에 대처하고 시련을 극복해서 연단되어 나오는가를 보려 하신 것이었을까.

이제야 어렴풋이 그분의 깊은 뜻을 알 것 같기도 했다. 너의 가장 소중한 것……. 네가 나를 사랑한다면 그것을 내놓을 수 있겠느냐고 은 연중 시험해 보신 것이 아니었을까. 십수 년이 지나도 거기에 대한 의구심이 풀리지 않다가 최근에 와서야 그 핵심적인 요인을 깨닫게 되었다. 그해 정월 초하룻날 목사님이 자신의 뜻을 가지고 담대히 찾아온 까닭이 짐작이 갔다. 집이 없어지고부터 끊임없이 그 부분에 대해 의구심을 가졌었다. 대체 우리에게 고난이 온 것은 무엇 때문일까. 하나님을 믿으면 모든 것이 예전보다 더 잘되어야 하는 것 아닌가. 많은 은혜를 받고도 고난을 당하는 것은 무엇 때문일까. 사랑의 하나님이 고난을 주셨을 때는 그만한 까닭이 있지 않을까.

어느 날 하나님은 느닷없이 이삭을 바치라고 아브라함을 시험하셨다. 아브라함은 하나님을 의심하지 않고 자신의 소중한 아들, 이삭을 제물로 바치기를 결심했다. 신실하신 하나님이 아들을 바치라고 할 때는 무슨 까닭이 있을 거라는 확신이 들었기 때문이었다. 그렇게 아브라함을 시험해 본 하나님은 인류의 조상이 될 그의 그릇을 보셨을 뿐 이삭을 제물로 받지는 않으셨다. 자기 소유를 팔아 보물을 사서 하늘에 쌓아 두는 믿음의 그릇은 아무나 될 수 있는 것은 아니다.

절대자 하나님은 사랑하는 자에게 놓아야 할 것을 놓지 못할 때 고난을 주신다고 했다. 강제된 고난을 통하여 붙잡고 있는 욕심을 놓게 만드는 방법이었다. 처음에는 그 고난이 아프고 힘이 들지만 그 과정 속에서 깨달음을 얻으며 고난을 극복하고 나면 본인에게 유익이 돌아온다는 것. 실제로 정민도 고난을 통해 많은 것을 잃어버리고 분개하며 아파해야 했다. 놓친 재물의 일부라도 회수하려 했던 물질에 대한 집착과 고난에 미리 대처하지 못한 자신의 어리석음과 미련함.

공동체 안에서 믿음의 선한 성도들은 정민이 고난을 극복하는데 자기 역할들을 충실히 해 주었다. 그들은 정민을 묵묵히 바라봄은 물론 아낌없는 지지와 기도를 많이 해 주었다. 우발적인 행동에 슬기롭게 대처함으로써 마라의 쓴 강을 통과하게 된 것이다. 다행히 그곳에서 밖으로 나오기까지 낙오된 자가 없었고 잘못된 사건도 발생하지 않았다. 열악한 환경에서도 아이들은 원망하지 않았고 신앙 안에서 엇나가지 않았다.

따라서 고난이 올 때는 그 고난을 감당할 수 있는 의지와 여력도 주신다는 것이다.

받은 예언의 기쁜 소식을 소중히 생각하며 힘든 일에도 낙담해하지 않는 것.

약해지는 자신을 수시로 일깨우며 건강한 의식으로 바로 세우는 것.

힘든 상황이 닥칠 때마다 말씀에 의거하며 받은 은혜를 생각하고 위안 삼는 것.

위태로운 지경에 내몰려 공중에서 떨어질 때를 생각하며 지금이 그 때일 거라고 최선을 다해 이겨 나가는 것.

조금 불편한 현실도 긍정하며 내일을 바라보면, 나중에는 반드시 영광스러운 동산에서 승리한 자신을 볼 수 있다는 확신을 갖는 것.

그러니 나중을 생각하고 오늘을 사는 것은 큰 축복이고 은혜였다. 어떻게 될 것을 알고 있기에 낙담하지 않으며 절망하지 않은 것이었다. 환난과 역경을 거치면서 강하게 연단되어 나왔으니 이제는 무엇에 얽매일 필요도 없었다. 거기에 새로 만난 목사님은 그만의 영성으로 우리에 들어온 양을 알아보셨다. '여기 이 집사님한테 먹을 것 좀 내다 줘요!'

그것은 사랑하는 자의 모든 것을 아시는 하나님의 보살핌이었다. 자기 백성이 어디를 가든지 함께 동행하고 인도하시는 임마누엘. 그것은 먹을 것을 주지 말라고 명했던 한시적인 징계를 푸시는 평강과 자비의 열쇠였다. 세 번째로 만난 새 목자를 통하여 영성을 회복시키는 평강과 자비의 열쇠!

배고픔을 해결하려 먹을 것이 풍족한 식당에 들어갔지만 결국 아무 것도 해결하지 못하고 허기진 상태로 나와야 했던 그 설움과 아픔을 신실한 재판장이신 하나님은 새로운 목자를 통하여 회복시킨 것이었다. 그것은 앞으로의 일이 범사에 순탄하고 형통할 것임을 예견하게 했다. 다시는 배고프지 않으며 목마르지 않고 가는 길이 주의 안에서 원만히 해결될 것임을.

*

어디를 가는 행렬들일까. 화사한 옷차림의 선남선녀들이 길을 가득 메우고 있었다. 날씨도 화창하고 집에 있기도 무료한데 나도 대열에 합

류해 보기로 할까. 삼삼오오 무리 지어 가는 대열에 들어 한참을 따라가 보는데 뭔가 한쪽으로 어슴푸레 보이는 것이 있었다. 도로변을 타고 알 수 없는 성벽이 희끄무레하게 들어오는 것이었다. 그것은 상서로운 기운 때문인지 여직 보이지 않다가 한낮이 되어서야 그 윤곽이 서서히 드러나는 것이었다. 어디서부터였는지는 알 수가 없었다. 성벽은 높이 치솟아 공중에서 끝 간 데가 보이지 않았고 온전히 그 한 세계를 이루고 있었다. 그러니까 왼쪽은 알 수 없는 성벽으로 높은 담을 이루었고, 그 맞은편에는 개간하지 않은 황무한 땅이 거칠게 버려져 있었다.

온몸이 나른해질 즈음 성곽 모퉁이가 나왔다. 거기 모퉁이에는 작은 문이 도로 가로 열려 있고, 눈앞에는 막힌 데 없는 대평원의 초입으로 들어가는 길이 여러 갈래로 나뉘어져 있었다. 사람들은 거기서 제각기 흩어지고 자유롭게 분산되었다. 정민은 의당 열려 있는 문 안으로 들어갔다. 몸에 배인 어떤 습관들이 저절로 들어가게 한 것뿐이었다. 그러고 보니 이와 비슷한 문을 어디서도 본 적이 있었다. 특별나지도 않는 소박한 문은 남의 이목을 받지 못했었다.

문안에 들어서고 보니 하얀 눈이 실내에 소복이 쌓여 있었다. 어떻게 실내에 하얀 눈이 들어와 쌓여 있는 것일까? 안 좋은 상황에 직면하자 은근히 겁이 나고 갈등도 일었다. 언덕도 우묵한 곳이 많이 보였고 가팔라 올라가기도 수월하지 않을 것 같았다. 자칫 미끄러지기라도 하면 얼굴이 눈에 파묻힐 지경이었다. 그렇지만 기왕에 들어온 것 어쩌겠는가, 미끄러지면 맨발로라도 올라가야지, 뭐! 그렇게 작심을 하니 갈등이 가셨다.

한 발 한 발 신중을 기하며 언덕을 오르는데 우측으로 높은 곳에 작은 창이 하나 보였다. 다가가 발 돋음을 하고 내어다보니, 창문 너머로는 바깥세상이 완전 딴 세상처럼 들어왔다. 햇살이 온 누리를 내리쬐고 산천초목이 싱그럽고 푸르른 게 아름답기가 그지없었다. 이 안에는 눈길을 오르느라 한순간도 방심할 여지가 없는데, 바깥세상은 울창한 나무와 숲과 도심이 한데 어우러져 아름다운 세상을 창출해 내고 있었다.

그런 바깥세상을 관조하며 고독하게 눈 쌓인 언덕을 올랐다. 한참을 오르다가 쉬고 또 오르다 쉬고 하는 동안에 생각하니 무슨 탑 위를 오르는 것 같았다. 그래서인지 상부로 오를수록 공간은 더 협소하고 산소도 희박해졌다. 언덕도 가팔라서 세심한 주의를 기울이지 않으면 안 되었다. 가쁜 숨을 몰아쉬고 또 다시 눈길을 오를 때에 갑자기 어떤 여인이 위에서 내려오는 것이 보였다. 여인은 심히 난감해하며 당혹감을 감추지 못했다. 이유를 알고 싶어 '아니, 왜 내려오세요?' 하고 묻지 않을 수 없었다. 다들 올라가는데 혼자만 내려오는 것이 이상해서였다. 여인은 중요한 것을 그만 까먹고 왔다면서 허둥대었다. 그게 뭔데요? 하고 물으려다가 얼른 그만두었다. 가뜩이나 상심해하는 여인한테 더 묻는 것은 경우가 아닌 것 같아서였다.

도대체 여인이 안 가지고 온 것은 무엇이었을까? 어떤 중요한 것을 빼놓고 올라왔기에 힘들게 올라온 수고를 중도에 포기하고 내려가야만 했을까? 그것도 거의 다 와 가는 시점에서 말이다. 풀이 죽어 내려가는 여인의 뒷모습을 안타깝게 보며 마음이 좋지를 않았다. 먼 길을 올라온 동료로서 남의 일 같지가 않기 때문이었다. 올라가던 다른 동료

들도 내려가는 여인을 이상하게 여기며 고개를 갸우뚱거렸다. 언제 그
먼 길을 내려갔다가 다시 올라올 수 있겠는가.

허리를 펴고 위를 보니 저만치 앞은 벽으로 막혀 있었다. 더 오를 수
없는 꼭대기였다. 그런데 건장한 남자 둘이서 어둡고 침침한 벽 앞에
서 문을 마구 흔들어 대고 있었다. 문이 잠겨 있는지 문고리를 잡고 안
간힘을 써 댔다. 당최 꿈쩍하지 않는 문이었다. 내가 열 때도 열리지 않
으면 어떡하지? 하고 은근히 걱정이 되고 불안도 일었다. 아! 혹시 여
인이 안 가지고 온 것이 저 문의 열쇠였을까?

조마조마한 심정으로 문 앞에 이르렀을 때였다. 어디로 갔는지 두 남
자는 보이지 않았다. 일단 심호흡부터 크게 했다. 비장한 결의로 닫힌
문을 힘주어 밀었는데 의외로 쉽게 열리는 문 때문에 앞으로 고꾸라질
뻔하였다. 몸이 튕겨 나가며 엉겁결에 눈앞의 광경을 목격하려는 순간?

새해 첫날의 눈부신 아침이 들어오고 있었다.

차갑고 시린 날씨였다. 헤드라이트 불빛 속으로 소담스런 눈발이 휘
날렸다. 백설이 밤을 하얗게 뒤덮은 도심은 그야말로 깨끗하고 신비로
운 눈 세상, 꿈의 아름다운 궁전이었다. 그 신비하고 아름다운 눈 세상
은 시리도록 가슴을 저미게 하고, 영혼이 고통 중에 소생하는 성결한
밤을 창출하였다. 소담한 융단을 지르밟고 아무도 가보지 않은 눈밭을
개척하는 심정으로 하얀 눈 내리는 새벽을 달렸다. 그리고는 애써 시
린 가슴을 다독이며 허전해하였다. 응집된 상흔의 조각들을 송구영신

에 힘입어 어둠의 뒤안길로 떼 버려야 했으니까. 시련 뒤에 성숙이라고 했던가! 관심과 사랑이라는 명목의 거추장스러운 옷을 벗고 이제는 홀가분히 출발이었다.

자연 섭리 앞에 계절은 순환하며 어느새 목적지에 이른다는 것, 그 확고함을 염두 하며 깊어만 가는 눈 세상을 바라보았다.

끝

『Partaker』를 읽으며…

소설가 이문기 집사님(필명)이 올해 4월 말에 목양실을 방문하셨다. 10년 전에 썼던 장편소설 『관여자』의 개정판을 쓰려고 하는데 서평을 부탁하러 오신 것이다. 제목만 언뜻 봐서는 신앙적 의미가 담긴 소설인지 몰랐지만 읽으면 읽을수록 집사님의 옛 경험과 추억을 토대로 한 논픽션 소설이라는 것을 알 수 있었다. 처음에 책 제목이 좀 생소했었다. 관여자? 뭘 관여한다는 거지? 보통은 관여라는 말이 참견하거나 감시하려는 목적으로 남의 일에 끼어든다는 부정적인 의미로 사용하기 때문이다. 그런데 '인생의 관여자'라는 내용의 첫 장을 읽으며 내 인생을 관여해 주시며 선하고 안전한 길로 인도해 가시는 하나님의 관여가 얼마나 중요한지를 새삼 깨닫게 되었다.

강원도 동해로 여행을 가던 차가 마주 오던 군용 지프차를 피하다가 길을 이탈해 가파른 비탈길로 곤두박질치는 바람에 논바닥에 처박힌 대형사고에서도 하나님께서 집사님의 인생에 관여하셔서 차도 망가진 데 없도록 목숨을 건져 주신 하나님, 설악산에서 하루 더 머물고 싶어서 동해안 여행 일정을 다시 짜려 했지만 사람이 마음으로 계획할지라도 그 일을 성취하시며 관여하셔서 목적했던 여행 일정을 행복하게 마무리하도록 해 주신 하나님, 그게 바로 인생을 선한 길로 이끌어 가시는 관여자 하나님에 대한 신앙고백의 시작이었다. 특히 집사님을 구해 주던 군인이 "아니, 왜 잘 오다가 갑자기 비틀거렸어요?"하던 물음처럼 우리 인생은 잘 가다가도 언제 비틀거리며 정해진 길을 이탈할지도 모르고, 브레이크도 밟지 못하고 과속을 하며 인생의 낭떠러지로 추락할지도 모르지만 하나님께서는 당신의 사랑하는 자녀들의 인생에 관여하셔서 안전한 인생길을 완주하도록 도와주신다.

게다가 강변북로에 갑자기 불어 닥친 돌풍으로 인해 어딘가에서 날아온 정체불명의 낙하물로 인해 운전석 앞 범퍼를 강타하는 0.001초 차이로 죽음을 비껴간 두 번째 사고에서도 하나님께서는 인생의 관여자로 집사님의 생명을 붙들어 주셨다. 뇌의 이상으로 병원에서 자정까지 이어지던 종합검사를 하고 결과를 기다리며 잠 못 이루던 밤에 꿈속에서 온유한 눈빛으로 자신을 들여다보고 계시던 하얀 옷을 입으신 인자의 환상을 체험했는데, 이후 주일예배 시간에 일어나 찬양을 부르던 중에 꿈속 광경과 똑같은 영광스런 실황을 체험하며 벅찬 감동을 느끼고, 목사님과 성도들의 심방을 받고 점점 마음이 문이 열릴 즈음에 산책 중에 자신의 영혼의 거듭남을 환영해 주던 환상, 그리고 다시 심방을 오신 목사님과 예수님의 형상이 겹치며 집안 가득했던 예수님의 사랑의 향기 등을 겪으며 하나님은 계속해서 집사님의 영혼에 점점 더 깊숙이 관여해 주고 계셨다.

특히 계시록적인 다양한 환상들을 체험하며 난생 처음 참석한 수련회에서 예배 중에 "예수님 영접할 분을 손을 들어 표하세요." 했을 때 손을 들고 돌아오는 날 강에서 받게 된 침례식을 받고, 또한 난생 처음 해 본 성경봉독에서의 실수와 어떻게 한 지도 모를 정도로 허겁지겁 대표기도를 하고 내려오던 경험 등 일련의 교회에서의 경험들은 어린아이와 같았던 새 신자의 믿음의 성장을 위해 점점 더 하나님께서 강하게 붙들어 가셨던 것이다. 그런데 배드민턴을 치다 현기증에 쓰러지며 대퇴부에 금이 가서 집에서 꼼짝도 못 하고 있던 와중에 남편이 몰래 이중 대출을 받는 바람에 은행 이자를 갚지 못해 평생 모아 산 집에서 쫓겨나 찜질방에서 지내다가 교회 비전센터 게스트룸에서 기거하는 설움과 아픔을 겪게 되었지만 새롭게 만나게 된 목사님과 함께 수련회에 참석했을 때 아내를 통해 먹을 것을 공급받게 되는 따뜻한 보살핌을 경험하면서 하나님께서는 끝까지 자신의 삶을 놓지 않으시고 사랑으로 관여해 주심을 경험하며 새로운 믿음의 시작을 하게 되었다. 그렇다. 하나님은 평안 중에도 함께하시고, 고난 중에도 여전히 함께 하시며 우리 인생에 관여하고 계신다. 그분이 바로 여호와 우리 하나님이시다. 집사님은 자신의 굴곡이 깊었던 고난의 인생길에서 여전히 그리고 수시로 또한 꾸준히 함께 하시며 관여해 주시던 따뜻한 여호와 우리 하나님을 만나고 그분께 사랑을 고백하고 있었다.

시편 33편의 시인은 여호와께서 하늘에서 세상의 모든 인생을 굽어보시며 살펴 주시고, 또한 그들 모두의 마음을 지으시며 그들이 하는 일을 굽어살피신다고 고백한다. (시편 33:13-15) 마찬가지로 오늘날에도 하나님은 이 세상 모든 사람들을 굽어보시며 그들의 마음을 지으셨기에 그들이 얼마나 아파하고 있는지, 얼마나 힘들어하고 있는지 고통의 마음을 다 아시며 그들이 하는 행동 하나하나를 다 굽어살피며 관여하고 계신다. 왜냐하면 당신이 지으신 이 세상 모든 사람들을 전부 다 사랑하시기 때문이다. 오늘도 집사님이 만난 여호와 우리 하나님께서 새롭게 개정된 『Partaker』를 읽고 있을 모든 이들의 마음과 삶을 굽어 살펴 보고 계심을 기억하며 믿음으로 힘차게 다시 시작해 보기를 기도해 본다.

2024년 7월의 어느 날 목양실에서…
승리교회 박규성 위임목사

Partaker

ⓒ 이문기, 2024

초판 1쇄 발행 2024년 12월 10일

지은이   이문기
펴낸이   이기봉
편집   좋은땅 편집팀
펴낸곳   도서출판 좋은땅
주소   서울특별시 마포구 양화로12길 26 지월드빌딩 (서교동 395-7)
전화   02)374-8616~7
팩스   02)374-8614
이메일   gworldbook@naver.com
홈페이지   www.g-world.co.kr

ISBN   979-11-388-3777-4 (03810)